La maldición de Sabal Wilshert

Donadelli, Ytalo
   La maldición de Sabal Wilshert / Ytalo Donadelli. - 1ª ed. Ciudad
Autónoma de Buenos Aires: Deauno.com, 2018.
   288 p.; 21 x 15 cm.

   ISBN 978-987-680-145-4

   1. Narrativa venezolana. 2. Novela. I. Título.

   CDD V863

contacto@elaleph.com
http://www.elaleph.com

Para comunicarse con el autor: *ytalodonadelli06@yahoo.com*

Primera edición

ISBN 978-987-680-145-4

Hecho el depósito que marca la Ley 11.723

Impreso en el mes de abril de 2018 en
DICODI S.R.L.
Carlos Tejedor 2815, Munro,
Provincia de Buenos Aires, Argentina.

YTALO DONADELLI

LA MALDICIÓN DE SABAL WILSHERT

deauno.com

A Marvelis, una indígena de la etnia chaima
ayuda invaluable en duros momentos y a
los dos hijitos que me ha dado:
Rivo Rey y Anamu Colette.
Gracias.

PRÓLOGO

CUALQUIER ACONTECIMIENTO INUSITADO *que se produzca en la vida de una o varias personas y que no encuadre en la relación causa efecto ni se considere, por la razón que sea, un producto de la mano del creador, bueno o malo, tal suceso es considerado azar: algo fortuito, accidental, sin intervención de la voluntad ni llevado por motivación alguna. Su accionar no obedece a plan ni razón, por lo tanto no es ordenado ni tiene rumbo. Solo ocurre. Es una especie de fuerza sobrenatural que actúa inexorablemente sobre los hombres produciendo desgracias, fatalidades y bienaventuranzas. Hay quienes creen en el destino de manera absoluta, aceptan la existencia de esa energía misteriosa, mágica, fatal. Tal es el caso de los bereberes y otros grupos religiosos islámicos. En su pensar más profundo todo lo que acontece a su alrededor, en sus vidas, debe aceptarse y agradecerse porque son fatalistas. No hay sino ese camino, cualquier esfuerzo que se haga en sentido contrario será pérdida de energía, tiempo y salud. Únicamente los imbéciles por su tosudéz luchan contra el destino. La mayor parte de los acontecimientos en nuestro diario vivir son producidos por circunstancias que no se pueden controlar, son totalmente ajenas a nuestro conocimiento pasando de tal manera al plano de lo subjetivo. De nada ha valido durante siglos buscarle explicaciones lógicas o científicas. Los pueblos caldeos, semitas, que vivieron siglos antes de Cristo, buscando pronosticar el porvenir inventaron la cábala, otros pretendían adivinar el futuro lanzando los dados o jugando a cara o cruz de una moneda.*

En fin, ni siquiera sabiendo la rutina, el día a día, la conducta, los riesgos, la salud de una persona, jamás se sabría cual es su destino o que le puede deparar el futuro al siguiente minuto, hora o dia. Profetizar lo que pudiera ocurrirle a un ser humano los próximos segundos es simplemente imposible. Una lectura de cartas puede predecirnos que vamos a contraer nupcias con una persona alta, blanca y tendremos riqueza. Ocurre que por mucho que busquemos ambas cosas, ninguna se nos dé por mucho empeño que pongamos en ello. Y esperando nos llega el dia de la muerte. Caso contrario: no pensamos casarnos hasta después de los cuarenta y hacer una vida modesta en un pueblito de montaña, pero ocurre que a los veinte repentinamente se nos presenta una mujer negra, bajita y regordeta con la cual nos unimos. A poco nos ganamos la lotería transformándonos en millonarios. El destino no admite la suerte, si se nació para ser alguien o hacer algo, será inevitable. Es un camino hacia un desconocido lugar, no es parcial, solo culmina el momento en que se muere. Suceder cosas inesperadas o esperadas es destino; las primeras nos sorprenden, nos libran de responsabilidades; las segundas si son buenas las consideramos como obra de nuestra genialidad, del conocimiento; si son malas se transforman en errores. Cuando se elige mal —si se admite el libre albedrío— también es obra de fuerza desconocida. Es lo que los españoles llaman "la mala leche". Estaba prevista la mala elección. Nunca logramos saber si estaremos eligiendo bien o mal. Luchar contra las adversidades buscando el éxito no garantiza nada. Esperar a la orilla del camino que los acontecimientos y sus efectos lleguen a nosotros podría estar mejor.

La sorprendente historia de que trata este libro es una clara demostración de cómo la vida de un joven nacido en Texas, Estados Unidos, criado entre la frontera mexicana y Venezuela, donde su padre fue enviado como trabajador de una empresa petrolera durante varios años, sufrió cambios inusitados, suerte y riqueza nunca deseada que lo condujo por distintos lugares del planeta experimentando raras experiencias. Poseía un connatural hábito al trabajo manual, constante, afanoso en conocer, elaborar planos, hacer cálculos, construir estructuras metálicas. A pesar de su juventud tenía un propio sentido de la responsabilidad y el cumplimiento de la palabra ofrecida; caracteres que no le fueron enseñados por sus padres o en la escuela, simplemente nació con ellos. Mientras otros niños jugaban a la pelota, él se dedicaba a fabricar jáulas, mesas, sillas; primero de madera y luego con metales. Siendo adolescente se hizo amigo de un catalán inmigrante experto en fundición y soldadura y que se desempeñaba como instructor en una escuela técnica. Sabal por cuenta propia pidió asistir a dichas clases de manera informal ya que no tenía edad suficiente para ser alumno regular. El profesor accedió y a poco se díó cuenta que el jóven alumno superaba con creces a los otros estudiantes. Aprendió medición, cálculo, soldadura eléctrica, autógena, microway, de aluminio, oro, plata, estaño, en tan poco tiempo, con tanta destreza, que los directores decidieron concederle el diploma cuando apenas contaba con trece años. Su padre, como buen gringo instaló en el fondo de la casa un storage que servía de taller y depósito. Allí comenzó el inquieto muchacho a realizar sus primeros trabajos artísticos en metal y madera que iba vendiendo a muy buenos precios, dejándole ganancias que utilizaba para adquirir mejores equipos y colaborar con su madre en los gastos del hogar. Todos apostaban a que en poco tiempo sería un próspero industrial del ramo. Nadie vaticinaba los acontecimientos que sobrevendrían y que cambiarían para siempre la vida del mozo. La trágica muerte de sus padres en un aparatoso accidente produjo en él una incomprensible distorsión en su manera de ver el mundo. No sentía dolor o pena profunda por la desaparición de sus progenitores que siempre fueron afectuosos. El consideraba aquel trato como natural en la relación padre-hijo. Al quedar huérfano, la ruptura de sus esquemas mentales obedeció a causas inexplicables, desconocidas. En vez que quedarse en su lugar de orígen prefirió regresar al país sudamericano donde inició una nueva etapa muy diferente a la anterior. Dejó de trabajar en su taller, llevando una vida errante, solitaria, sin compromisos, viajando de un lugar a otro, sin mayores pretensiones ni ambiciones futuras, ejerciendo el trabajo de mecánico o soldador a destajo soportando en muchas ocasiones condiciones deplorables, sufriendo las penalidades propias de un trabajador migratorio, pero era lo que ahora le gustaba. No pedía ni rendía cuentas a nadie, hasta que en uno de tantos pueblos donde trabajó, tropezó con la maleta que tanto le llamó la atención. Una sencilla maleta de cuero, envejecida, golpeada, en tan mal estado que una familia de campesinos prefirió usarla como nido de gallinas pero en él ejerció una especie de sortilegio que se serenó únicamente cuando la tuvo en su poder.

Cabe preguntarse, ¿cómo fue posible que dicha maleta luego de más de cuarenta años dando tumbos de un lado a otro, recorrido varios países en tres continentes, buscada afanosamente por cientos de personas, ya arrastrada por un río crecido, ganándose el fin de sus días en un sucio gallinero, contenga muy oculta en su interior una clave secreta y que después de tanto peregrinar vaya a parar a manos de un muchacho que solo la quería para guardar sus pocas pertenecías? ¿Son cosas del destino, determinismo, de la suerte, del azar o la fortuna? ¿Intervención divina o una casualidad? —Que es diferente a todas las anteriores—. ¿Podría considerarse el suceso como una fatalidad, un capricho de la zafia y vanidosa diosa Helena o de Atea o de la diosa romana Fortuna llamada Tyche entre los griegos quienes decidían sin distinción la suerte de los mortales, caracterizándose porque sus decisiones cambiaban constantemente, con ellas no se podía asegurar nada? Hoy se era rico, poderoso, mañana se estaba en la miseria, en la cárcel o muerto. Pero la más caprichosa y antojadiza de las diosas del Olimpo era Fortuna. ¿Sería caso ella por antojadiza la responsable de los acontecimientos ocurridos en la vida del inocente joven? Se dice que la ocasión la pintan calva con tan solo un mechón por cabellera, lo que hace difícil atrapar la fortuna. Usualmente ambas diosas se confunden. ¿Acaso pensaría Sabal Wilshert cuando el avión cargado con un valioso botín, cae a sus pies mientras vagaba por una montaña, que eso era pura casualidad? Pero con su proceder él pudo atraparla asiéndola por el mechón. Todo queda en especulaciones, misterio, campo esotérico. Aquí van los extraños acontecimientos que formaron parte en la vida de algunos seres nada comunes, marcados indeleblemente por el destino.

YTALO DONADELLI

Capítulo I

NINGÚN PUEBLO SE acostumbra por completo a la dominación de extraños, aún cuando pasen siglos de ocupación; surge una suerte de agotamiento y desidia tanto por los ocupantes como por los ocupados que termina desmoronando cualquier estructura socio-política. La historia está llena de estos casos que por repetidos no dejan de sorprender. Los últimos cuatro años el aire presagiaba grandes cambios en la sociedad polaca y al parecer ninguno sería bueno. El alma del pueblo conocedora ya de múltiples ocupaciones, invasiones, saqueos, presentía una nueva experiencia desastrosa, pero jamás se imaginó la magnitud de la misma. Querían adelantarse, prepararse, aprovisionarse lo mejor posible ante la terrible situación que veían como inevitable. Solo que no sabían quién sería el enemigo ni como sería su ataque. Es curioso que haya grupos de personas de distinta condición social que pueden oler, presentir movimientos telúricos, tormentas, pestes, crisis económicas, políticas y sociales. Ese don les permite escapar a tiempo, abandonar con sus familiares y todas las riquezas posibles los lugares amenazados para ir a refugiarse o asilarse en países cómplices. Son como gatos que siempre caerán de pie. Su sentido de la debacle es casi infalible, lo advierten y anuncian a voz en cuello, pero como le ocurrió a Noé, la gente incrédula no cree en el aviso. En esos momentos, la sociedad polaca se movía incesante, desorganizada, desorientada. Muchos rumores, dimes y diretes corrían por las calles, fábricas, bares, clubes, entre campesinos, obreros. Los periódicos contenían noticias, mensajes contradictorios, extremistas, cargados de mentira, de maldad. Interesados en pescar en rio revuelto, en velar por sus propios y egoístas intereses no se dieron cuenta que estaban jugando con la serpiente de las mil cabezas que a su tiempo los devoraría también a ellos. En uno de esos barrios fríos, grises, con sus callejuelas de piedras, olorosas a repollo cocido, transitadas por hombres y mujeres cubiertos con abrigos oscuros, el cuello levantado, la mirada al suelo, una bolsa en las manos, humo en las narices, caminar casi mecánico, se veía una figura de mujer que destacaba sobre las demás por su porte y contoneo. Alta, piel bronceada casi cobriza, ojos gris plomo, cabello liso de un brillante rubio cenizo, piernas bien torneadas, protuberantes senos, cuerpo con pronunciadas curvas, era en si una mujer de rara y exuberante belleza, una beldad de barrio, una flor montaráz que sin cuido ni atención asombraba a quienes la veían. Su madre le dio el nombre de su abuela:Sofía. Los padres no eran extraños a los lascivos efectos que su hija aún siendo casi una niña producía en los hombres. Para rematar poseía un agradable carácter, fácil sonrisa sin llegar a ser una tonta. Una voz grave le daba el extremo de la sensualidad. Para cuando ella nace en Varsovia en el año 1923, no dejaban de soplar vientos de guerra en toda Europa, el leonino despojo hecho a Alemania despues de la primera gran conflagración había dado sus resultados y ahora emergìa un poderoso líder con ánimos de revancha. En medio de ese caótico ambiente, para mediados de 1938 con apenas quince años, Sofía casa con Hans Strukedel, jóven simplón, desgarbado, de poco hablar que como único detalle resaltante era que poseía unas manos gigantescas. Habían sido vecinos desde niños; él era descendiente de una discreta familia alemana dedicada por generaciones al negocio del cuero. La comunidad entera vió el matrimonio como algo inevitable, se conocían tanto que la unión presagiaba ser estable. El no quiso esperar mucho sabiendo que moscardones de mejor condición social rondaban a su novia. No pasaría largo tiempo en que cualquiera de ellos le hiciera alguna propuesta seria, de seguro mejor que la suya. La madre estaba consciente que su hijo jamás conseguiría una esposa tan hermosa, educada en buenos principios, por lo que alentó la boda tanto como pudo. Ocurrida la sencilla y familiar ceremonia la pareja pasó a vivir a un modesto apartamento en un barrio pobre, sucio, del centro de Varsovia donde su marido, reacondicionando un oscuro y olvidado anexo pudo instalar el pequeño taller de carpintería y talabartería. Era lo único que podían permitirse por los momentos. El plan era ofrecer y atender a un público igual de pobres que ellos. No conocía otro oficio, con él conseguiría el sustento familiar. Frío durante los largos y lluviosos inviernos, pegajoso, caliente en verano; entre virutas, cueros, clavos, empapado en un olor mezclado deaguarrás, pintura, polvo, que penetraba de golpe en las narices, el sucucho se fue atestando de objetos destartalados que un día alguien trajo con intenciones de ser restaurados pero que con el tiempo fueron olvidados por sus dueños. Semejaba a un cementerio de cosas viejas que yacían colgados del techo, en clavos fijados a las paredes, en los rincones, podían verse: arrugados zapatos, cinturones, carteras, maletas, sillas, marcos y un sinnúmero de cosas que de poder hablar relatarían incontables alegres o trágicas historias. Un año después de haberse instalado la pareja en su nuevo domicilio, en medio de cruentas persecuciones raciales y terribles agitaciones politicas que sacudían al país entero, nace su hijo Román. Mal momento porque los alimentos, las medicinas, ropa, comenzaban a escasear o subían exageradamente de precios. Comerciantes inescrupulosos ocultaban, acaparaban o destruían mercaderías para beneficiarse con la escasés y la inflación. Pocos se imaginaban el rumbo que a poco tomarían las cosas, en mucho por culpa de los propios judíos, su cultura, religión, temperamento, cuyo afán de riqueza los cegaba por completo al no querer ver el equivocado papel que estaban jugando en ese momento de la historia de Polonia.

En su niñez, Hans tuvo un entrañable amigo, vecino, compañero de escuela, miembro del mismo equipo de fulbol, de orígen alemán, criado en Varsovia cuyo padre tenía importantes contactos en Berlín por lo que le resultó fácil ingresar a la milicia. El contacto, la amistad entre los jóvenes sufrió un alejamiento de años. Sus rumbos eran distintos, el amigo hizo la mayor parte de la carrera en Hamburgo. Para cuando las tropas del furer invaden Polonia, ya ostentaba el grado de capitán. Por su carácter afable, dedicación a los estudios, se le auguraba un promisorio futuro en la carrera de las armas. Mantuvo amores con una prima lejana, que nunca llegaron a nada. Se mantuvo soltero, sin llevar la vida alegre, disipada, que hacian sus compañeros, muy propia de jovenes militares. Debido a los frecuentes movimientos de tropas que se producían a cada momento, en una de tantas fiestas organizadas por los generales de la temible SS, entra en contacto con un personaje que ostentaba el flamante rango de coronel, muy ligado a las altas esferas del régimen. Hombre de modales suaves, refinado pero cruel, despiadado, tenía la fama de ser homosexual, dado a las orgias, francachelas con jovencitos, en lugares ocultos, reservados. Desnudo era de apariencia débil: muy alto, delgado, ojos hundidos de un azul intenso, los dedos alargados y finos en extremo, al meterse dentro de la vestimenta de official, su aspecto sufría una verdadera transmutación. Desde su andar casi robótico, la gorra imponente, lustrosas botas negras hasta la rodilla, el abrigo cruzado, coronado todo por las insignias, medallas, charreteras propias de su rango, terminaban por darle una imponente apariencia que causaba pavor entre todos, fuesen superiores o subalternos. Poseia una mirada fría, casi siniestra que no cambiaba ni siquiera al sonreir; lacerente, implacable, sus órdenes las daba en tonos bajos, sin alterar la voz, jamás lanzaba gritos, no gustaba ofender a las personas. De actuar psicopático que bajo una apariecia débil daba la impresi{on de ser cordial, encantador, pero su fría indiferencia para la agresion podía llevar a la destrucción de cosas y personas sin inmutarse. Una singular personalidad que inducía a quienes no le conocían bien a tomar las cosas en broma o no darle la importancia que realmente tenían. Para estos incautos no había perdón. Horas después de incurrir en el fatal error de juicio, el pobre desgraciado era severamente castigado o enviado en un tren de carga al gélido frente ruso, de donde nunca regresaría. Con frecuencia invitaba a su amigo el capitán a participar en sus muy especiales fiestas, quien asistía con reservas; lo veía cambiar sin embargo se sentía obligado a no despreciarlo por respeto a la alta investidura de su amigo, además del natural temor de caer en desgracia con un personaje de tan nefasta reputación.

En cosas de meses, casi de manera insólita, la guerra estaba en pleno apogeo, haciendo que la amistad, la confianza entre los dos hombres se fuera estrechando. Ya no solo compartían las fiestas, reuniones, sino que se hicieron inseparables en el trabajo de los cuarteles, en el manejo de la población civil, bastimentos, distribución de alimentos, combustible, municiones y tratar asuntos relacionados con la cuestión judía que tanto preocupaba al movimiento nazi. El Coronel había adquirido prestigio como un excelente organizador de tropas a la hora de ocupar posiciones enemigas, saquear, destruir pueblos, ciudades completas. El desplazamiento de grandes grupos hacia lejanos lugares, los campos de concetracion o el simple exterminio, traían por añadidura el gran negocio de las riquezas sin dueños. Como era jefe único en la zona, lógico era que toda esa cantidad de objetos valiosos, prendas, joyas, costosos crucifijos, obras de arte, libros antiguos, muebles, lámparas, cristalería, cuadros de pintores famosos y mil articulos de inmenso valor fueran a parar a sus manos para finalmente por ordenes expresas debían ir a engrosar las arcas del Tercer Reich. Cada nueva ocupación implicaba someter a sus habitantes, en especial a los ricos judios, al despojo, la expoliación o el saqueo de sus bienes. Obras de arte, joyas, propiedades inmobiliarias fueron usurpadas o pagadas a sus dueños a precios írritos, muy por debajo de su valor real. El resto de la población, sin excepción alguna debía entregar sus pertenencias bajo pena de ser ejecutados sin juicio alguno. El alto mando nazi exiguía que gran parte de esos tesoros fueran acumulados en lugares secretos, mientras que otros serían utilizados en gastos propios de la conflagración que se estaba viviendo. La ocupacion de Francia fue el momento cumbre en su trabajo de acopiar, clasificar, remitir verdaderos tesoros artísticos desde París hacia Alemania. En solo cuatro meses que duró su estadía en la capital francesa, logró enviar trescientos sesenta wagones cargados con enormes riquezas de diferentes naturaleza. Los colaboracionistas franceses, temerosos rectores del gobierno galo le hacían el trabajo fácil, incluso placentero. Los muy traidores se prestaron con el mayor descaro a sustraer las grandes obras de los museos, anticuarios, colecciones privadas para entregárselas de sus propias manos al oficial alemán. Asi se ganaban su respeto, simpatía, mientras seguían sus vidas en medio de fiestas bien regadas de fino champán y exquisitos manjares. Hombre astuto cual viejo zorro, ambicioso, gran conocedor de la marcha de la guerra y del trabajo de los aliados, el Coronel no tardó en darse cuenta que debía tomar ciertas previsiones para un futuro que no veía muy alentador. Opta entonces por correr un verdadero riesgo: de lo reunido, decide desviar para su provecho personal los objetos que su tasador considerara de mayor valor y que tendrían un destino que solo él conocería. Sabía perfectamente que tal decisión acarreaba un peligro inminente para su vida por lo que el plan debía ser perfecto. Al ser un hombre de acción ya no daría marcha atrás. Para su propósito necesitaba contar al menos con una persona de su absoluta confianza que recibiera los cargamentos y procediera a ocultarlos en lugares apropiados, seguros, hasta que la guerra terminara o él decidiera huir antes a un remoto país en sudamérica. No tuvo la menor vacilación al escoger para esa delicada tarea a su amigo el capitán. La reunión entre los dos hombres para tratar tan espinoso asunto, se efectuó dentro de la mayor reserva en una retirada casa de campo en las montañas cercanas a la frontera italiana. En esos lugares todavía se respiraba paz en medio de riscos y farallones solo transitados por ovejas, campesinos y pastores que le daba un aire bucólico. En ella acordaron que el primer destino de los objetos sustraidos sería los suburbios de Varsovia o un pueblo cercano. Se decidió por lo primero aunque los riesgos podrían verse mayores. Entre tanto trajín, deportaciones, persecuciones en los ghettos, enfrentamientos con los rebeldes y bombardeos, cualquier cargamento podría pasar desapercibido en esa zona. Conversaron detenidamente hasta casi el amanecer. No faltó detalle sin tocarse. Ambos sabían que sus vidas no valdrían nada en caso de descubrirse el saqueo que estaban realizando a los bienes del Tercer Reich. Esa noche no hubo fiestas ni orgías, ningún sirviente o guardia dentro de la casa durmió. Se sirvió café, comida en abundancia. Todavía muy oscura la noche cada cual sigilosamente, guiando su propio vehículo, sin escoltas, abandonó la residencia.

Ya para comienzos de 1943 llegaron a manos del capitán los primeros cargamentos de tan variadas mercaderías; vinieron, como era de esperarse, en pesados camiones del ejército, custodiados por una docena de soldados bien armados. El lugar escogido por el capitán para efectuar la descarga fueron los sótanos de un enorme edificio de cuatro pisos que hacía esquina ubicado en el sector de Mariensztat en la ribera del Vístula, el cual había permanecido casi intacto a pesar de los continuos bombardeos. No quiso tomarlo a la fuerza, sino que se propuso dar con los dueños de la propiedad que resultaron ser dos judíos, antes prósperos comerciantes de edad madura, dedicados a la industria farmacéutica, que desde hacía meses permanecían recluídos en un sector de la ciudad que muy pronto sería transformado en ghetos. Sin mucho esfuerzo hizo que los ancianos entendieran lo delicado de su situación. Convinieron por una ínfima cantidad traspasar la propiedad a la persona escogida por el oficial a cambio que ayudara a sus dos hijas con sus familiares a salir del país, cruzando la frontera suiza. El capitán formalizó la venta ante las oficinas respectivas, dedicándose luego a cumplir la promesa de otorgar salvoconductos a los dos grupos familiares integrados por tres niños más cuatro adultos que fueron montados en vehículos militares rumbo a la frontera y a la libertad. Mientras, el recio oficial, ahora como reconocimiento a su buen desempeño, ascendido a General, confiaba plenamente en el capitán, lo que no le impedía llevar una relación exacta de todos y cada uno de los objetos que enviaba con regularidad a su subalterno. Un personal de su absoluta confianza, perfectamente adiestrados, recontaba todos los artículos, remitiendo de seguidas información precisa a su superior. Los sótanos del edificio debieron ser ampliados tres veces más de su tamaño original. Utilizaron para la faena mano de obra judía que tan pronto culminaban su parte del trabajo eran llevados a solitarios campos para ser ajusticiados. No había manera que se filtrara información sobre lo que se amontonaban en aquellos laberintos. Los avatares de la guerra, la permanente tensión de la alta oficialidad que debían estar casi siempre cercanos a Hitler, el miedo a ser descubierto por cualquier otro oficial, impidieron que el general conociera oportunamente y de propia vista el lugar preciso donde estaba ubicado el edificio en las afueras de Varsovia, que hacía las veces de oculto depósito para las incontables riquezas sustraídas a los judíos. Pero confiaba ciegamente en que su hombre estaba haciendo el trabajo sin errores. Para finales de 1944, ambos oficiales estaban convencidos que la guerra no duraría mucho, Alemania de nuevo saldría derrotada debido en ésta oportunidad a la decisiva intervención de los Estados Unidos. De no haber sido de esa manera, la historia de Europa sería otra. Ya muchos oficiales conocidos estaban abandonando las filas, huyendo hacia Sud América, Estados Unidos, Australia u otros destinos alejados de Europa y del conflicto, utilizando los más diversos medios: aviones, barcos, submarinos o las carreteras que los llevasen a paises neutrales como Suiza o España. Decide entonces que es el momento de conocer todo respecto de la riqueza acumulada para planificar el riesgoso asunto de los embarques hacia el exterior. Pide entonces al capitán que le haga llegar por el medio que considerara fiable la precisa ubicación del inmueble donde se guardaban los valiosos objetos. Necesitaba hacer una inspección directa, personal, efectuar el inventario preciso de los objetos para comenzar un nuevo traslado hacia destinos muy lejos de Europa. Su plan estaba ya preparado: usando camiones del ejército llevaría las mercaderías hacia el mar del norte donde un barco con bandera brasileña los trasladaría hacia puerto seguro del otro lado del atlántico. Una fortuna que les serviría para vivir holgadamente sin padecer ninguna limitación por el resto de sus días. Nada podía fallar, sentía que el tiempo y las circunstancias estaban a su favor.

Mientras, Sofía con su familia permanecían viviendo en el pequeño apartamento aunque la zona empeoraba con los días. El edificio estaba semiderruido mientras que otros apartamentos eran ocupados por polacos recién llegados de pueblos vecinos devastados. No era mucho el trabajo que recibía su marido reparando utensilios de cuero o haciendo algún que otro mueble de madera, pero al menos daba para conseguir de comer. Ahora eran tres bocas que debía alimentar. Sofía había dado a luz su segundo hijo: una hermosa niña réplica de su madre a quien llamaron Wanda. Dada las circunstancias, su impactante belleza sufrió un notorio desgaste, pero no dejaba de poseer un hermoso cuerpo, con un rostro que seguía siendo casi perfecto. Se sentía agradecida de Dios porque amaba a su marido y era sobradamente correspondida. Si la mesa era magra casi siempre, al menos su familia no sufría las severas persecuciones de que era objeto la mayoría de las personas en la ciudad. Disponían de papeles legales con los que podían desplazarse por la ciudad durante el día sin verse expuestos o amenazados por los soldados o agentes que abundaban en todos los lugares. Grande fue la sorpresa cuando una húmeda mañana, se detuvo frente al taller un pesado carro militar de donde bajaron presurosos varios soldados, por último salió el capitán que se dirigió presto al interior de la habitación. De un jubiloso grito saludó al amigo del que no tenía noticias desde hacia largo tiempo, el abrazo fue sincero, efusivo. Una botella de vodka acompanada con gruesas salchichas regalo del visitante, les ayudó a refrescar momentos gratos de la niñéz. Pasadas un par de horas, el capitán le dijo a su amigo en un tono serio.

—Estoy aquí porque necesito que me fabriques una maleta de cuero envejecido con éstas dimensiones: contendrá una contratapa que no puede ser alcanzada sino destruyendo la maleta. En su interior repujarás unas claves con la dirección. —Dijo, entregándole un papel.

—Es importante mantener el mayor de los secretos porque en ello se nos va la vida. Esta maleta tiene que aparentar ser del uso más corriente, vieja, usada, maltratada, de tal forma que nadie sepa o imagine lo que puede haber dentro.

El amigo estaba inquieto, nervioso, condición que trataba de ocultar. Tanta premura viniendo de un official nazi tenía que ser algo muy importante, ahora cuando el país estaba lleno de espías, personas con vidas complicadas, cada quien buscando sobrevivir.

—¿Estás dispuesto a ayudarme? Ni siquiera tu esposa se enterará del encargo. Aquello era casi un ruego.

—¡Seguro! Cuenta conmigo. ¿Y para cuándo la necesitas?

—A la brevedad posible, ya ves como andan las cosas por aquí con los rebeldes y judíos organizados defendiendo el gheto.

—Entonces debo comenzar desde ahora mismo a buscar en los viejos almacenes donde antes vendían cueros. Casi todos están cerrados, destruidos o quemados. Tambien iré a visitar algún amigo talabartero de los viejos. Quizas tengan lo que buscamos.

—Yo te voy a facilitar el trabajo para tu seguridad y mi urgencia. Hazme una lista de lo que necesitas, hoy mismo te las haré llegar.

—Siendo así, ya mañana por la tarde debo tenerla terminada.

Con un fuerte abrazo los dos amigos se separaron. El oficial llevaba entre sus manos el papel con una corta lista. Muy lejos estaban de imaginarse lo que sobrevendría poco después.

Efectivamente. Esa misma tarde regresó un motorizado con una gran caja bien cerrada y laqueada. Solo para ser entregada en sus propias manos. Cuando la abrió se sintió agradecido del amigo. No solo contenía los materiales pedidos sino que separados, muy bien envueltos, venía un buen trozo de jamón, tocino, salchichas, sardinas ahumadas, queso gruyere, aceite de oliva, mantequilla y otros manjares que valían una fortuna. Un sobre cerrado contenía varios billetes de banco. Adicional venía un mensaje escrito en papel cartón con la dirección del lugar donde se verían la noche siguiente para hacer entrega de la maleta. Hans recordó a su amigo cuando siendo adolescentes se dedicaban a cometer pequeñas raterías en las tiendas de licores, de allí se marchaban al encuentro de otros compañeros para emborracharse. Hoy era un rubio hombrachón de doscientas libras de peso, casi dos metros de alto, acostumbrado a dar órdenes. Descansaba poco, a deshoras como lo imponía sus labores en la guerra. Su caracter juguetón había desaparecido dando paso a la prematura y férrea seriedad con que enfrentaba sus responsabilidades. Pero en sus azules ojos quedaban aún destellos de picardía, sagacidad, que lucía cuando se dedicaba al pillaje. En el rato que estuvieron conversando Hans notó mucha tensión, preocupación, en cada frase que su amigo decía. Eso lo indujo a tomar la decisión de ayudarle.

Capítulo II

Consumada la invasión de Polonia, Hitler arrécia en su intento de utilizar cualquier medio imaginable con miras a la Solución final sobre la cuestión judía: Hambre, persecuciones, asesinatos, fusilamientos, campos de exterminio, cámaras de gas; Todo es válido para lograr el terrible propósito. Varsovia es escogida como el centro del proceso. La gris y nefasta tarde en que apareció ante su puerta el amigo de su esposo para encomendarle el especial trabajo, enviando luego a un mensajero con cajas repletas de cueros, pegamentos, maderas, además de manjares y dinero, a Sofía la visita no dejaba de resultarle confusa e incomprensible. Su intuición de mujer le decía que la repentina aparición de un fantasma en su pobre casa, le traerían profundos cambios. Durante la cena, su marido no escatimó elogios para el militar que surgía milagrosamente a saciar el hambre de la familia con exquisitos productos desaparecidos desde hacía años de los mercados del país. Una considerable suma de dinero remataba el agradable cuadro. Había visto a Hans, después de recibir la entrega, cerrar las puertas con pestillo para dedicarse a trabajar en el taller hasta muy entrada la noche, descansar un corto rato y levantarse al amanecer a proseguir su labor. Algo muy singular debía ser aquello que le ocupaba todo su tiempo y atención, relegando a otro plano las demás cuestiones. La discreción le imponía guardar un prudente silencio, no importunar para nada aunque la inquietud, la curiosidad le carcomía las entrañas. A su tiempo de seguro él le contaría todo.

—¡Querida! La suerte nos está cambiando. —Casi gritó de alborozo al aparecer por la puerta trasera pidiendo de comer, aunque todavía no era la hora del almuerzo.

—Tengo el encargo de mi amigo para fabricarle una maleta de cuero con ciertas dimensiones y la cual debo entregarle esta tarde en la Gran sinagoga de la calle Tlomackie. Casi está lista, solo faltan unos pequeños detalles.

—Ya verás como desde ahora tendremos trabajo de sobra. Quizás hasta nos sigan enviando esos deliciosos regalos. —Dijo, sonriendo.

—¿Y cuánto te van a pagar? —Inquirió ella, más preocupada por como veía el panorama durante esos días que por el dinero.

—No lo sé. Además yo no le cobraría ni un slot. Bastante nos ha dado ya. De su parte queda si desea recompensarme con algo. El trabajo tampoco ha sido extenuante, un poco delicado sí.

—Gracias por haber mantenido alejadas a las personas durante el día. De verdad que me hubieran fastidiado mucho. —Dijo, dándole un beso.

—¿Qué has oído de las expulsiones del gheto y de los judíos organizándose para enfrentar a los soldados? —Preguntó él.

—Las noticias son terribles. Se han organizado dos grupos fuertemente armados dentro de gheto para defenderse e iniciar primero la persecución de los judíos colaboracionistas a quienes ven como traidores y culpables de la muerte de cientos de su misma raza.

—Estando las cosas así, debo comer con premura, terminar el trabajo y salir a entregarlo. Quedamos en reunirnos a las ocho en punto en la Gran Sinagoga. Quiero ser puntual por lo que es mejor partir con suficiente antelación.

—Por favor, consígueme un pedazo de impermeable y las correas largas para sujetar la maleta a la parte trasera de la motocicleta. No quiero que nadie sepa lo que estoy llevando. Ademas, es probable que llueva.

Corría el 23 de abril de 1943. Durante todo el mes los nazis habían atacado con inusitada rabia al gheto, cientos de judíos murieron de hambre, asfixiado por los gases lanzados a los bunkers o suicidándose en grupos. Cualquier cosa era preferible a la separación o el traslado a los campos de exterminio en Treblinka. Durante más de una semana, la resistencia armada dando muestras de gran valor contuvo a los soldados comandados por von Sammern-Frankenegg haciéndolos retroceder. Aquello provocó la ira de Himmler, quien ofendido en su orgullo lo destituyó *ipso facto*, nombrando en su lugar a Jurgen Stroop, hombre cruel, frío, experto en el combate informal de guerrilla. Tan pronto ocupó el nuevo puesto, su primera orden fue la de incendiar todos los edificios del área que servía de escondite a los rebeldes partisanos pero donde también se ocultaban miles de familias judías. La orden fue ejecutada por más de tres mil soldados dotados con armas y equipos especiales. En pocas horas, la zona era una gigantesca humareda negra que se elevaba cientos de metros en el cielo, el olor a carne chamuscada obligaba a los habitantes a usar trapos para cubrirse el rostro. El dolor, el llanto, los gritos de desesperación pidiendo auxilio, se oían a cuadras de distancia. Los fusilamientos ocurrían en todas las calles, la gente se lanzaba desde los edificios. Aquello era un espectáculo infernal propio del apocalípsis. Antes de las ocho de la noche la rebelión estaba sofocada. El comandante, agotado, sudoroso, sin haber probado bocado en muchas horas, dio una última orden inesperada: Volar, destruir por completo la Gran sinagoga de la calle Tłomackie. Aquel era un símbolo, un icono invaluable para los judíos de Varsovia. Estaba a las afueras del gheto y se erguía orgullosa ante la inevitable destrucción de la ciudad. Arrasarla serviría de lección a los rebeldes. Los cañones enfilaron hacia la torre religiosa y el bombardeo se inicio sin demora alguna.

Los amigos habían escogido para el intercambio la Gran Sinagoga por ser un lugar discreto, algo alejado, donde a esas horas nadie andaría por el lugar. El Capitan se desplazaba en un automóvil oficial acompañado de dos de sus escoltas. Iba sumido en sus pensamientos mientras fumaba un cigarrillo. Miró su reloj que marcaba las 7:45; llegaría unos minutos antes. A pocas cuadras de distancia, viniendo en sentido opuesto, el carpintero conducía su vieja motocicleta a través de callejuelas llenas de basura, cascotes, barricadas, llantas humeantes. El bulto se mantenía firme en la parrillera gracias a las gruesas correas que lo sujetaban. La noche sin luna había caído, la oscuridad era total. Dos luces cruzaron casi simultáneamente la esquina y los vehículos fueron a detenerse justo frente a la iglesia. El capitán fue el primero en bajar, empujar la puerta principal y entrar. Segundos después su amigo hacía otro tanto. Una helada y seca tensión impregnaba el ambiente alumbrado solo por dos fuertes linternas. Fueron al centro de la gran sala ocupando una de las largas butacas. El saludo fue rápido, pocas palabras cruzaron entre ellos, dichas en tono muy bajo casi imperceptibles. Parecían temer a ocultos fantasmas. Intercambiaron objetos, estrecharon sus manos y se dispusieron a abandonar la edificación, en el preciso momento en que una terrible explosión sacudia el edificio e invadía el ambiente. Sucesivas bombas caían sobre ellos, derrumbando techos y paredes. Los hombres corrieron hacia el fondo buscando protegerse, ya era tarde. Obuses, cañonazos daban en el blanco. En menos de media hora nada quedaba en pie, los vehículos destruidos, el edificio completamente derruído, los cuerpos de los hombres despedazados, aplastados por la pesada estructura. Tal como comenzó el ataque, de la misma manera terminó. Ahora un total silencio reinaba en el lugar. Cuando Sofía recibió la noticia de que la Gran sinagoga fue arrasada por las bombas, temió lo peor. Era el lugar escogido por ambos amigos para reunirse. Mismo día, misma hora. Mala suerte. Cuando el malhadado mensajero se marchó, la noticia surtió su efecto: la pobre mujer con la niña en brazos comenzó a temblar, no podía sostenerse en pie, sudaba copiosamente, sentía náuseas, la palidéz de su rostro asustaba, tanto que daba la impresión que allí mismo moriría. Colocó a sus niños en la cama, casi a rastras llegó a la cocina, con dificultad bebió algo dulce desplomándose al lado de sus hijos que la miraban asustados a punto de soltar el llanto. Pasaron minutos, el reloj de pared marcó las diez de la noche. Lentamente fue recuperándose. Debía conocer el paradero de su marido, de lo contrario la angustia, el nerviosismo la mataría. Con la noticia del sofocamiento de la rebelión y el ataque a la Gran sinagoga, la mayoría de los habitantes del barrio permanecían despiertos, con discretas luces encendidas. Sofía aprovechó de llevar sus hijos a la vecina quien con agrado los atendió. Partió rauda siguiendo el mismo rumbo que pocas horas antes tomara su marido. Caminaba de prisa, el rostro cubierto, la mirada fija en el suelo. Portaba en sus manos una linterna que solo encendía cuando era necesario en extremo. Conocía el peligro que estaba corriendo, tomaba oscuras callejuelas, evitando tropezar con temibles soldados. Por suerte esa noche parecían estar todos ocupados en el gheto. Poco antes de la medianoche, agotada, pero con el terror dominado en gran parte, llegaba al lugar donde una vez estuvo la capilla. Quedó estupefacta al ver la edificación completamente derruida. A pesar de la oscuridad, las luces de las hogueras permitían ver los detalles del siniestro. No quedaba un ladrillo en su lugar. Afuera vió un auto destrozado aún ardiendo, pudo ver con la linterna que de la moto de su esposo solo quedaban los rines y el tanque de gasolina azul que ella misma pintó meses atrás. Con dificultad hizo una brecha entre maderos, tierra, bancas rotas. Un foco de luz nacía en el piso yendo a reflejarse en una pared a punto de caer. Se acercó solo para ver el cuerpo del militar con la cabeza aplastada por una pesada viga de hierro, tomó la poderosa linterna enfocándola a otra parte, vió entonces el cuerpo de su marido prácticamente partido en dos. Un proyectil lo había alcanzado de lleno, su muerte debió ser instantánea. De su chaqueta sobresalía una cartera de cuero desconocida para ella. La sacó, abriéndola pudo ver varios billetes de alta denominación. La guardó en su abrigo, volvió sobre el cuerpo del capitán introduciendo la mano en sus bolsillos y sacando cualquier objeto de valor. "Ahora era una mujer viuda —pensó— con dos hijos que mantener, en un mundo en guerra". Debía ayudarse ella misma. El llanto, el dolor profundo estaban a punto de hacerla desfallecer, pero su valor se impuso. Con determinación revisó otros cuerpos que iba encontrando, saqueando sus pertenecias. Un abrigo de cuero en buen estado le llamó la atención, solo una chamuscada con pequeñas manchas de sangre. Cosas que con agua y jabón podían arreglarse. Estaba ya en la calle dispuesta a marcharse cuando se detuvo en seco.

—¿Y la maleta que traía su marido en la motocicleta?

La pregunta la hizo vover sobre sus pasos hacia donde yacían los cadáveres de los amigos. No veía la maleta por ningún lado, continuó removiendo escombros, alumbrando de un lado a otro, encendió la linterna del militar mucho más potente. Una caja cubierta con polvo suegió entre los escombros, parecía estar allí desde siglos, le llamó la atención. Como pudo la liberó de las tablas que la aplastaban sacudiéndola con fuerza y comprobó que era la maleta hecha por su marido. La revisó, estaba intacta, en su interior no había nada. Se dispuso regresar a su casa llevándola consigo, seguro le sería de mucha utilidad en el incierto futuro que presagiaba en sus vidas. Con todo y ser primavera una ola de frío azotaba la ciudad. Era tarde, se sentía cansada, asi que prefirió buscar un rincón seguro donde terminar de pasar la noche. Un baño le pareció buen lugar, se acurrucó como mejor pudo y en cuestión de minutos el sueño le invadió. Ruidos, voces, ladridos de perros, la sobresaltaron. El día con su luz le dió a entender que se había quedado dormida más de lo usual. Con sigilo asió sus pertenecías abandonando las ruinas por un recodo, sin ser vista alcanzó la calle que ahora era transitada por peatones, carromatos, motores de todo tipo. Caminaban casi arrastrando los pies, sin rumbo, sin cruzar palabras, semejaban seres de otro planeta. El espectáculo la abismó, imperioso era llegar a su casa. Ahora la preocupación por sus hijos le asaltaba, una idea le martillaba incesantemente la cabeza: Debía conseguir la manera de abandonar, huir de aquel maldito infierno para no retornar jamás.

Capítulo III

Para comienzos de los setenta Eibar Goirrocoechea figuraba como miembro importante dentro del grupo separatista vasco. Tanto su familia como él habían crecido dentro de un mundo de clase media tirando a baja pero con fijas ideas independentistas viendo crecer un odio recalcitrante a Franco y su régimen. Ser perseguido, buscado, encarcelado, torturado, asesinado, en manos de policías o militares españoles o franceses eran cosas comunes y corrientes en sus vidas. Degustar una comida caliente junto a familiares, sentado, con los pies debajo de una mesa era tan posible como hacerlo a ras de los campos, entre montañas pirenaicas, bajo la nieve o la lluvia, solo pan duro enmohecido, quizas con algun trozo de tocino rancio o queso de ovejas. Muchos eran los años viviendo de esa forma, lo estaban soportando a fuerza de cojones, ya estaban por acostumbrarse. Daba la impresión que ninguno de los dos bandos triunfaba o se rendía, era una lucha dispareja en cuanto a poder institucional, pero muy pareja en cuanto a los resultados reales. El terrorismo, los atentados, secuestros, asesinatos, emboscadas a policías, batallones militares, ocasionaban mayor cantidad de víctimas que los caídos bajo las balas oficialistas. El repudio o la aceptación de tales actos por parte de la comunidad local, nacional e internacional estaba bastante dividida. El grupo separatista había logrado dividir las opiniones, sobrevivir y crecer en el norte durante largo tiempo, gracias al apoyo inquebrantable de la mayoría de sus habitantes. Los principios e ideología de Eibar eran de las más ortodoxos dentro de la organización. A sus casi treinta años tenía suficiente experiencia como para liderar cualquier grupo de choque. Era de confiar entre sus superiores pero había quienes le temían por su carácter impetuoso, que en par de oportunidades al no querer retroceder puso en peligro la vida propia y la de sus compañeros. Por suerte, en esas ocasiones las cosas resultaron favorable lo que impidió ser castigado. Espigado, parejo de cuerpo con brazos musculosos, cabello castaño oscuro, abundante, rebelde, despeñándose hacia la amplia frente que buscaba dominar cepillándolo hacia atrás; ojos claros, casi pegados uno del otro, hundidos, bordeados por rectas y gruesas cejas. Últimamente marcadas ojeras revelaban continuos y prolongados trasnochos que le daba un aspecto feo, casi siniestro; las orejas grandes, carnosas muy pegadas al cráneo, boca alargada parecía no tener labios, de lo finos que eran; Voz gruesa, de hablar pausado, con un ligero problema al pronunciar las "R", poseía una mandíbula casi cuadrada poblada de negra y cerrada barba que se le unía a los vellos del pecho, daba la impresión de un troglodita flaco.

Su profesora de ciencias en bachillerato le había dicho una vez delante de la clase en pleno:

—Eibar, tu fealdad es tal que recorre la mitad de la circunferencia, llega al radio donde se corta con la belleza.

Nunca llegó a comprender la comparación pero sintió tanta vergüenza al oír aquellas palabras que durante una semana dejó de asistir al colegio, hasta que su mamá le obligó bajo amenaza de dejarlo por el resto del año cuidando los cerdos. A pesar de su timidéz superó el mal rato de la adolescencia entablando francas relaciones con las muchachas que sentían excitación al tocarle los velludos brazos, a escondidas de los demás chicos. Desde niño se antojaba de usar ropas muy holgadas que parecían no ser de su talla, zapatos de cuero crudo, de remate, la negra y tradicional boína vasca, la cual usaba con descuido, ladeaba ligeramente hacia la izquierda; pero fuera de su país llevaba la cabeza al descubierto. Acostumbraba mantener las manos tomadas detrás cuando hablaba; al prestar atención al interlocutor prefería clavar la mirada en el piso, detalle por el cual desde niño recibió severos castigos de su madre que lo veía como indisciplina, falta de cortesía. Pero él en su vida pudo corregir tal defecto. Cierto que se esmeraba en ser amable, aunque en verdad detrás de esa fachada se ocultaba uno de los hombres más crueles y sanguinarios de la organización. Paciente, reservado, calculador; a la hora de decidirse a actuar ya nada lo haría retroceder. No atendía contraordenes ni abortar planes así estuviese en juego su vida. Estaba convencido en lo más profundo que por no actuar a tiempo la humanidad había tomado derroteros equivocados. Poca teoría y mucha acción era su lema. Como cosa del destino en una descripción de él dada por alguien a la policía local figuraba: "Hombre de cara alargada, de regular estatura, con rasgos casi femeninos, dulce, afable, cortés en especial con las damas..." Menuda truculencia. Su apodo dentro del grupo terrorista era "Arnáz". Decir su nombre era la sinonimia de introvertido, seco, estable, desconfiado ante los desconocidos por lo que era muy difícil entablar amistad. Sus amigos le tenían como hombre valiente, de fiar a ciegas. Ya lo había dado a demostrar en algunos actos realmente arriesgados. Su relación con las mujeres era atípica, tenía dificultades en el cortejo, por lo que prefería mujeres de bares, prostíbulos o de la calle. Nacido en un pueblecito Vizcaíno llamado Murélaga de unas cuatrocientas almas, en su mayoría labriegos, surcado por un serpenteante y hermoso río de aguas cristalinas, en sus colinas había huertas, pastos, prados de siega para las ovejas. Abundancia de arboles frutales además de poseer galerías de chopos, alisios, hayas, sauces, fresnos, que le conferían un clima envidiable. Su origen rural en una región tan próspera, de gente muy trabajadora le permitió crecer en un ambiente familiar muy unido, con suficiente comida, en donde todos seguían los lineamientos del pater familia. Fue un niño taciturno, aplicado en la escuela, poseía una escritura de trazos fuertes en diagonal, ejercía presión al hacer los trazos, lo que según su maestra denotaba egoísmo y tendencias agresivas. Era un destacado aizkolaris, también gustaba practicar otros deportes típicos relacionados con el uso de la fuerza o la recolección de frutos. Su padre había sido un miembro recalcitrante de organizaciones separatistas que veían en Franco un enemigo de la causa contra el que debían enfilar todas las baterías para sacarlo del poder. Su constancia y radicalidad lo llevaron a huir a Francia en varias ocasiones; al decir de sus familiares conocía los caminos y vericuetos de Los Pirineos mejor que la sala de su casa.

El papá en uno de sus tantos viajes a la frontera francesa tratando, junto con cinco amigos, de hacer extorsión sobre un rico comerciante que poseía grandes almacenes y depósitos en el puerto,

una noche cae abatido en un enfrentamiento con la policía francesa cerca de Hendaya, Eibar quien andaba en su compañía, pudo
escapar a la muerte solo porque minutos antes se había bajado del
coche para ir al sanitario en un pequeño ventorrillo al lado de la
carretera. El choque se produjo luego de haber recibido el pago del
rescate y buscaban alejarse del lugar cuando tres coches patrulla
se aproximaron. Al menos ocho agentes portando armas largas,
ametralladoras, bajaron disparando sin aviso. Eibar estaba por salir
del sanitario cuando oyó el tiroteo, varias balas dieron en la pared
donde se ocultaba. Con su arma en la mano trataba de distinguir
en la penumbra y ver como sus compañeros caían unos tras otro,
también respondiendo con fuego. Pero la policía los superaba en
número, armas, factor sorpresa. Uno de ellos, el que llevaba el
saco con el dinero logró alcanzar una arboleda, fue perseguido y
ultimado. Aprovechando la oscuridad salió del retrete a ocultarse
entre unos ramajes. Comprobó que ninguno de los suyos había
sobrevivido. Angustiado, lloroso, comprendía ahora cuanto amaba
a su padre. Para cuando se vino la noche cerrada, el frío amenazaba con congelarlo, pero no podía moverse, los coches policiales
aumentaron como abejas en panal, requisando todos los rincones.
Tarde dieron sus labores por concluidas. Entumecido, hambriento,
con odio hacia los asesinos de su padre, logró al amanecer y de
puro milagro evitando tropiezos llegar hasta una escondida granja
donde sus moradores que le conocían le brindaron cobijo y ayuda.
Fue de esa forma tan cruda que pudo comprobar que su familia, su
pueblo, tenía enemigos serios, organizados, temibles, que buscaban la muerte de los suyos, el exterminio de irrenunciables ideales
separatistas, el anti-españolismo, reivindicación de los territorios
ocupados por Francia y España que históricamente pertenecían a
Euskadi, la defensa del euskara y un propio concepto de etnicismo.
Supo entonces que su vida y la de los suyos ahora más que nunca
estarían consagradas a defenderlos. Vivió un tiempo entre Bayona y pueblos vecinos ocultándose de la policía de ambos países,
acometiendo riesgosas empresas, muchas de ellas a espaldas de
la organización, tratando de algún modo superar el terrible dolor
que supuso el asesinato de su padre. Para esos tiempos Bayona era
un pueblo tranquilo lleno de judíos errantes que desde siglos de

ocupación le fueron confiriendo su especial estilo arquitectónico: mezcla de distintas culturas del mundo conocido traídos por los comerciantes, aventureros y banqueros semitas, que poco a poco, casi sin orden, fueron construyendo según su gusto y antojo para al final darle esa cara tan especial que ahora presentaba la ciudad. Era el lugar perfecto para luego de cualquier fechoría, ocultarse entre estas pacíficas gentes que parecían soportarlo todo.

CAPÍTULO IV

HUMO, FUEGO, OSCURIDAD, olor a pólvora, ruidos raros y sombras lo invadían todo, dominando las calles, los rincones del barrio judío. El cielo sorprendía con diferentes matices contribuyendo a hacer más tétrico el ambiente. Eran los cielos de la guerra. Tan pronto Sofía buscó a sus hijos que estaban con la vecina, entró violentamente a su casa. Sin pensarlo mucho, sin consultar a ningún pariente o amigo organizó las pocas pertenecias, llenando solo dos maletas fáciles de transportar. Hizo un exacto balance de cuanto dinero tenía. No era mucho pero pensó que podría alcanzarle para conseguir los pasaportes en el mercado negro, pagar los boletos hasta Gdansk, alojarse con sus hijos en algun hospedaje barato y alimentarse. La idea era salir al mar Báltico, ya allí, le sería mucho más facil embarcarse en cualquier nave pirata, de las que tanto abundaban en esos momentos en los puertos europeos. Casi un mes de angustias tardó en llegar al Puerto de Gdansk. Lugar peligroso, plagado de militares, espías, vagabundos, dispuestos a dar sus vidas, a matar por sobrevivir. Los antros, tugurios, burdeles, abundaban en cada esquina donde expendían licores de cualquier clase producto del pillaje, del contrabando. Eran sitios que permanecían abiertos las veinticuatro horas atestados de borrachos y prostitutas de baja monta fumando, bebiendo, dando gritos o pegándose trompadas. Con frecuencia morían personas dentro o en sus cercanías, sus cadáveres podían permanecer tirados durante días en un rincón hasta que un carro oficial lo recogía. Averiguaciones pocas, la gente no gustaba colaborar ni meterse en problemas. Los mercaderes ilegales tenían en aquellos parajes una muy bien tejida red que les permitía vivir en un paraíso; allí podían operar a sus anchas, sin control y con total impunidad. Sofía tomó la decisión de llegar a ellos, sabía que con dinero conseguiría lo que tenía planeado. Preguntando aquí y allá, topándose con gente de baja estofa, logra enterase que muy en secreto, estaban organizando un viaje en un barco sin bandera para sacar refugiados del pais. Efectúa ciertos contactos comprobando lo cierto de la información. Paga una considerable suma y embarca en el buque pirata que lleva un destino incierto. El capitán, hombre de mala catadura, reunió en un sucio salón a sus extraños pasajeros, eran noventa y cinco entre adultos y niños. Como pudo les dió unas escuetas explicaciones, cobró sus emolumentos, habló de los riesgos, la comida a bordo, dejándolos a todos boquiabiertos, descorazonados. Pero era lo que había. La carga humana inicia entonces un periplo azaroso, no se sabía cuando ni donde recalaría el barco. Dejaron las aguas del norte para enrumbar hacia la costa oeste Africana donde suponían recibirían ayuda y refugio de algun gobierno. Nada de eso ocurrió. Hasta para ripostar agua, alimentos, combustible, era dificil en extremo. Solo el carácter loco, temerario y aventurero del capitán y su tripulación evitó que murieran de hambre. Después de peripecias, rechazos por diferentes países ya que nadie quería refugiados ni perseguidos por los nazi, decidieron poner rumbo a Sudamérica. Por casi dos años el barco sirvió de hogar al grupo de personas que ya se sentían como en familia.

Deciden tocar el Puerto de La Guaira en la costa Venezolana, donde las autoridades migratorias tenían orden de rechazar cualquier inmigrante europeo. Por un acto humanitario del presidente, se hace la excepción y permite desembarcar a quienes deseen hacerlo. Sofía, sin pensarlo, agotada de tanto trajinar acepta el ofrecimiento y baja a tierra con sus dos hijos que a la postre ya contaban con seis y cinco años. Sin un centavo en la bolsa, acudió a la iglesia católica en la capital. Poca fue la ayuda, salvo el alojamiento y comida durante una semana en una casa cercana a la catedral. Debía conseguir un trabajo pronto. Caminando por las calles, la sensación de la familia era indescriptible. Todo les parecía silencioso, alegre, la gente sonreía por todo, les miraban con curiosidad, muchos le ofrecían pequeños obsequios a los "catiritos". Se les hacía dificil dormir durante las noches por la gran tranquilidad que reinaba: no ruidos de aviones, no bombas, no disparos a media noche, no gritos de personas que arrastraban a los conboyes militares. Era una calma absoluta, inconcebible para ellos nacidos y criados en la guerra. Llamando aquí, preguntando allá, con dos hijos de a rastras, sin hablar el idioma, logra dar con una pareja de italianos que estaban de paso por la ciudad visitando a una pariente. Vivían en un pueblecito de los andes, dedicados al cultivo de legumbres. Conocedores de la situacion por la que estaban pasando, la invitan a viajar con ellos, compartir su casa, alguna paga y comida. ¡No lo podía creer!: Cuatro dias en el agradable país y ya tenía trabajo, cobijo, comida para sus hijos. Dios no se había olvidado de ella. La casa le resultó cálida, acogedora, el trabajo no era matador, la comida fresca, buena. Los niños tambien se sentían a gusto, acudían a una escuelita cercana, por las tardes ayudaban en las labores. Permanecer estables en un lugar lleno de paz, tener amigos con quienes poder jugar, una comida a tiempo, segura, servida por una madre alegre, casi los trastornaba hasta sacar lágrimas a sus ojos. El cambio que se estaba operando en ellos era notable. Los huertos, la producción y las ventas ayudados por manos jóvenes, progresaban a ojos vista, tanto que a poco más de un año, tempestivamente surgió un comprador de la propiedad con tan generosa oferta que los dueños decidieron venderla. Sofía seguía siendo una mujer muy atractiva, sensual, cuya belleza resaltaba ante los rasgos aindiados, el color de la piel de la raza criolla. Cuando le tocaba los miércoles y domingos ir al mercado era el centro de todas las miradas. Varios comerciantes adinerados se atrevieron a proponerle matrimonio, pero ella con cortesía se negaba. Su cabeza andaba en otras cosas.

En esos tiempos el gobierno proseguía con la construcción de la carreta trasandina buscando unir el occidente con el centro del país. Se consideraba como un proyecto vital para el desarrollo de la región. Alguien en la posaba donde vivía después de dejar la casa, la anima a montar un timbiriche a la orilla de la carreta para vender comida a los trabajadores. Con lo poco que tenía ahorrado se decidió a correr el riesgo. Marcharía con sus hijos a acompañar la peonada en su continuo migrar a traves de las altas montañas. Obreros, trabajadores pobres y algunos empleados eran sus clientes asiduos, pero al irse propagando la fama de su belleza además de buena cocinera, choferes, empleados, oficinistas, se salían de sus rutinas para acercarse a su tienda, donde siempre encontrarian café caliente, dorados panecillos, comida del dia. Para la época el pan de trigo era poco conocido en las ciudades, mucho menos en el interior del país, por ser el maíz el producto básico en la dieta de los pobladores. Pero ella sabía manejar con destreza la blanca masa, extrayéndole manjares, hornear exquisiteces que agradaban el paladar de quienes las probaban. Se ingenió para construir pequeños hornos de barro muy rústicos pero efectivos. Un día a la semana lo dedicaba a amasar y hornear panes de todo tipo con la ayuda de algunas mujeres que seguían a sus maridos a lo largo de la ruta. Cada tres o cuatro kilómetros los obreros le fabricaban con piedras, barro, arcilla, la pequeña cúpula que le servía de horno. De esa forma no había necesidad de regresar al anterior, así a lo largo del trayecto se iban viendo las minúsculas construcciones que parecían cuevas apostadas en cuatro patas, que a poco de ser abandonadas, eran ocupadas por serpientes, pájaros y bichos que abundaban en esas montañas de dios. La vía iba comiendo la montaña socavada con explosivos, maquinarias, pico y pala. Había trayectos en donde se detenían por meses ante alguna dificultad del terreno o del clima. Las pestes, en especial la malaria diezmaba a los trabajadores que morían en masa presa de fiebres fulminantes. Si bien eran reemplazados por nuevas cuadrillas, la tragedia no cesaba de repetirse, a ello contribuía las malas condiciones de vida, pésima alimentación y falta de asistencia médica. El gobierno ayudaba a su manera: incorporando los presos de las cárceles y reclutando campesinos a punta de fusil. Era la manera de ir moldeando al nuevo país.

Los plomizos ojos de Sofía acostumbrados a ver el hambre, la enfermedad, la muerte en su Europa natal, no dejaban de sufrir cierta espectación. Notaba que las terribles condiciones de vida de los obreros podían ser mejoradas sin mayores gastos ni esfuerzos, aunque prefirió hacerse de la vista gorda viendo como eran tratados aquellos que buscaban meterse en líos políticos o sindicales. Por lo pronto a ella le estaba yendo muy bien las cosas, para que buscarse problemas. La atractiva mujer siempre estaba asediada por hombres que la conocían de vista o leve trato. Sin querer expelía un halito de sensualidad y erotismo que maltrataba la mente. Parecía estar todo el tiempo ovulando, expulsando ese salvaje olor de la hembra en celo. Pero no se atrevían a poseerla, allí estaban los guardias con estrictas órdenes de proteger a los inmigrantes extranjeros. Las penas eran severas para quienes ofendieran o agredieran a estos recién llegados. Atormentados, enloquecidos por semejante cuerpo, muchos marchaban cerro arriba cerro abajo sin rumbo, hirviendo de pasión y deseo yéndolos a aplacar en alguna hembra campesina. Enseñó a los montaraces, campesinos incultos a probar y disfrutar platos extraños, exquisitos, preparados muchas veces con productos o vísceras de animales que los nativos desechaban.

—Esa mujer sí que sabía aprovechar hasta los mínimos despojos y sacar de ellos exquisitos platos. Era el comentario general.

Verla amasando el trigo junto a las otras nativas era un digno espectáculo. Aunque siempre vestía con una falda ancha cortada más abajo de las rodillas, un blusón oscuro y un pañuelo rojo cubriéndole la cabeza, no podía ocultar las pronunciadas curvas de su cuerpo, los grandes y prominentes senos y el rubio cabello que le llegaba a media espalda. El meneo con el rodillo ponía la masa del trigo y la de su dura carne en frenético movimiento que hacía que los obreros dejaran sus labores para espiarla ocultos tras ramas y piedras. Los caporales se reservaban los mejores lugares y ¡ay! de aquellos que osaran ponérseles delante, su rango le garantizaba ser espectadores de primera fila. Ella no era inocente al efecto que su belleza producía en los hombres; ya desde niña, cuando las teticas comenzaron a brotarle, sus compañeros de escuela hacían cualquier cosa por tocarla. Su maestro de quinto grado, cuando solo contaba con doce años le declaró su amor en una tarde que la mantuvo intencionalmente ocupada después de clase. Fue y se lo contó a su madre quien recibió la noticia como si nada le importase. "¿Te gusta?" Fue lo que le respondió. El hombre de algo más de treinta años locamente enamorado, impaciente y desesperado acudió ante la familia a pedir la mano de la muchacha, el padre se negó en redondo, denodado y con mala cara se retiró al cobertizo de donde salió con una escopeta, el pobre maestro viendo que la cosa iba en serio y su vida corría peligro, abandonó presuroso la casa. A los pocos días, un grupo de niños tempraneros llegaron ante la puerta de la escuela que permanecía cerrada, asomaron sus cabezas por el cristal donde vieron el cuerpo del desgraciado colgado de la viga central. Dijeron que andaba tocado de la cabeza.

En el nuevo país su fama se propagó con inusitada rapidéz llegando hasta la capital. Se hablaba de "la polaca" en buenos y malos ambientes, de su hermosura, sensualidad, de su manera tan graciosa de hablar arrastrando consonantes, el color de sus ojos, la perfecta dentadura, sumamente alta, de buen humor, madre a toda prueba educando a sus hijos en las dos culturas sin dejar de ser siempre agradecida por el buen trato, las gentilezas de los nativos. Pasado un tiempo, cuando al ministro de Obras Publicas le tocó visitar la obra, lo hizo más por conocer a esa hembra de la que todo el mundo hablaba, que por ver los avances del proyecto. Hombre poderoso, de manera bruscas y carácter agrio, llegó como una tromba a la carpa que servía en ese momento de cocina-comedor. Sus ropas, botas, tono de voz anunciaron que no era de los de por allí. Ocupó con su séquito cuatro mesas que en verdad eran burdos tablones labrados a pulso por gentes de las montañas. Oteaba hacia los lados como una fiera buscando a la diosa de la que tanto hablaban. De repente por la misma puerta que él entró, apareció la espectacular figura femenina. Venía cargada con una bandeja de panecillos calientes, los plomizos ojos brillaban como nunca mientras que sus mejillas rojas por el calor parecian apunto de sangrar; el pañuelo ligeramente rodado hacia atrás, el firme movimiento de las caderas, dejó perplejo al todos los presentes. En silencio cruzaron miradas, no de picardía ni de malicia, sino odio entre ellos, como si la sola presencia de la hembra hubiera despertado instintos de posesión, de competencia. Embarazosa situación que fue rota por la voz del caporal mayor quien hizo entrada ruidosamente con varias botellas de whisky en la mano, a su lado otros arrimaban cajas de cerveza, vasos, hielo y demás vituallas para honrar la visita de tan importante personaje. Con discreción la mujer se acercó con sus dos hijos a las mesas presentándose y ofreciéndoles los platos del día. Con extrema cortesía no común en el, el Ministro la invitó a cesar un rato en sus labores y hacerles compañía, cuestión que con gusto accedió, disculpándose no poder mudarse ropas porque habían quedado en el campamento que recién acababan de desarmar. Luego de aquel primer encuentro se sucedieron otros. Largos paseos en automovil, caminatas por hermosos parajes, la relación se hizo íntima, familiar. Era él quien gustoso se trasladaba hasta el lugar más cercano donde trabajaba la mujer quien no quiso dejar su ocupación de cocinera aún cuando le ofreció un mejor empleo en la capital. Su sentido de mujer le aconsejaba no aceptar el ofrecimiento por no verlo conveniente para ninguno de los dos. Estaba casado con tres hijos y su matrimonio no andaba mal del todo. Entendía casi con frialdad que ella era una ligera aventura en la vida de aquel personaje público. La relación igual podía durar años como terminar al día siguiente. La vida le había enseñado muchas cosas duras en relación a los sentimientos y al hambre. No debía jugar con ninguno de los dos si es que no quería verse expuesta a correr riesgos o caer en el fracaso. Sus metas hasta donde podía calcularlas iban camino de consolidarse haciendo las cosas como hasta ahora, no había razón para cambiarlas por un amorío pasajero. Comentarios malsanos sobre ella le habían llegado por todas las vías al ministro y ella nunca le había mentido, así que le fue sincera cuando le reveló que algunas veces había vendido su cuerpo por una buena suma de dinero. Pero luego de conocerlo, nunca volvió a hacerlo, en su momento, prefirió cometer esa falta a cualquier otro delito. Tampoco era una puta de baja monta, aunque sus mismos "clientes" al verse privados de sus favores fueron los que corrieron con el chisme ante el jefe grande que ahora fungía como su amante. Entre sexo, caricias y bebidas, en un hotel del pueblo cercano, él le propuso dejar la vida transhumante mientras estuviera juntos, a cambio recibiría cada cierto tiempo una buena suma de dinero que le sería acreditada en su cuenta bancaria. Ella no le prometió nada, solo que lo pensaría. Terminaron de pasar felices el resto del largo fin de semana. Le gustaba que Sofia bailara en la intimidad la extraña música de su tierra. Ella lo complacía con gusto. Mientras movía su cuerpo al compás de la música, iba desprendiéndose de las ropas hasta quedar completamente desnuda. Luego lo invitaba a participar en la erótica danza terminando con arrebatos de pasión y sexo.

Capítulo V

Para abril se esperaban las lluvias propias de cada temporada, ni una gota cayó. Lo mismo fueron los cuatro meses que siguieron. Labriegos, agricultores, ganaderos preocupados veían secarse las represas, ríos, quebradas, vaticinando una cercana hambruna. La semilla del maiz, la caraota, el frijol, se secaron bajo tierra esperando el preciado líquido, el resto fue devorado por las aves y los insectos. No hubo rezo ni plegaria que bajara la lluvia del cielo. Corría el mes de septiembre del año 1949. Durante el día hubo un calor sofocante, pegajoso a pesar de ser una región alta, por la tarde el cielo se enegreció tanto que daba la sensacion de ser noche cerrada, tenebrosa.

—Lo que viene es agua. —Dijo uno de los obreros.

—Vamos a recoger lo que podamos. Tenemos que estar alojados en las carpas antes que se venga el aguacero.

Gruesas gotas comenzaron a caer, en minutos pareció que las puertas del cielo volvieran a abrirse para dar inicio a otro diluvio. De los cerros bajaron riachuelos que se convirtieron en cascadas, corría el lodo con piedras amenazando destruir las casuchas, las carpas de los trabajadores y arrastrar hacia el abismo las máquinas, vehículos, tanques. Una de las primeras en ser arramblada montaña abajo fue la casta de Sofia. Ella de milagro pudo salvarse al correr desesperada tirando con fuerza de sus hijos hasta alcanzar una saliente en la montaña que los protegió y donde permanecieron hasta la mañana siguiente. El día clareó un poco, el sol tenue amenazaba con salir, alrededor no se veía nada de lo que hubo el día anterior. Todo estaba limpio, no había carretera, ni maquinarias, ni cocina, ni muebles, nada. Todo fue devastado por la corriente. Grupos de hombres entumecidos por el frío formaban corros aquí y allá conversando en voz baja. Sofía se acercó, llevaba de la mano a sus hijos que miraban enmudecidos el asombroso espectáculo que la naturaleza les ofrecía. Sus caras lánguidas debido al hambre, a la mala noche, les daba un aspecto deplorable, pero no soltaban llanto ni queja, eran fuertes como su madre.

—¿Será posible conseguir un cafecito caliente? —Preguntó uno.

—¿Y de dónde? Las despensas de la comida deben andar todavia rodando río abajo. —Respondió otro.

—¡Mami! —Interrumpió uno de los niños—. ¿Y la maleta con nuestra ropa?

—¡Hijos! Por favor olvídense de la maleta, la ropa, sus zapatos, libros. Nada ha quedado. Debemos comprar las cosas de nuevo. —Habló la madre en tono enérgico como para no admitir protestas.

—Debemos iniciar el descenso hasta el caserío donde por lo menos conseguiremos algo de comer y alojarnos. La lluvia va a proseguir quien sabe hasta cuando. —Dijo uno de los caporales.

Se organizaron lo mejor que pudieron. Un grupo de hombres marcharía adelante para ir marcando la ruta a seguir, abriendo paso entre los escombros de barro, árboles, rocas inmensas caídas de los cerros. El trayecto no carecía de peligros; de los barrancos seguían desprendiéndose cúmulos de tierra que facilmente enterrarían a varias personas, nidos de pequeñas pero mortales serpientes estaban al descubierto, toda precaución era poca. El resto, en número quizás de treinta, seguía a los primeros. El largo camino, siempre de bajada se les hacía interminable, nunca paró de llover. Amainaba por ratos, para seguidamente volver con mayor intensidad. Con la caída de la tarde, agotados, con heridas en los pies, la carretera les ofrecía un aspecto menos desolado. Acogedoras luces de los mechuzos de gasoil, anunciaban la cercanía de las primeras casas. Cuando alcanzaron el pequeño poblado, la gente salía de sus viviendas a recibirlos jubilosos con palmas benditas y bendiciones. Los daban por muertos. Les ofrecieron sus humildes platos de comida que aquellos seres agradecían con lágrimas en los ojos. Esa noche durmieron en cobertizos, corrales, tinglados de zinc, de palma. Cualquier lugar era bueno para pasar la noche al cobijo del agua, del frío, del viento que se colaba entre los huesos.

Hubo de transcurrir varios meses desde la inundación para que trajeran nuevas maquinarias y con ellas llegaron obreros de lejanas tierras, muchos eran extranjeros hablando raras lenguas. Otras mujeres con hijos a cuestas vinieron con sus fritangas, ventas de verduras, sopas, hervidos, arepas rellenas. La figura del turco con un enorme bulto en el lomo ofreciendo casa por casa cortes de tela, ropa hecha, baratijas, se hizo parte del paisaje. Al poco tiempo el villorio y a lo largo de la carretera se vio repleto de minusculas tiendas que abastecían a los trabajadores. También llegaron las prostitutas, rateros, personas de baja catadura, delincuentes. Los "maracuchos", llamados así los habitantes del vecino estado, fueron quienes montaron los primeros burdeles. Eran expertos en esas lides. El día menos pensado se aparecieron entre los ranchos con un par de camiones llenos de putas. El abigarrado grupo lo integraban mujeres de los aspectos más variados. Había para escoger: jóvenes, viejas, gordas, flacas, negras, blancas, colombianas, argentinas, dominicanas. Fueron alojadas en cobachas, tenduchas fabricadas en momentos. Un generador eléctrico puso a sonar la rockola Seeburg, a poco ya estaban vendiendo cerveza, licores, cigarrillos. Ahora el mágico silencio de la noche al pie de los andes, era roto por los gritos, peleas y hasta disparos provenientes de los antros. El gobierno del estado se vio en la necesidad de instalar un cuartel de policía, una pequeña iglesia y la medicatura. Los heridos por arma blanca, las enfermedades venéreas, los problemas parasitarios ocupaban el mayor tiempo del anciano médico asignado al poblado. El cura, un español cuarentón con cara de labriego, de voz ronca, manos como ladrillos, se aparecía cada domingo por la mañana encaramado en una vespa. Las beatas se turnaban para preparale la pitanza dos y hasta tres veces en el día porque el vicario de dios padecía de hambre atrasada. Comía hasta piedras. Cuando tomó confianza entre los pueblerinos, se le veía meter mano a las muchachas encargadas del catecismo. La habitación hecha para la sacristía fue silente testigo de las desvirgadas que se sucedían con frecuencia. El vagabundo cura, fuerte como un buey, rústico como un tronco, preñaba a las jóvenes sin pena ni recato, bajo la mirada connivente de familiares y vecinos que veian a los hijos del sacerdote como bendiciones del señor. Otros pensaban que aquello eran fines de mundo. La carretera avanzaba a buen paso, lo peor sin embargo era que iba dejando un lastre de miseria, casuchas, ranchos, ahora habitados permanentemente por extraños, levantados sin orden ni medida a la orilla de la vía; estaba naciendo un país cimentado en la anarquía. Aquellas pobres personas decidieron quedarse antes de volver a su lugar de orígen, donde seguro las condiciones de vida serían pésimas. El llamado progreso había llegado, tocaba los pueblos durante un tiempo, se llevaba lo que vino a buscar, dejando atrás basofia humana, hojarasca social, marginalidad : Masas humanas desclasadas, sin origen, sin pasado. Era el producto, el parto del demonio que entraban a formar parte de una sociedad que no estaba preparada para recibirlos, mucho menos aceptarlos. Ya no eran campesinos, ni proletarios, ni clase media o baja, simplemente eran mutantes, salidos de un laboratorio sin control ubicado en los genitales masculinos y las locas vaginas. ¿Cómo puede llamarse al engendro nacido del amancebamiento entre una puta con un chofer de camión o con un simple agente de policia?

En medio de aquel barullo, Sofía se movía a sus anchas, les ganaba en experiencia y decisión, temple y valores adquiridos en el fogón de la guerra. Hizo fabricar un toldo metálico con ruedas que le servía de cocina. Asi podía moverlo sin dificultad siguiendo las cuadrillas. Al lado asentó una inmensa carpa de color verde para apostar cómodas mesas, sillas, un lavabo. Seguía atendiendo a cualquier tipo de personas, sus precios eran razonables, su comida limpia, sana, deliciosa. Mantenía un trato cordial con todos por lo que no vio mermadas sus ganancias debido a la competencia. Al contrario, sin proponérselo se fue quedando con lo mejor del grupo. LLegó a un acuerdo con dos de las empresa contratistas de fiarles la comida a sus empleados. Cada quincena recibiría puntualmente su cheque. Ahora era una pequeña empresaria que debía abrir cuentas en los bancos. El torrencial aguacero la dejó a ella y a sus hijos sin pertenencias personales, sin negocio, sin la apreciada maleta que fue permanente compañera de dolores y alegrías desde su partida en la lejana Polonia. Desapareció aquella lúgubre noche arrastrada por el torrente. Al pasar el tiempo, cayó en cuenta que de verdad las aguas le habían quitado todo, solo que esa profunda limpieza vino a transformarse en beneficios inimaginables.

Capítulo VI

Un año antes que la Compañía paralizara los trabajos en la carretera debido a carencia de fondos, se suscitó tremendo escándalo político en donde salió como principal implicado el amante de Sofía. Le acusaban de malversación, aprovechamiento de fondos públicos, junto a otros delitos contra el patrimonio nacional. El momento era el peor porque se trataba de un año electoral y las posibilidades que su partido volviese a ganar los escrutinios eran remotas. Llegado el mes de febrero e instalado un nuevo gobierno todas las baterías fueron enfiladas contra él y otros personeros del gobierno anterior. Oportunamente sus amigos cercanos, cómplices o colaboradores habían abandonado el país en desbandada hacia Miami, Islas Canarias o Europa, llevándose a sus esposas, hijos y amantes junto con los millones de dólares robados. Para ellos era el momento de comenzar a disfrutar de sus riquezas malhabidas. Él, por su parte corrió con la mala suerte de no poder escapar atiempo. Gozaba ahora de la fama a ser "un leproso político", al que nadie debía acercarse, hasta sus familiares dejaron de tratarlo. Al juez se le hizo fácil la tarea de condenarlo a varios años en la cárcel. El panorama era desalentador, Sofía se transformó en la más asidua, por no decir la única visitante. Un buen día aprovechando la visita conyugal en que el guardia les había dado un tiempo extra a cambio de unos billetes, él le dijo:

—Sofía. Hasta ahora, por mi dinero me tienen en una celda especial con cierta preferencias, pero eso está por cambiar en perjuicio mío, según me han dicho algunos guardias con los que he hecho cierta amistad.

—Por lo tanto debo actuar con prontitud. La única persona en quien puedo confiar es en tí. Ni siquiera mi familia más cercana merece una pizca de confianza. —Pasó de seguidas a darle unas precisas instrucciones.

—Debes ir a estos bancos donde retirarás la mayor cantidad de dinero posible antes que congelen las cuentas y colocarlo en cuentas offshore. Tus documentos están en regla por lo que no tendrás problemas.

—También irás a las direcciones escritas en la libreta donde están guardadas muchas maquinarias pesadas de las utilizadas para la construcción de carreteras.

—Trasládalas a otro lugar seguro que tu puedas visitar sin problemas. Si puedes comprar un lote de tierra lo suficientemente grande sería mejor. Contrata vigilantes de confianza para que no desvalijen los tractores ni la otras máquinas.

—¿Por qué no me habías dicho antes? —Preguntó, algo azorada—. Son muchas cosas juntas. No sé si pueda cumplirte a cabalidad.

—¡Lo harás! Lo sé. Llegué a confiar en que mis amigos me sacarían del atolladero en breves días. Ya han pasado cuatro meses y no he visto a ninguno. Hasta es probable que estos bellacos estén tramando maldades en mi contra.

—Por unos días dejarás encargada de tus negocios a Rosenda, ella lo puede hacer casi igual que tú. Prácticamente la has hecho a tu forma de ser.

—Tienes que hacer lo que te digo desde ahora mismo, es probable que me trasladen a celdas de mayor seguridad o quieran extorsionarme.

—Mis abogados trabajan en eso. Pero hay mucho revuelo en la prensa, todos tienen la vista puesta en mí, soy ahora el chivo expiatorio que debe cargar con todas las culpas del gobierno. —Hablaba sin parar, como si el tiempo se le acabara.

—Tendremos que esperar que se aplaquen un poco los ánimos para intentar cualquier salida por temeraria que sea, porque yo no pienso quedarme aquí por el resto de mis días.

—Está bien —respondió Sofía, con cara muy seria, preocupada por lo que ciertamente veía venir contra su amante—. ¡Cuenta conmigo!

—No te acerques por aquí por lo menos durante un mes. Ve con mis abogados para que te asesoren en algunas cuestiones menores, pero no les cuentes de lo que vayas haciendo. Estos carajos tampoco son de fiar.

—Yo sé que contigo no tengo necesidad de repetirte las cosas. Eres sobradamente capáz e inteligente para sortear escollos. Te quiero.

Se despidieron entre mucho desasosiego, el ambiente se había recargado con malas vibras. Afuera los guardias desesperados gritaban, golpeando con fuerza las rejas de hierro conminando a las visitas a abandonar las habitaciones. La entereza, fidelidad, decisión de Sofía se puso a prueba en la lucha librada contra un sistema desconocido por ella, que se había volcado inmisericorde contra su amante. Corriendo riesgos, dificultades, amenazas de deportacion y hasta de muerte, logra llevar a cabo el mandato. Los bienes, las propiedades ya estaban a buen recaudo. Entre abogados marrulleros, sobornos a las autoridades, regalos a jueces, había gastado una buena porcion de dinero. No tuvo alternativas. El Ministro, un año y medio después a través de sus costosos defensores logra un local *ad hoc*. Hepatitis fue lo que argumentaron para obtener el beneficio y trasladarlo con sus custodios hasta la habitación de un hotel. El plan fue preparado de tal manera que pudiera salir del país clandestinamente con un destino desconocido. Una noche víspera de navidad, aprovechando que la gente andaba en plan de fiestas, obsequió a sus guardias con buen dinero para las compras propias de la época decembrina.

—Hoy no me encuentro muy bien. He sentido jaquecas, mareos, vómitos desde la mañana. Voy a tratar de dormir temprano. Que pasen unas felices fiestas. —Dijo, despidiéndose de sus guardianes.

Dejaron la puerta sin vigilancia mientras se iban de compras por un par de horas. Pensaron que un hombre tan considerado, en mal estado de salud, era imposible que pretendiera escapar. Con ese argumento compartido ambos hombres abandonaron sus puestos. Minutos después el preso se descolgaba por una ventana usando cuerdas que estaban ocultas bajo su cama. Subió a un vehículo con la insignia de taxi, el cual sin pérdida de tiempo tomó rumbo al sureste, hacia el delta del Orinoco. Casi quince horas de velóz marcha, en tensión extrema cuando eran detenidos por las alcabalas de la Guardia Nacional en su trabajo de rutina. Por fín llegaron a un pintarrajeado puente de hierro donde el auto tempestivamente salió de la carretera yendo a detenerse a la orilla de un negro brazo de agua. La noche era tétrica, oscura, el sonido del agua que caía como catarata en algún lugar, daba la impresión que una gran oleada se les vendría encima. A pocos metros de la orilla, una lancha dotada con cuatro potentes motores que rugían suavemente, recibía al invitado que ocupó sin dilación un puesto seguro. Los motores pusieron en movimiento el rápido vehículo adentrándose en aguas tormentosas. Velocidad máxima con rumbo a Trinidad. No se detendrían hasta tocar tierra en la isla, ni aún bajo amenazas de la guardia costera, debían defender la carga humana con las armas si llegara el caso. La proa se levantó visiblemente dando la impresión de volcarse hacia atrás, en esa posición se mantuvo todo el trayecto. Menos de una hora tardó la rápida lancha en tocar su destino: un aislado atracadero en la costa occidental que era utilizado por contrabandistas, delincuentes, dedicados desde años a cometer fechorias entres ambos países. Un negro con mala cara, quiso serle simpático ofreciéndoles una sonrisa.

—¡*Merry Christmas*! ¡Bonita nochebuena señor! Voy a llevarlo al hotel. —Dijo, machacando el español.

Estuvo en la isla durante casi un año, tiempo que Sofía no dejó semana sin visitarle. Estaba agradecida y sentía afecto por el, quien no dejaba de preguntarle con un dejo de tristeza:

—¿Estás cumpliendo con la promesa que me hiciste? —Ella se lo reafirmaba.

Al salir de prisión logró recuperar miles de dólares de sus cuentas, también dinero que tenía en las islas Caimán sumándolo a lo que pudo obtener Sofía de la venta de las maquinarias. En total ascendía a unos ciento cuarenta millones de dólares, que si los invertía con inteligencia podría vivir holgadamente su destierro. Él entregó a su fiel amante varios millones que debían estar en una cuenta a su nombre, fuera del país. Pensaba que era la mejor manera de agradecerle su compañia, su lealtad: asegurar su futuro. En el tiempo que siguió aprovechaban de verse en pueblos fronterizos de Colombia, o las Antillas hasta que el comenzó a sufrir de una extraña enfermedad, se presumía cáncer, pero no daban diagnóstico definitivo: perdió el cabello, en la piel se formaron costras sangrantes, una tos constante le impedía descansar. Sofía estuvo a su lado por espacio de dos años, cuando debieron recluirlo en casa de un familiar que vivía en Republica Dominicana. En las clínicas no acertaban con los tratamientos suponiendo un enorme gasto sin razón. Lo volvió a ver cuando una mañana lo trasladaron de urgencia a un centro clínico. No reconocía a ninguna persona ni gesticulaba palabra. Su condición era deplorable e irreconocible. Murió la tarde siguiente de su ingreso. De nuevo, la muerte tocaba de cerca a Sofía, cualquier noche de frío veía su lóbrega figura que la acariciaba, hablándole al oído cosas bellas de su amada Polonia, tambien para darle fortaleza, porque pasado el entierro retomó el rumbo de su vida, su meta seguía siendo la de hacer tanto dinero como fuere posible. No superó nunca el horror a la pobreza, al hambre, a los padecimientos que lleva consigo la miseria. Sentía que cualquier ahorro o previsión era poca.

CAPÍTULO VII

VEINTITRÉS AÑOS LLEVÓ abrir una gigantesca fisura a través de las altas montañas que con el tránsito de carretones, tractores y caminantes, la fueron convirtiendo en la carretera que ahora unía pueblos y caseríos con la capital del estado. La angosta vía conducía al caminante por hermosos parajes, atravesaba caídas de helada agua, las paredes de los cerros estaban pobladas de helechos multiformes, con verdes de distintos tonos, pájaros diversos surcaban en alharacosas bandadas las inmensas alturas. Para el viajante daba vértigo tanto mirar hacia arriba como hacia abajo. La neblina se disipaba muy pocas horas al mediodía, el frío seco unas veces, ventoso otras, azotaba las faldas de los montes con un ruido cavernoso. Transitar por la carretera siempre supuso peligro, los derrumbes eran frecuentes en la época de lluvias, gigantescas piedras se desprendían de las cimas rodando con toneladas de lodo hacia la carretera y a los profundos abismos. Dos vehiculos de carga, por razones que se suponen, pero desconocidas con certeza, yacían en el fondo de las montañas, en el lecho de un inaccesible río. Ningún sobreviviente, ninguna tumba. Nadie se atrevió a descender para rescatar los cuerpos. Con cada crecida del río, los oxidados camiones eran arrastrados unos cientos de metros, hasta quedar atrapados de nuevo entre las rocas donde permanecerían hasta que otra crecida mayor los pusiera de nuevo en movimiento. Ya no rodaban sobre sus ruedas sino que lo hacían de lado, volcados o girando. Macabro espectáculo.

Durante la noche anterior no había parado de caer una pertináz lluvia que formó charcos por doquier. Al amanecer el cielo continuaba siendo surcado por nubes negras que presagiaban tormenta, pero los camiones y autobuses de la contratista que recogían a obreros, empleados, a lo largo de la ruta no dejaron de pasar, tocando la ruidosa bocina que ponía en alerta a los vecinos, callados campesinos no acostumbrados a ver la paz de sus vidas rota por un tropel de gente venidos de todos los rincones del país con la tarea de construir el puente que uniría dos profundas salientes. Abajo un caudaloso afluente con aguas tormentosas rugía sin cesar. De los extremos del puente los gruesos cables de acero se columpiaban movidos por el viento que amenazaba derribarlos. Los trabajadores se movian con extrema dificultad, corriendo serios peligros de caer al profundo precipicio. Sin embargo, los capataces dieron la orden de iniciar los trabajos programados para esa jornada. Cada quien haciendo grandes esfuerzos en su lucha contra el agua ventosa que les azotaba, trataban de ocupar su puesto en la obra. Empapados, con un aire gélido que penetraba los huesos, poca visibilidad, hacía el trabajo más riesgoso. Poco antes del mediodía el clima se hizo insoportable y sonó el pito que indicaba la suspensión de las actividades. De las trailas que hacían las veces de oficinas, unas, depósito, dormitorio de los vigilantes, otras, comenzaron a salir personas que corrían apresuradamente hacia los transportes; pocos eran los que disponían de automóvil. El contador de la empresa era unos de esos privilegiados. Jóven, obeso, con una gran panza que bailoteaba al caminar, alegre, de sonrisa franca como buen pícnico, bailarín de postín, gran tomador de cerveza, tenía fama de servicial con las damas y enamorado de todo lo que llevara falda, era apreciado por cometer muy pocos errores con las cuentas además de ser muy puntual. Su nombre era Julio Morales, todos le decían carinosamente "Julito". Para cuando abandona la traila que le servía de oficina, la lluvia había arreciado formando charcos y pantanos por doquier. Grandes vigas de acero no pudieron ser colocadas y fijadas en sus lugares, permanecían colgantes de gruesas guayas con pesadas cadenas que pendulaban peligrosamente por los embates del viento con agua. Julio con sus manos cargadas con libros, carpetas, corrió hacia su auto precisamente cuando uno de los cables de acero se rompía por el enorme peso. Sabal, justo cuando corría hacia la caseta, vio la escena asombrado. Un horrible silbido partió el aire, el grueso cable como un inmenso látigo marcó su rumbo hacia el hombre gordo que corría, le alcanzó a la altura de las rodillas, partiendo ambas piernas como si fueran de mantequilla. Pocos vieron el terrible espectáculo, nadie sabía qué había ocurrido realmente. Solo se veía un hombre tirado en medio de los charcos de agua que en segundos se tiñeron de rojo. Algunos obreros se fueron acercando oyéndose gritos de horror al ver las dos gordas piernas lejos del cuerpo, conservando todavía los pedazos de pantalón y los zapatos ajustados a los pies.

Personas ligadas a la empresa con harta dificultad lograron introducirlo en una camioneta pick-up para trasladarlo al puesto de socorro más cercano. Alguien recogió sus piernas colocándolas al lado del herido que al verlas lanzó un gemido de dolor, sufriendo de seguida un colapso. Pocos apostaban a que llegaría con vida al hospital. El lugar quedo solitario a merced de la tormenta, que había transformado el caudal del río en una terrible creciente que arrastraba todo a su paso, el negro cielo parecía ser medianoche cuando solo era la una de la tarde. En medio de aquel barullo, los obreros presa del desorden, el desconcierto, corrían sin sentido lanzando gritos entre ellos; no había una voz que les orientara en una acertada dirección. El caos era total. Un viento cortante, ráfagas de lluvia, iban formando charcos, pantanos que dificultaban caminar, mucho menos correr, que era lo que la gente trataba de hacer. Desde un destartalado camión que era usado como grúa, las luces intermitentes sirvieron de guía a los trabajadores para que se acercaran. Sabal abandonó el lugar, de un salto trepó a la plataforma yendo a amontonarse con los otros. Subieron tantos como pudieron. Muchos quedaron en tierra, contando con la promesa del conductor que regresaría tan pronto desembarcara las personas. Pasado un rato, cuando la máquina redujo su velocidad al doblar en una curva, de un ágil brinco Sabal alcanzó la otra orilla del barranco para dirigirse a su morada. Los demás, apesadumbrados por la tragedia, en medio de los rugidos del viento y la lluvia cortante que les banñaba el cuerpo continuaron el viaje. La calzada estaba poco menos que intransitable con una visibilidad casi nula que amenazaba al camión irse a los profundos despeñaderos. Minutos después Sabal llegaba a la humilde pero acogedora vivienda que le servía de posada pagando a sus propietarios una discreta suma. Pasó un buen rato sumido en pensamientos tristes, mientras se mudaba la ropa húmeda. La doña —como acostumbraban decirle a la dueña— ya enterada del horrible accidente, tocó su puerta invitándole a tomar una sopa caliente. Comieron en silencio solo interrumpidos por la inocente curiosidad del pequeño de la casa.

—¿Y qué hicieron con las piernas del señor que se murió?

—¡Vaya a jugar y no moleste a los mayores con sus cosas! —Reprimió la madre.

—Hijo. Todavía no se sabe si murió o no, será mañana que nos enteremos. —Dijo el tío.

Afuera la lluvia caía incesante, se veían los riachuelos correr bajando de los cerros y laderas. Sabal abandonó la mesa saliendo al cobertizo desde donde, callado, miraba el espectáculo con un cigarrillo entre los labios, transportado a quien sabe a que lugar. No era amigo del contador, solo se habían visto algunas veces en los bares y los días de pago, pero el accidente lo había perturbado. Le parecía insólito como puede cambiar la vida de un ser humano en cuestión de segundos, pasar de vivo a muerto, de excelso bailarín a postrado en una silla de ruedas. Sintió rabia e impotencia. "¿De verdad existirá un ser poderoso, nuestro creador, que permita que estas cosas sucedan?" Se preguntó. Al rato, como si hubiese recordado algo se dirigió hacia el pequeño establo donde observó una vieja maleta de cuero que servía como nido de gallinas, dentro se veían trozos de cáscaras expeliendo un olor putrefacto. La tomó sacudiendola con fuerza, revisándola con detenimiento. No estaba tan mal como parecía, hecha con muy buen cuero, se veía que no era del lugar. La colgó de una estaca que sobresalía en un rincón. Regresó a la casa donde le ofrecieron una taza de café cerrero. Mientras bebía el oscuro líquido hizo preguntas a la dueña sobre la extraña maleta, cómo había llegado hasta allí, si podía tomarla o si estaba en venta. Con agrado la doña se la obsequió diciendo:

—¡Tómela! Tiene años en ese lugar, desde la inundación del '56 que se llevó los puentes. Los muchachos la sacaron del río para ponérsela de nidal a las gallinas y a los pavos. Pero va a tener que lavarla muy bien si acaso la quiere usar para guardar cosas personales.

—Gracias. Sí, lo sé. Me gustan las cosas de cuero, pienso desarmarla toda, ver si se puede aprovechar. Si lo logro hacer, a cambio le dejaré la mía como regalo. Es nueva.

—No. No puedo aceptárselo. Coja la maleta y ya. Lo más probable es que esté podrida y no tenga utilidad alguna.

A la mañana siguiente, con la maleta en sus manos, buscó un pedazo de trapo y jabón encaminándose a la orilla de un riachuelo cercano. Estrujó con fuerza, despojando la caja del sucio y porquerias acumulados por años. Reseca, con un indefinable color, la estiró al sol sobre una gran laja. Concluida la labor, se recostó a su lado, sacó un cigarillo de su chaqueta y observando las nubes dejó que sus pensamientos volaran.

Capítulo VIII

Días después de la tragedia, el joven ya bastante repuesto, cesante por la suspensión de las labores, subía a un autobús que lo conduciría a los llanos centrales, donde una poderosa contratista le ofreció trabajo. Su fama de jóven responsable y soldador de primera, le precedían. En su mano portaba la maleta de cuero con sus pocas pertenencias, algo de dinero y un corazón lleno de tristeza, dolor, decepción por la manera como habían terminado las cosas. Su mente vagaba, la desagradable experiencia lo había perturbado; tenía recorrido muchos lugares de trabajo sin ver accidentes graves, ahora sabía de los riesgos que entrañaba la vida, lo cambiante que puede ser nuestra condición, pasar en cuestión de segundos de la salud al hospital, de la vida a la muerte. El viaje largo, por una angosta carretera, un calor insoportable se le hacía interminable. Todas las ventanillas abiertas permitían la entrada de un viento caliente que amenazaba con hacer volar por los aires los objetos de los pasajeros. Gente pobre, campesinos en su mayoria que dejaban sus tierras buscando mejores oportunidades en la ciudad. Permanecian callados, absortos en sus sueños, adormecidos por el vapor, interrumpidos solo por el llanto chillón de algún niño hambriento reclamando la teta de su madre. El basto conductor detenía la máquina cada cierto tiempo para abastecerla de agua, combustible, cambiar un neumático, momentos aprovechados por los viajantes para hacer sus necesidades o comer. Eran parajes sórdidos, ventorrillos con paredes descascaradas en las que podia apenas leerse unas letras amarillentas: "Leche Klim", restaurante "El pegón". Frondosos árboles de mango brindaban una agradable sombra que era aprovechada por los pasajeros para estirar las piernas, extender en el suelo largos trapos donde traían envuelta la comida. Mientras el chofer con su ayudante acompañados por una jóven mujer, vestida con un pantalón ajustado, descotada blusa que dejaban ver la mitad de las tetas, maquillada en exceso, que ocupaba el asiento atrás del conductor, hacían su entrada a la casucha orgullosos, prepotentes, en medio de las miradas de envidia y asombro de los paletos de pueblo, borrachines, que merodeaban por el lugar. Era todo un espectáculo de bajeza y mediocridad. La mesera, muchacha aindiada, de piel cobriza, pelo lacio, usando un delantal bastante roído, acudió solícita a ofrecerles los platos del dia.

—¿Qué es lo que hay de comer hoy? —Preguntó el chofer, con voz altanera.

La joven camarera, con pena o quizás miedo, repitió el discreto menú.

—¿Y no hay pescado frito? —Habló la mujer pitarrejeada.

—No señora. Solo tenemos....

Con ínfulas de gente importante pudieron al fin pedir la comanda. El conductor se levantó caminando detrás de la mesera, adentrándose ambos en la cocina. Hombre bruto, abusador y confianzudo, destapaba las ollas como si fuera el dueño ante la estúpida mirada de las cocineras, que se sentían amedrentadas por el hombre moreno y barrigón. Éste se pavoneaba creyéndose un dios entre la sarta de ignorantes que veían en un simple chofer un super hombre. Un pellizco aquí, una nalgada allá, un grosero piropo acullá, cerraban el bochornosos espectáculo. En la mesa, la mujerzuela retocaba su maquillaje, sonriendo por los chistes picantes que contaba el ayudante-maletero. Nada extraño era que la hembra sirviera de amante de ambos hombres. En el submundo de los terminales, autobuses, choferes, mujeres de baja estofa, todo lo sucio era possible. Se hartaron medio negocio, además de pedir comida para llevar, cigarrillos, chocolates, golosinas, refrescos. El dueño, un velludo portugués vistiendo la consabida camisa blanca redoblada apretadamente a la altura de los biceps les atendía con diligencia, queriendo parecer simpático. En realidad estaba molesto, pero era el costo que debía pagar para que los autobuses hicieran la parada reglamentaria en su negocio y no en otro. Ya vería después cómo recuperarse del saqueo sufrido de manos de los choferes. La manera era expoliando a los pasajeros con altos precios y comida basura. De esa manera funcionaban las cosas en un pais considerado uno de los más ricos del mundo. El viaje prosiguió hasta que ya entrada la noche arribaron al destino. Sabal, jóven, sin experiencia, con poco dinero en la bolsa, sin pensarlo mucho entró en la primera pensión de mala muerte que consigió. Un mariquito vestido con un pantalón bermellón ceñido al cuerpo, una franela verde sin mangas, le atendió con una gran sonrisa. Estaba cansado, por lo que que aceptó lo que le ofrecieron.En un pequeño almacén compró galletas, leche, encuevándose de inmediato en el cuartcho que le serviría de morada esa noche.

La empresa que lo había contratado estaba ubicada en las afueras del pueblo por lo que desde la puerta del sucucho, dio un agudo silbido llamando a un vejestorio que hacía las veces de taxi. Era temprano, el calor sofocante ya se sentía, trato de imaginarse el lugar en horas del mediodía. Tenía que soportar lo que viniera, el clima no iba a dominarlo, pensó, buscando darse animos. El trabajo ofrecido lo conocía muy bien, la paga era buena. Necesitaba el dinero. ¿Qué más podia esperar? Debía sentirse dichoso, miles estaban desempleados, la situación del país, dominado por politicos, militares corruptos lo tenían al borde de la bancarrota. El recibimiento por parte de quien sería su jefe desde ahora en adelante, fue grato. Hombre tambien experto en soldadura de grandes estructuras, se le hizo fácil entrar en comunicación con Sabal. Manejaban igual lenguaje e intereses. Por su boca se enteró que la empresa Franco-Brasileña hacia trabajos itinerantes en la región, por lo que cada cierto tiempo se producían mudanzas y traslados. El viviría en una traila con otros dos compañeros, el servicio de comedor se daba dos veces al día, el precio por ambas cosas era razonable. La cama y la comida era buena. Sin preámbulos, se le hizo entrega de botas, bragas, guantes, equipos de trabajo, cartillas sobre normas de seguridad, horarios, etcetera. En una hora estaría listo para irse con su grupo a la zona de perforación distante unos setenta kilómetros. Las jornadas eran largas, hasta de quince horas por día bajo un sol implacable o lluvia incesante. La contratista buscaba cumplir a tiempo sus compromisos, no se aceptaban excusas para el retardo. Ritmo agotador que no dejaba tiempo para el ocio. Ofrecía a sus trabajadores paga excelente, puntual, a cambio de enfrentar y superar el clima o cualquier contratiempo que surgiera durante la faena. Los obreros, empleados, que no se ajustaban a sus exigencias eran despachados prontamente. En la primera semana de diciembre, los pueblerinos anunciaban ruidosamente el pronto inicio de las fiestas en nombre de su santo patrono. Los jefes de la empresa por su parte, conociendo el temperamento festivo de los criollos, anunciaban a los trabajadores que cualquier falta al trabajo sería causa de inmediato despido. Y las tan publicitadas fiestas comenzaron en medio de parrandas, bailes, que duraban hasta la madrugada. Durante el día las mesas de juego, tarantines repletos de quincallas baratas, fritangas que esparcian un olor a aceite rancio, kioskos de venta de cerveza, llenaban las dos calles que atravesaban el pueblo. En un lote escampado instalaron lo que sería mas o menos un parque de atracciones: Los maltrechos carritos chocones, la montaña rusa que no se veia nada segura, la silla del diablo cuyas cadenas figuraban oxidadas, patos que les faltaba un ojo, carrusel de caballos con la pintura desgastada. Las campanas de la iglesia tañían incesante llamando a iniciar las celebraciones religiosas. Habría bautizos en grupo de niños provenientes de poblados lejanos, la misa cantada sería oficiada por un monseñor venido de la capital. La capilla fue decorada con esmero por las beatas que abundaban y las hijas de María. Profusión de flores naturales, de papel, de azúcar, nuevas vestiduras a las imágenes de yeso, daban un abigarrado aspecto a la capilla. En la finca de Doña Engracia, rica hacendada, principal devoto del santo patrón, no paraban de un nervioso corre y corre. Empleadas, obreros, peones, buscaban tener bien dispuesto todo para el desayuno y el almuerzo del prelado. Hombrón grueso, con su metro ochenta de estatura, doscientos kilos de peso, despachaba doce huevos fritos con buena guarnición en una sola sentada. El almuerzo ya era otra cosa. Cohetes desde tempranas horas anunciaban que pronto darían comienzo los oficios. La gente se iba acercando timidamente ocupando la pequeña plaza escasa de árboles, plena de tierra pisoneada de tanto transitarla. El calor ya se sentía. Los niños con sus ajustados ropajes para la ocasión, con una velita en la mano, sudando a mares, daban un espectáculo deprimente con sus caritas lánguidas, deseosos de salir corriendo a sus ranchos.

—¡Quédate quieto muchacho del carrizo, que los zapatos nuevos se te van a llenar de tierra! —Gritaba una madre, engalanada con un vestido rojo chillón, cabello negro, lacio, con olor a aceite de coco.

—No te quites el lazo del cuello. ¡Lo vas a echar a perder!

—¡Niña! ¡Ponte los zapatos! ¡Y deja de comerte los mocos!

—Mamá es que me aprietan mucho y el hambre me está matando. —Protestaba una chiquilla.

—Pues, no van a comer hasta después que salgamos de la iglesia. El padre dijo ayer que debían guardar ayuno.

La iglesia repleta olía a muchedumbre apretujada, sudada, las velas encendidas, los perfumes baratos, el aliento espeso y pegajoso del humano. Algunos miraban los viejos vitrales sin prestar atención al sermón que amenazaba con ser largo y aburrido; otros se embelesaban mirando las imágenes en escayola de los santos que fueron ataviadas con grandes batolas. Una fila se apiñaba empujándose cerca de la pila que contenía agua bendita, mojaban sus dedos pasándolos por la frente haciendo la señal de la cruz. Los ricachones con sus flamantes esposas e hijos estaban sentados en actitud circunspecta en cómodas butacas rojas cerca del altar mayor desde donde lanzaban miradas orgullosas hacia el poblacho amalgamado metros abajo. Las muchachas se daban discretos rodillazos cuando alguien del pueblo les llamaba la atención por cualquier detalle. El cruce de sonrisitas entres ellas no cesaba con todo iniciada la santa misa. Muy pasadas las once, los extenuantes oficios religiosos concluyeron, la gente comenzó a abandonar el recinto. Salían con caras atontadas, no demostraban alegría ni regocijo, parecían salir de la sesión en un cuarto de opiómanos. Con la bendición del cura se iniciaba un espectáculo pobre, bufo, pero que para aquellos paletos suponía el principal motivo de regocijo durante el año. Una pick-up Toyota que un día lejano debio ser blanca, lucía unas borrosas letras: Policia del Estado... En su interior tres agentes con descoloridos trajes azul, oxidado revolver 38 colgado de la correa. El que parecía ser jefe llevaba puesta una roída gorra de un equipo de beisbol de grandes ligas. Bajaron dándose el gran postín ante el tumulto de caminantes ataviados con sus mejores ropas. Para dar a conocer su autoridad detuvieron al primer transeúnte con cara de pendejo que les pasó cerca. Le ordenaron colocar sus manos sobre el destartalado vehículo, abrir las piernas para cachearlo. El pobre, de seguro un campesino igual que ellos, bajado de los cerros para disfrutar de la fiesta, ahora era sometido a la burla de todos. Su cara de indio le ayudó a ocultar el sonrojo. Como no llevaba encima documento alguno que lo identificara a empeloñes lo zamparon en la jaula. La autoridad hacía cumplir la ley.

Llegada la noche, los ruidosos altavoces dejaban oir una estruendosa música. Conjuntos de música criolla, orquestas vallenatas venidos de otras tierras, daban la señal de que los bailes estaban por comenzar. Las mujeres, sin importar edad, clase social, se engalanaban con sus mejores atuendos para pasear por las calles atestadas de borrachos, vagabundos y ladronzuelos de poca monta. Los pudientes emperifollados con sombreros "pelo e guama", camisa a cuadros, pantalón jeans, botas *lobland*, reloj Seiko, un vaso con whisky en la mano, montados en grandes y vistosas camionetas, se atravesaban en medio de la calle para despertar envidia, dejarse ver por la hojarasca marginal. Al detenerse entablaban conversación a gritos con otro conocido que venía en sentido contrario. Llamar la atención del populacho era la meta. Toda aquella gentuza soltaba frases de admiración y envidia al ver a los ricachones lucir sus prendas:

—Ese catire es el hijo de Don Chilo. Con solo catorce años y ya el viejo le compró "pinga" e camioneta. —Soltó alguien.

—Aquella pelo largo es la que quedó como reina de las fiestas. Ganó por la plata que tiene el "pae", porque es la más fea de todas. Con razón le dicen "nariz de chayote". —Comentó otra.

—El de la ford azul es el Servandito Oviedo. Ya lleva ocho años en la capital dizque estudiando para abogado y no ha pasado del primer año. Codo, bragueta y droga lo tienen de arrastra. —Criticó un vendedor de globos.

—Esas que llevan los celulares atapusados en los bolsillos del pantalón son las nietas de Pucho el del almacén. Viven en Miami dándose la gran vida con los reales que le manda el abuelo.

Entre dimes y diretes, lenguas maledicentes, chismes y viejas lenguaraces, las fiestas proseguían. Cada quien ocupando su lugar en una sociedad sucia, floja, embriagada en alcohol, muchachas que paren del viento a los doce años, familias incestuosas, mal alimentados, peor de salud. Y llegaba el nuevo día. El cantar de los gallos no anunciaban el amanecer, era imposible oirlo en medio de tanto alboroto. Otros policías, de peor facha, recorrían las calles revisando los bolsillos de los borrachos caídos como moscas a ambos lados de la vía. Era la manera de redondear sus raquiticos sueldos. En los calabozos no cabía un alfiler. Cuarenta y tres detenidos por camorreros, buscapleitos, armar escandalo público, diez putas foráneas por no tener permiso sanitario; seis tracaleros de oficio que hicieron trampa en el juego, catorce heridos graves en riñas con arma blanca Y la lista continuaba.

En el bar "Juan cuchara", ubicado en las afueras del pueblo, tugurio oculto entre árboles de color terroso con una rock-ola fuertemente protegida por barrotes de hierro donde tronaba una ranchera "La pelo de oro", cuatro mesas de tablas, unas cuantas sillas de cuero regadas por aquí y allá, un hombre pobremente vestido con su ropa de fiesta, ebrio, se abrazaba al aparato impidiendo que otras personas seleccionaran sus canciones. De pronto entró al bar otro hombre, en su mano portaba un filoso machete, su rostro desfigurado por la rabia y el alcohol .

—¿Dónde está "el sordo" Perez? —Casi gritó. Nadie habló.

—¡Coño! ¿Que dónde anda "el sordo"? —Repitió desde la puerta, sus ojos inyectados en sangre le daban un fiero aspecto.

—¡Él no está! —Respondió el de la rockola—. Pero aquí estoy yo por si le sirvo de algo.

—¡Ah! Entonces salga un momento hasta acá. ¡Que para usted tambien hay!

No más pasar el umbral el machete silbó por los aires yendo a caerle cerca del pescuezo, un chorro de sangre se disparó, el borracho se tambaleó, el atacante lo tomó por un brazo sin parar de asestarle violentos machetachos que iban cercenando el cuerpo por partes, como si de cortar una rama se tratara. La sangre brotaba a borbotones bañándolo todo, la tierra recibía sedienta el líquido negrusco. La locura, la violencia, sorprendieron a los presentes que no acertaban a impedir la masacre. Minutos después, por fín, alguien se lanzó sobre el asesino quitándole el machete. Ya desarmado lo pudieron golpear y amarrarlo a un tronco. Cuando la policia llegó, hizo ciertas preguntas a los pocos que permanecían en el lugar, montaron al cadaver junto con su asesino en la parte trasera del vehículo, saliendo a toda velocidad. Una nube de polvo y tierra cayó cubriendo la sangre, pedazos de carne, astillas de huesos. En la escena, un zapato oscuro, quizas debió ser negro, con la suela hacia arriba enseñaba un hueco producto del uso que en vida le dió el campesino.

La calurosa tarde aseguraba que la manga de toros coleados ya estaría atiborrada de un populacho embrutecido por el alcohol barato consumido sin parar durante dos días con sus noches. La rústica manga hecha con palos, juasjuas, amarrados con lianas y bejucos, no ofrecía la mínima seguridad. Muchos dando traspiés caminaban por el centro del rústico encierro arriengando a que gigantescos caballos que corrían de un lado a otro, los atropellasen. Los jinetes se pavoneaban ante las gradas donde agraciadas mujeres, usando indumentaria llanera, lanzaban sonrisas invitadoras. "Cacho en la manga" gritó un locutor casi ebrio apostado en lo alto de la tribuna presidencial. Un enorme animal de cuatrocientos kilos, salió disparado, enloquecido por la gritería buscaba cornear todo lo que se moviera, más si percibia colores llamativos. Con un brusco e inesperado cambio en su dirección, los grandes y afilados cuernos se hundieron en los hijares de un caballo cuyo jinete lo acercó demasiado al bruto con la intención de tomar su cola. Chorros de sangre salpicaron talanqueras, gente y otras bestias. Constinuó rabioso en su diabólica carrera lanzando cornadas mortales a todo lo que se cruzaba en su camino. Un hombre borracho con una botella de ron a medio terminar en una de sus manos no tuvo tiempo de protegerse de la embestida. El animal lo ensartó por un costillar lanzándolo a los aires yéndose a estrellar contra las vigas de fierro de un camión aparcado cerca de la talanquera. El gentío salvaje e indolente disfrutaba de la dramática función. Un diestro jinete llevando al toro de la cola, doblándose sobre su montura casi hasta el suelo, tiró de ella, llevando el animal a tierra que dió un vuelta sobre su lomo. La polvoreda levantada, la griteria, los aplausos, la euforia llegaba al climax. Minutos despues el achispado cabalgador era premiado con efusivos besos por parte de la reina "nariz de chayote", además de guirnalas prendidas en su espalda por las madrinas al lograr conseguir la dificil "filo e' lomo". De colofón una botella de whisky escocés concedida por el alcalde del pueblo. Con la llegada de la noche, la gente en pequeños grupos fue abandonando el lugar que ahora quedaba solitario, lleno de botellas rotas, basura, latas, papeles. A pocos metros un penetrante olor a meao y mierda era invadia el lugar. Al no haber baños públicos la gente hacía sus necesidades donde le vinieran las ganas. Lindas muchachas, encopetadas señoras sin pudor alguno se desprendían de sus ropas íntimas detrás de cualquier carro, en un cercano matorral, casi a la vista de todos, para soltar el mojón o el chorro de orine. También eso formaba parte del burdo espectaculo.

Algunas calles pueblo abajo otro rincón retumbaba por la grisapa, la música estruendosa y los cohetes, se trataba de la gallera que en su interior no admitia un alma más. Gente de toda clase y ralea venida de lejos se paseaban orgullosos con sus gallos variopintas metidos en sacos que les permitian sacar solo sus cabezas. En una esquina, un violento y abigarrado grupo sostenía fuertemente a un hombre asustado, pálido, con deseos de correr para librarse de sus captores.

—¡Que lo saquen! ¡Que nunca vuelva! —Gritaban, amenazantes.

—Ese desgraciado pedía los gallos muertos dizque para dárselos a sus perros. ¡No para hacer empanadas y luego vendernoslas!

—Una buena paliza es lo que merece el desgraciado. Nos estaba envenenando.

—Con razón al otro dia amanecíamos cagando sangre.

Comentarios agresivos iban y venían. El parlante anunció la primera pelea entre un gallo pinto y un jabao. Eso puso fin a la discordia. Un par de recios golpes en la nuca, varias patadas y el hombre fue lanzado a la calle.

—¡Coño! ¿Pero qué quieren estos hijos de puta, borrachos, malnacidos? Todavia les mato el hambre y me quieren matar. ¡No me jodan!

—¡Anja! ¿Y quién mantiene a mis hijos? —Refunfuñando, pateando la tierra el humilde hombre se alejaba de la gallera cuyo delito era el de guisar los gallos muertos que le daban los días de pelea, con la oscura carne su mujer preparaba unas ricas empanadas muy solicitadas por los galleros. Si las espuelas estaban envenenadas ese no era su problema. Por tramposos les pasaba eso.

Concluidas las fiestas, la contratista prescindía de once trabajadores de primera linea que habían faltado a sus labores. Sabal se lamentaba. Perdía a tres buenos compañeros de su grupo, que serían dificil de sustituir dado la cercanía de las pascuas. Trató de intermediar por ellos, pero la orden era irrevocable. El contratiempo supondría mayor carga para él. ¡Los parranderos a la calle! A engrosar la fila de desempleados y delincuentes. El veintidós de diciembre la empresa concedió vacaciones colectivas hasta el ocho de enero. Los trabajadores debían recoger sus pertenecias y desalojar las trailas. Nadie debía permanecer dentro, solo los guachimanes. Sabal tomó su vieja maleta de cuero, único equipaje, decidido a marcharse al cerro de Culantrillar buscando pasar unos días dedicado al descanso, cazar y lanzar unos anzuelos al río. La familia de uno de sus amigos vivía por aquellos parajes, le hizo la invitación la cual aceptó gustoso. Como no era dado a las parrandas ni la bebebera, la opción de pasar una temporada en medio de la naturaleza le cayó de maravillas.

Capítulo IX

En la madrugada un extraño ruido le despertó del sueño que recién conciliaba. Había estado "aguaitando" sobre un enorme árbol de bucare durante largas horas hasta que el tenue ruido de la rama seca que se quiebra con la pisada le anunció que la presa estaba acercándose. Contuvo la respiración, apuntó la escopeta hacia la penumbra, encendió la lámpara colocada sobre el cañón: la bestia levantó inocente la cabeza, los ojos rojos quedaron fijos mirando el chorro de luz. Segundos después un salto hacia atrás le indicaba a Sabal que el animal recibió el disparo en la frente. El eco se esparció por la selva, segundos después el silencio era absoluto. Con rapidéz bajó del árbol acercándose a la presa, era un venado de buen tamaño, quizas unos cuarenta kilos. Debía ahora ver la manera de cargarlo hasta la casucha que le servía de refugio. Casi una hora pasó arrastrando al animal, exhausto por la pesada carga logró colgarla de una enorme estaca. Un mechero de gasoil le ofrecía su amarillenta luz en medio de un humo espeso con fuerte olor a petróleo. Desollaba la presa dando precisas cuchilladas para sacar las vísceras que también guindó en la punta de la rama. No quería dejar residuos en el suelo por miedo a que otros animales salvajes se acercaran durante la noche. Jaló con fuerza el mecate y el cadáver del venado ascendió varios metros. A esa altura estaría protegido de los carroñeros. Ya podía lavarse y dormir a sus anchas. Antes recargó el arma calibre 20 con otro cartucho de los conocidos como "tres en boca". Un ruido proveniendo de un cielo sin luna ni estrellas, se acercaba raudo hacia donde él estaba. Corrió buscando mejor visibilidad, con dificultad pudo ver las luces de una pequeña nave que se precipitaba al suelo, a pocos metros de su hamaca. El aparato cayó dando grandes saltos, rodó varios metros con la trompa enterrada en la maleza hasta ir a estrellarse contra un enorme tronco. Sabal no se movía, cuerpo en tierra, miraba aterrado el espectáculo esperando que la nave se incendiara o explotara. Nada de eso ocurrió. De nuevo el silencio envolvió la montaña. El mechurrio se bamboleaba con el viento haciendo que su luz diera un aspecto fantasmal al venado colgado balanceándose lentamente, aún correando sangre, a su lado la avioneta destrozada. Esperó un tiempo que le pareció eterno antes de levantarse para ir acercándose paso a paso hasta la nave. Con la linterna alumbró hacia el interior. Lo que vió le hizo lanzar un grito de terror: Tres cadáveres destrozados yacían estrellados contra los tableros de control, los asientos estaban despegados del piso. Los muertos vestian chaquetas negras de cuero, pesadas cadenas de oro colgaban de sus peludos pescuezos. La intención del joven era salir huyendo del lugar, el cuerpo le temblaba, sudaba, la respiración entrecortada. Se sentó unos minutos sobre una gran piedra, encendió un cigarrillo. Poco a poco fue calmándose, recuperando el valor. Con mucho esfuerzo logró entreabrir una portezuela; pasó el cuerpo hasta chocar contra el primer cadáver, olía a sangre mezclada con perfume caro. Alumbró su cabeza destrozada, la fuerte luz recorrió los cuerpos: Eran extranjeros, árabes, tanta barba, pelos en el pecho, brazos, no daban lugar a dudas de su procedencia. Fue despojando a los muertos de sus pertenencias, cadenas, dinero en efectivo, dos maletines de cuero color marrón con cerraduras especiales, una pistola 9 mm, otra mochila tipo escolar con salami, enlatados... Media hora después hacía un somero inventario del botín acumulado. El día comenzaba a despuntar. Tocaba ahora decidir lo que haría. Volver al pueblo para denunciar el siniestro, entregar los valores o irse cerro arriba para no regresar a su trabajo. No tardó mucho en decidirse por lo segundo. Riesgos, peligros, persecuciones de seguro vendrían, estaba decidido a correrlos. Un desconocido valor, una extraña sensación de seguridad lo invadieron. Introdujo lo saqueado en un saco plástico de los utizados para almacenar abonos químicos en el que usualmente envolvía la escopeta. Miró el venado colgado, cortó dos tiras de lomo, las bañó en sal, envolvió el bulto en hojas, llevándolo como avío, emprendiendo la marcha cerro arriba. El saco pesaba lo suyo, le maltrataba la espalda, la escopeta también le incomodaba, pero no quería dejar nada que luego se lamentara.

Para el mediodia estaba agotado, nervioso. Pensaba lo que podría estar ocurriendo abajo. Cuantos sabrían ya de la avioneta caída. ¿Estaría reportada? ¿Quiénes eran esos tipos tan raros? Tenía sed, su cantimplora estaba seca, buscó algún riachuelo entre las faldas del cerro cortados casi a plomo. Había estado caminando sin una orientación determinada, solo se guiaba por la idea de ascender y ascender, era la única manera de alejarse del lugar del siniestro. Logró dar con un chorro de agua cristalina donde sació su sed. Recostado en una enorme roca quitó el nudo del saco, fue sacando los objetos. Necesitaba abrir los maletines, saber su contenido. Le habían hecho grandes, dolorosas ampollas en el hombro. Golpeando las cerraduras con rocas, con el cañon, forzándolas con su puñal remignton, al fin cedieron: Pequeñas bolsitas de terciopelo rojo, azul, negro, estaban llenas de piedras preciosas. Dólares apilados en fajos de billetes de veinte y cien, además billetes europeos. Dos pistolas Beretta. Pensaba que lo sustraido era una pequeña fortuna, ahora esas personas ya no le parecían tan buenas. Las armas de alto calibre, joyas, dinero, una avioneta a media noche. Todo era bastante sospechoso. Los maletines fueron a dar a profundos canjilones, igual suerte corrió la escopeta. El saco ahora era liviano, fácil de transportar. Prosiguió su viaje, creía estar cerca de la cumbre porque cada vez la montaña se tornaba más empinada. Casi al anochecer la cima era suya. Pudo entonces ver como ante sus ojos se abría un magnifico espectáculo. En lontananza aparecían inmensas llanuras despobladas jamás imaginadas, solo interrumpidas por pequeños grupos de palmas. Encendió fuego, puso parte de la carne sobre las brasas. Queria comer, descansar.

En el pueblo todavía nadie se enteraba del accidente aéreo. Los pobladores andaban embuídos en los preparativos de la navidad. Fiestas, parrandas, hallacas, paseos a los ríos, visitas a las fincas, borracheras una tras otra. Dos días tenían las autoridades de la capital enviando reportes, mensajes, pidiendo informacion sobre una nave presuntamente desaparecida en esa región. Nadie le prestaba atención. El comando de la Guardia, la policía, estaba muy ocupado en los preparativos de los agasajos a los hijos de los funcionarios, la fiesta de las damas de la sociedad y otros quehaceres importantes, para ocuparse en ir a hacer de exploradores en esos cerros llenos

de garrapatas, serpientes venenosas y plagas. Eso que quede para
después de las fiestas de Reyes. Para cuando la radio, los diarios
nacionales pregonaron la noticia del extravío de los traficantes, Sabal
ya tenía coronada la cima e iniciado su descenso a la llanura. Se decía
que se trataba de contrabandistas de oro, diamantes, esmeraldas,
provenientes de Puerto Rico, donde tenían su centro de operaciones.
Cada mes volaban hacia pistas ocultas en El Callao y pueblos vecinos
donde compraban la mercancia a precios írritos sacándola luego de
manera ilegal del pais. Integraban una red mafiosa de árabes asociados con norteamericanos. Las noticias eran escuetas, poco precisas.
Muy al final del articulo se hablaba de un sujeto que estuvo en el
sitio en el momento exacto del accidente. Las autoridades estaban
tras su pista. Nada se decía de los objetos que transportaban. Lo más
probable era que las autoridades no quisieran dar esa informacion
para en caso de dar con el paradero del hombre con las supuestas
piedras, podrían apropiárselas sin correr ningún riesgo. Gajes del
oficio. El descenso de unos de altos picachos conocido como del
Platillo lo hizo bajo un constante aguacero, la topografia abrupta
con marcadas pendientes, puntiagudos picos le dificultaban la
marcha. Desde la cumbre logró ver en el horizonte un ligero pena-
cho de humo, hacia allá dirigió sus pasos, se sentía agotado, tenso,
por lo que aquella señal de vida le dió esperanzas y ánimo. En la
tarde del segundo día llegó al borde de un área que se notaba fue
recientemente talada y quemada para fomentar pastizales ganaderos. Pequeños cultivos de yuca, plátanos, bordeados por yagrumos,
balso, chaguaramas, le anunciaban que pronto daría con presencia
humana. Trataba de descansar el tiempo justo, en su cabeza latían
grises pensamientos que lo obligaban a poner distancia del lugar del
suceso. Frente apareció una sabana poblada de chaparrales, palma
llanera, alcornoques, samanes, merecures, cruzada por esteros, el
paisaje hacía que la larga travesía bajo el ardiente sol fuera menos
forzada. A media mañana del tercer día divisó más cercana la señal
de humo azuloso proveniente al parecer de un ranchería. Debía
desprenderse prontamente de su valiosa carga pero no daba con un
lugar apropiado, las zonas pedregosas habáan quedado atrás, solo
un grupo de árboles entre los que se destacaba un samán de buen
tamaño parecía brindarle la oportunidad de esconder en sus raíces

casi todo lo que llevaba. Pero algo lo hizo cambiar parecer, continuó la marcha esperando conseguir un mejor sitio. Horas después se detuvo de nuevo a pensar en lo que debía hacer con el botin, todo menos aparecerse con ellos en casa de unos campesinos que le eran desconocidos. Colgó el ligero chinchorro lo mejor que pudo decidido a dormir, por la mañana algo se le ocurriría.

Con el despuntar de las primeras luces, comió un poco, seguía pensando. Se decidió por esconder el saco reservándose cierta cantidad de dinero nacional para enfrentar los meses venideros. Buscando entre la maleza logró dar con una pequeña caverna de unos dos palmos de ancho, se veía bastante profunda. Cortó una larga vara para hurgar, al hacerlo palpó algo blando que lo asustó soltando la vara, agarrando el machete. Esperó que lo que fuera saliera de su escondite, volvió a introducir el palo con fuerza, esperó unos minutos; una serpiente llamada mapanare, venenosa como pocas, asomó la triangular cabeza, moviendo su negra lengua, se le veia muy agresiva. Sabal prefirió dejar que el animal siguiera su curso deslizandose cerro arriba, había oído historias de lo peligroso que era enfrentar tan temible víbora. Siguió en su empeño de limpiar el hueco de alimañas, prendi{o un tronco seco y lo introdujo alejándose unos pasos. Cuatro serpientes afectadas por el calor, el humo, corrían desesperadas hacia los matorrales. Consideró que ya era suficiente, envolvió bien los objetos, ató con fuerza el bulto y con ayuda de la vara lo empujó hasta el fondo de la caverna. Trabajaba en tensión, mirando a todos lados, creía dificil que en aquellos parajes hostiles alguien osara venir a meter la mano en el hoyo; para mayor precaución recogió piedras y terrones con los que selló casi por completo la entrada. Confiado en su obra, se recostó a descansar un momento, buscaba una posición cómoda, estiró su brazo derecho cuando sintió un agudo arañazo en uno de sus dedos, de un salto se puso de pie para ver como la "cuiama" más grande jamás vista por sus ojos, erguía la cabeza buscando atacar de nuevo. Tomó la vara con premura asestándole varios golpes al rabioso reptil, el machete silbó por el aire cercenándole la cabeza que aún desprendida continuaba dando saltos intentando clavar los colmillos en lo primero que se atravesara en su camino. La horrible cabeza se detuvo cuando pudo fijarse en una raiz a varios metros del resto del cuerpo que seguía meneándose dejando rastros profundos entre la hojarasca.

Sabal miró su dedo, de la herida semejante a una cortada, brotaba un hilillo de sangre mezclado con un líquido verdoso. Se dió cuenta que ya el dedo comenzaba a hincharse tomando un color negrusco; de no hacer algo rápido, moriría en aquellos montes. Sin detenerse a pensarlo, colocó el dedo sobre una rama y descargó un machetazo que no fue tan certero porque cortó el dedo meñique de cuajo que cayó a la tierra e hirió al anular. La sangre manaba abundante mientras el sacudía con fuerza el brazo tratando de expulsar el mortal veneno. El dolor lo dominaba, como pudo se amarró fuertemente en el antebrazo un pedazo de trapo buscando disminuir el paso de la ponzoña. Debía tratar de llegar pronto a un lugar donde le brindaran atención. La mordedura le estaba produciendo ciertas molestias al respirar, leves mareos, vista noblosa. No podía perder tiempo. Recogió las dos partes de la sierpe, convenía traerla consigo para dar con el antídoto correcto, si es que lograba llegar con vida a un lugar poblado. Alcanzó la planicie con mucha dificultad, sabía que las distancias en la sabana son engañosas, el sol le calentaba inmisericorde, su mente comenzaba a jugarle malas pasadas, espejismos frecuentes con frescos manantiales le anunciaban una cercana muerte. Gruesas gotas de sudor poblaban el rostro, la fiebre llegaba. Creyó ver un burro amarrado a un frondoso arbol, se le acercó. Era real el viejo y manso animal, de su pescuezo guindó las pertenencias, trepando en el lomo, dejando que la bestia lo condujera donde quisiera. A poco su cuerpo iba descolgándose amenazando con irse al suelo, optó por colocar medio cuerpo de un lado y el resto del otro. Perdió el conocimiento.

Capítulo X

Bajo el inclemente sol, un viento caliente barría la sabana arrastrando pajas, ramas secas formando enormes bolas que recorrían grandes distancias en la llanura. Los perros anunciaron su llegada. Animaluchos feos, flacos, con los huesos al aire, no paraban de lanzar amenazantes ladridos, buscando abalanzarse sobre los recién llegados. Una vieja, igual de flaca que los perros asomó la cabeza por un hueco entre la pared de barro que hacía las veces de ventana.

—¿Quien vive? —Se oyó decir en voz queda.

—Dios, pero si es un cristiano. Y parece que viene muy malo —hablaba, preguntando y respondiéndose ella misma.

Un niño a medio vestir con una vara en la mano salió corriendo de la casa espantando a los animales que se dispersaron hacia los matorrales cercanos sin dejar de ladrar.

Dias después, no sabía cuantos, el enfermo abría los ojos, le dolían terriblemente. Lanzó un quejido que hizo aparecer en el cuartucho de barro al mismo niño. Tendría unos ocho años, mestizo, de ojos vivaces, con la piel llena de rasguños, pústulas, sin titubeos preguntó:

—¿Y de dónde viene su merced? —Sin dar tiempo a responder.

—Yo me llamo Juan Vicente, pero me dicen "gallito", porque no me dejo de nadie. Aquella señora es mi abuela.

—¡Muchacho! —Gritó la vieja—. Deja tranquilo al señor. ¿No ves que lo picó una cuaima? Está vivo de vaina.

—¡Señora tengo mucha sed! —Se oyó decir levemente al hombre.

—Todavía no debe tomar mucha agua, solo el guarapo que le preparamos. Si bebe agua van a venirle fuertes dolores de barriga.

Siguió en el catre de palos que le servía de cama, un sueño pesado lo dominaba. En la madrugada logró levantarse y dar unos pasos fuera de la habitación. La oscuridad era total, un cielo insondable sin luna ni estrellas lo impactó. Se sentía muy débil, mareado, con náuseas. Tuvo que tirarse al suelo para vomitar bilis, el estómago parecía salirse del cuerpo. Los ruidos despertaron a la vieja que presurosa lo levantó del piso con ayuda del niño. Tambaleándose, arrastrando los pies, el grupo se encaminó de nuevo hacia el rancho.

—¡Véngase para acá! No ha debido pararse todavia. Esa bicha que lo mordió no deja vivo ni a un caballo.

—Se salvó porque se mochó el dedo y botó casi todo el veneno, si no.... —Dijo, conduciéndolo a la parte trasera de la casucha que figuraba como sala. La triste luz de una vela mostraba un par de desvencijadas sillas de cuero rústico, un taburete de tablas y una mesita tambien de tablas sin pulir formaban el pobre mobiliario. Tomó asiento en una de las sillas mientras la anciana le acercaba una totuma con un líquido marron, estaba fresco, la cual agradeció y consumió con avidéz. La mujer lo dejó beber todo lo que quisiera. El peligro grave ya había pasado.

Debía trancurrir más de un año largo para que Sabal abandonara aquel refugio en medio de la nada. Y si lo hizo en muy contadas ocasiones fue para llegarse al caserío cercano distante a lomo de burro unas cuatro horas con la intención de comprar alimentos y vituallas. Otras veces se marchaba llano adentro a lugares anegados por las lluvias que permanecían aislados durante meses. Cualquier alma caritativa le permitía colgar la hamaca entre dos estacas, bajo el techo de palma que lo protegiera de las torrenciales lluvias.

Con los nativos se acostumbró a comer chiguire, caimanes, serpientes, pirañas y cacería de todo tipo. Su cuerpo fue templándose, su espíritu muchas veces vagaba inquieto sin saber porqué. El insomnio lo sorprendía mirando como las siete cabrillas se desprendían del cielo, anunciando el amanecer. Por las tardes se acercaba a la orilla del río, acuclillado sobre una gran laja dejaba sus pensamientos correr junto a las oscuras aguas. Una extraña desasón que podía ser angustia le invadía, parecía que su alma era atormentada por una fuerza maligna, misteriosa. Bajadas las aguas, los caminos se secaban, entonces retornaba de sus andanzas, pasos atrás una joven india le seguía como un perro. Volvía más taciturno, callado. La gente respetaban su silencio. Cada vez que iba a los poblados trataba con la mayor discreción de obtener información sobre la avioneta y sus ocupantes. Nada se sabía. Hasta que una mañana, estando en la bodega por casualidad topó con un viejo periódico, que usaban para envolver cualquier cosa. Pudo entonces tener noticias del accidente, de los ocupantes y las breves referencias de alguien que pudo estar en el lugar del siniestro, misteriosamnete desaparecido hasta la fecha. Se corría el rumor de ser un trabajador de la contratista que ese día andaba de cacería. Pero como para esos momentos habían ocurrido despidos, las fiestas decembrinas en su esplendor, el carácter propio de los lugareños dados al olvido, y que se trataba de extranjeros sin dolientes en el país, la cuestión no tuvo mayor trascendencia para nadie. A poco la gente dió el famoso "grito de carnaval" que les ocupó la mayor parte del tiempo, luego vino el asueto de la semana santa. Y los restos de la nave prontamente fueron cubiertos por la maleza, la sangre reseca apenas se notaba, serpientes, bichos, tomaron los pedazos de latones retorcidos como sus nidos. La historia pasó al olvido

CAPÍTULO XI

CUANDO SOFÍA ENTRA en años se ha transformado en una próspera mujer de negocios propietaria de varios hoteles. El de mayor capacidad y mejor ubicado le servía de cómoda vivienda, era regentado directamente por ella quien con una capacidad de trabajo pocas veces vista en una mujer, a las cinco de la madrugada ya estaba en pie, ordenando, guiando los trabajos entre las empleadas que eran numerosas, solo dos hombres trabajaban dentro del hotel dedicados sobretodo al mantenimiento de sanitarios, cañerías rotas, electricidad, reparar puertas y otras cosillas propias de esos establecimientos. Tiempo atrás Sofía sufrió una caída por las escaleras desde un segundo piso al resbalar sobre una superficie jabonosa donde resultó con vertebras dislocadas. Muchos fueron los médicos, tratamientos, terapias, que ayudaban poco a la enferma. Debía ser sometida a una riesgosa operación de la columna o de lo contrario padecer las inevitables consecuencias con terribles dolores que la hacían gemir continuamente. Desde entonces su antes esbelto cuerpo fue adquiriendo una especial posición al caminar, parecía andar buscando algo en el suelo. Al anochecer gustaba jugar a las cartas con algunos clientes que eran ocupantes fijos, gozaban de un trato y una tarifa especial. Algunos de ellos eran viajantes, vendedores de artículos ferreteros, lencería, productos de limpieza y una gama de objetos para el hogar. Hombres solitarios, callados, pasaban su vida en las carreteras, manejando horas tras horas, fumando varias cajetillas de cigarrillos al dia, comiendo platos recalentados y grasosos de los restaurantes de carretera. Sofía los tenía como su familia, se preocupaba por su salud, procuraba ofrecerles comidas sanas mientras eran sus huéspedes. Bajo sus cuidados se recuperaban de alguna que otra dolencia. A mitad de la partida una mucama se acercaba con bandejas repletas de pepinillos, quesos importados, pan, galletas y botellas de vino. Los amigos apreciaban las atenciones, trayendo a la mesa algún que otro presente de lejanas tierras. Cerca de las once el grupo, con los primeros bostezos, se disgregaba. Una tranquila tarde, mientras el grupo se distraía en sus juegos, aparecieron unos hombres bien vestidos, de barba acicalada, hablar pausado, con marcado acento extranjero, que llamándola aparte le hicieron preguntas a Sofía sobre el paradero de una maleta de cuero, traída por alguien desde Polonia durante la guerra y posiblemente desaparecida hacía bastante tiempo en los andes venezolanos. Fueron insistentes. Los amigos allí reunidos convinieron en que eran gente del Báltico, vengativos judíos de la posguerra. La segunda oportunidad en que los desagradables visitantes aparecieron se hicieron acompañar de policías con una orden judicial para revisar la propiedad. Nada consiguieron, solo dejaron una angustia inmensa en el corazon de Sofia que ahora sospechaba de que algo extraño podía contener la valija que su esposo fabricó muchos años atrás como encargo especial de un oficial nazi y que pasó a sus manos de manera accidental. La mantuvo con ella durante largo tiempo, jamás le notó algún detalle especial, hasta que el deslave se la llevó para no volver a verla. Ahora era solo un recuerdo. Pero ¿cuál era la razón de tanta insistencia en conseguirla? Ella trataba de proseguir su vida normal; sus negocios, el afán de asegurar el futuro por la vía del trabajo, del ahorro constante seguían siendo los patrones a seguir. Al decir de los empleados, los salarios que ella pagaba eran miserables, ayudaba que les daba gratis tres comidas diarias, a las 6; 11;30 y 5 de la tarde cuando ya estaban por marcharse a sus hogares. Tal como estaban las cosas en el país, no se veía tan mal: las comidas y un sueldo fijo aunque fuera poco para llevar vituallas a la casa, era suficiente para ir tirando sabiendo que los desempleados, el hambre, las enfermedades se veían por doquier. Algunas de ellas, las mozas, se quedaban a dormir en el hotel, ocupando cuartitos en la azotea. Después de su aseo Sofía les permitía bajar por las tardes al lobby para ver si pescaban cualquier cliente solitario y redondear de esa manera el escaso sueldo a cambio de sus favores. La condición era que el interesado en llevarse a la mujer pagaría a la administración una discreta suma adicional, algo asi como una multa. No eran prostitutas sino madres de familia con hijos viviendo en condiciones paupérrimas y viéndolo bien, Dios les concedió un don entre las piernas apetecidos por los hombres. Entonces, de alguna u otra forma se debía sacarle provecho a ese pedacito de carne velluda, aparte de reproducir la especie. Juan, un viejo español, alto, flaco, de voz gruesa, tan pausada que el oyente se desesperaba, vendedor de hilos, encajes, botones, se convirtió en una persona muy cercana a Sofía. Ambos viejos pasaban horas y horas en algun rincón alejado conversando en voz baja sobre no se sabía qué temas. Pero de seguro eran asuntos importantes. Y si que lo eran.

—Percibo, amigo Juan que mi hora de partir está cerca. Le dijo una mañana en que se veía muy palida, su voz sonaba lejana.

—No debe pensar en esas cosas, no le hacen ningún bien. Hoy la acompañaré al médico, verá como se pone buena y se le van esas ideas lúgubres. —Dijo el hombre.

—¡No Juan! Esta vez la cosa va en serio. Viví preocupada estos últimos años pensando en mis hijos, nietos, que hasta ahora no han demostrado tener empuje y disposición para por lo menos mantener los negocios.

—Dilapidar, malbaratar lo que tanto me ha costado me dolía. Pero ahora ya no me importa. Nunca he sido una mujer religiosa, sin embargo creo que en algún momento recibí una luz que me abrió los ojos. —Continuó hablando.

—No pienso dejarlos en libre disposición de mis bienes. Les llegarán a su debido tiempo. Los abogados están a cargo de ordenar los asuntos según mi voluntad.

—¡Es aquí donde entra usted mi querido Juan! Y no admito negativa de su parte. Será mi albacea, mi administrador tan pronto yo deje este mundo. Por su trabajo recibirá un jugoso sueldo, además tendrá un porcentaje de las ganancias que generen los hoteles.

—Confío plenamente en usted. Nuestra larga amistad me ha convencido que es usted el hombre adecuado para esta misión. Sé que los negocios en sus manos marcharán igual o mejor que ahora.

—Disculpe Sofía —le interrumpió—. ¿Pero usted no se da cuenta de los problemas que se me vendrán encima cuando los herederos quieran su parte de la herencia? Y yo no pueda darselas.

—¡Allí vamos! Sé que Román sobretodo, por su temperamento, bebedor como es, tratará de presionarlo o amenazarlo. Pero él estará sobreaviso por los abogados y las autoridades. Los restantes se limitarán a recibir una mesada suficiente para vivir sin apremios.

—¿Y por cuánto tiempo será esa disposición suya?

—He fijado en veinte años el tiempo que deberán esperar mis herederos para recibir la totalidad de la parte que les corresponda. Pensé en ese periodo porque lo considere suficiente para que sus mentes maduren, entiendan de responsabilidaes y se hagan gente de bien.

—¿Qué ocurrirá al sobrevenir mi muerte? No soy eterno. —Dijo, en tono jocoso.

—Esa actitud me dice que acepta mi propuesta. Me alegro porque me está quitando un enorme peso de los hombros. —Dijo ella, con una sonrisa.

Las fiestas en honor a la cruz de mayo estaban en su apogeo. La ciudad hervía con gentes viniendo de distintos pueblos. La iglesia tenía programado para el día central un tedeum con participación de connotados líderes politicos y religiosos. El propio arzobispo oficiaría la misa. A las diez de la mañana comenzaron los oficios. A esa misma hora una ambulancia recogía el cuerpo sin vida de Sofía. Murió durante la madrugada, sola en su habitacion del hotel. La mucama que entraba todas las mañanas a darle el desayuno y las medicinas, la encontró serenamente dormida. Quiso llamarla, solo para comprobar que su patrona ya estaba muerta. Con ella se iba una época, pero no cualquier época, sino la más cruel y sangrienta de los últimos siglos de la humanidad.

CAPÍTULO XII

EL RÍO ADOUR conecta a la ciudad con el golfo de Vizcaya, dándole una importancia estratégica. Como Arnáz conocía bien la región, entendía el temperamento de sus habitantes, se le encomendaron ciertas misiones que le ayudaron a adquirir práctica, templar su carácter, aprender a subsistir en condiciones extremas pero sobretodo a planificar. Nada podía quedar al azar, se debían calcular el pro, contras, hasta la saciedad. Demostró ser paciente, inteligente y cruel con sus víctimas. Su fama de no transigir con nadie hacía que se le temiera, lo que redundaba en un pronto pago de los rescates por los secuestros y extorsiones a gente adinerada. Su vida sentimental hasta ahora seca, fría, sufrió por esos dias un profundo cambio al conocer por casualidad en una solitaria carretera a una joven de unos dieciocho años que fue raptada por unos criminales quienes luego de golpearla y violarla salvajemente la dejaron con graves heridas, casi sin vida, tirada al borde de la vía entre matorrales. Casualmente, esa húmeda noche Arnáz pasaba por allí con dos de sus primos hacia la estación ferroviaria de Mont-de-Marsan; tomaron una carretera secundaria evitando molestosas alcabalas, requisas que con frecuencia ponía la policía buscando armas, contrabando o drogas. Las luces altas del vehículo les permitió distinguir un largo bulto tirado a la orilla. Al acercarse pudieron comprobar que se trataba de una mujer prácticamente desnuda con solo unos pocos trapos destrozados sobre el pecho, sangrando por todos lados. En principio pensaron que estaba muerta, pero un oportuno gemido ayudó a que decidieran trasladarla a un centro de salud. La subieron rapidamente al camión furgón con débil oposición de ella; poco a poco, mientras le hablaban, la pobre mujer iba recobrando la calma. Pudieron ver que se trataba de una persona bastante joven. Se acercaban a las primeras luces de la pequeña ciudad cuyas almas a esas horas dormían apasiblemente. Salirse de la carretera para llegar al centro hizo que la tensión en el grupo aumentara. Estaban decididos a dejarla cerca de un lugar donde pudieran atenderla, pero ella, sintiéndose morir les rogó que no la dejaran sola en medio de la noche. El problema era que la policía haría averiguaciones, ellos ya estaban fichados, alguno podía ser reconocido y detenido.

Arnáz decidió correr el riesgo solo. Dejó a sus compañeros en una obscura esquina. Guiando lentamente el coche prosiguió por una estrecha callejuela de piedras que lo sacaba a la avenida principal donde estaba el hospital. Por suerte esa madrugada se veía prácticamente desolada. Llegó al vestíbulo con la joven herida casi a rastras, podía caminar con extrema dificultad; un enfermero ayudó a subirla a una camilla que empujó hacia una bien alumbrada sala, evitaba dar las explicaciones de rigor, afortunadamente la somnolienta empleada no se ocupó siquiera de hacer las preguntas propias en estos casos, mucho menos de llamar a la policía. Le extendió un formulario que rellenó con datos y dirección falsos; rápidamente abandonó el recinto. Un rato después, bajo tensión pudo reunirse con sus parientes, decididos a terminar la labor para la cual vinieron. Esa noche debían recoger de uno de los vagones del tren aparcado en una apartada zona de la estación, varias cajas con explosivos, armas y municiones provenientes de Turquía: trescientas cincuenta pistolas, veinte mil proyectiles, mil doscientos kilos de polvo de aluminio, hexamine, pentrita, nitroglicerina, nitrometano y otros componentes para la fabricación de poderosos explosivos. El retardo con la muchacha tornaba la operación en mayor riesgo debido a la claridad del amanecer, pero era ahora o nunca, el tren partiría en pocas horas. Enfilaron el camion rumbo a la estación, una patrulla de la policía venía en sentido contrario pero no les presto interés, quizás pensando que eran trabajadores ferroviarios que iniciarían el primer turno. Los ruidos de la estación antes del amanecer eran extraños, misteriosos, muchas sombra fijas y en movimiento le daban un aspecto fantasmal. Las interminables filas de vagones semejaban grandes ataudes, los rieles como serpientes moribundas parecian retorcerse lentamente, la luna con sus rayos daba un brillo mortecino a irreconocibles objetos. Silenciosos vigilantes con enormes linternas que ocasionalmente encendían, se les veía caminar, desaparecer en la distancia y reaparecer casi al lado. La emoción, el nerviosismo crecía con cada minuto que pasaba, se les dificultaba mantener la calma. Solo Arnáz permanecía impasible; se movían con sigilo, de ser descubiertos abrirían fuego contra ellos, era la orden dada a todas las policías francesas, con la idea de atacar de raíz el terrorismo etarra. Con ágiles saltos crujiendo las piedras cruzaron andenes y vías abandonados hasta llegar a la parte nueva de la estación. En esos instantes el miedo se transmutaba en coraje, poco importaba lo que sucediera, la tarea tenía que cumplirse. Localizaron un oscuro vagón que lucía inmensos y llamativos grafitis dibujados a todo color en sus metálicas paredes. Uno de aquellas pinturas era la marca señalada por los contactos. Con una "pata de cabra" rompieron los candados logrando abrir la puerta corrediza; Arnáz de un salto penetró de primero con una linterna encendida amarrada a la cabeza al estilo minero, otro le siguió y comenzaron a cargar bultos y dárselos a sus amigos, trabajaban de prisa, en un absoluto silencio, que fue roto por el sonido de una sirena. Pararon la faena tomando sus armas. Sudorosos, jadeantes, esperaron alerta. El aullante sonido se repitió, no se oía ningún ruido de coches o pasos de personas acercándose. A poco se dieron cuenta que se trataba del cambio de turno de los trabajadores anunciado de esa forma, ellos no lo sabían. El retraso ocasionado al recoger la mujer herida fue el causante del gran susto, debieron haber llegado un par de horas antes. Siempre alertas, con las armas dispuestas a defenderse, se turnaban el trabajo, mientras unos vigilaban, otros cargaban. Para cuando terminaron la descarga, ya el cielo amenazaba con clarear. Abandonaron el lugar con precaución dirigiéndose de seguidas a las afueras del pueblo. El aire fresco de la madrugada ayudó a que recobraran en mucho la serenidad sin dejar de ser cautelosos con las alcabalas. El vehiculo roncaba rompiendo el silencio de las montañas, atravesando hermosos valles cubiertos de una densa niebla, los animales ya pastaban en los prados, de las chimeneas de algunas casas de piedra brotaba espeso humo, señal de que la vida dentro del hogar comenzaba un nuevo día. Dejaron la carretera asfaltada, tomando un pedregoso sendero poco transitado, minutos después se detenían ante una vetusta fachada de ladrillos con piedras cubiertas de musgos, hiedras, que llegaban hasta el techo de grises tejas. También de esa casa salía humo por la chimenea, pero no era hogar de nadie, solo un escondite de los terroristas. Alguien con cara molesta, sin saludar, les abrió la puerta. Con nueva ayuda a disposicion, en minutos las cajas estaban apiladas dentro de la casa. Ningún gesto ni palabra. Uno de los recién llegados recibió un saco con comida y algunas botellas de vino. El coche viró en redondo, a poco ya estaba en la carretera principal rumbo a la frontera española. Al día siguiente Arnáz, ante el asombro de sus primos, pidió a uno de ellos que le acompañara para acercarse al hospital francés y saber de las condiciones de la enferma. Todos sabían de los peligros que supomía tal aventura pero conociendo a su pariente era mejor no oponerse. Ahora conducía un vehículo liviano que se desplazaba a toda velocidad tragándose la carretera. Para entonces ya los pasillos del céntrico hospital, estaban repletos de agentes, militares, funcionarios de civil, todos buscaban datos, señas del hombre que trajo a la muchacha durante la noche. Tanto al enfermero como la pobre empleada, sin haber podido irse a sus casas, estaban pálidos, cansados, asustados por tanto acoso de preguntas. Al final resultaron tan confundidos que ya no sabían de quien se trataba, cuantos eran ni de sus señas particulares. Sin proponérselo caían en frecuentes contradicciones que enardecían a los policias. Era imposible romper el círculo de personas en los pasillos, mucho menos llegar siquiera a la recepción sin despertar sospechas. Solo con la llegada de la sagrada hora del almuerzo el área se despejó pudiendo enterarse por terceros y solo de oidas que la muchacha continuaba en cuidados intensivo pero su vida ya no corría peligro. Extrañamente a su carácter sintió un gran alivio y cierta alegría con la noticia, detalle que no pasó desapercibido para su primo, quien prudentemente calló. Un inusitado buen humor con la invitación a tomarse unas copas en una popular taberna, famosa por su vino fuerte y sus "tapas" marineras le confirmaron que la joven perturbó a su flemático pariente. Transcurrido mes y medio largo la daban de alta en el centro médico. Sus padres junto otros familiares cercanos acudieron la fecha acordada para trasladarla hasta su casa. Varios niños y jóvenes amigos, allegados, demostraban su alegría al verla caminar de nuevo. Ella trataba de parecer natural, solo que su cara, brazos y piernas conservaban rastros visibles del brutal ataque de que fue víctima. En sus ojos se notaba temor. Abordaron los coches sin percatarse que un hombre con una mueca por sonrisa desde un vehículo de lujo estacionado a varios metros seguía en detalle todo lo que estaba ocurriendo alrededor de la muchacha. Rato después que el grupo se marchó, el hombre vestido muy elegantemente salió del auto diriguiéndose con paso calmado al interior del hospital.

Capítulo XIII

Arnáz, a pesar de las consejas de sus amigos y parientes, seguía empeñado en continuar el trato con la joven. Supo de su domicilio en un pueblito cercano; una tarde estando ella en un café leyendo una revista de arte, él se le acercó alegando curiosidad por el título del artículo, de esa manera iniciaron la relación. Su rostro conservaba huellas visibles del brutal ataque, en los brazos las magulladuras eran verdosas. No sintió temor cuando el hombre se le acercó en tono amable, otras mesas estaban ocupadas por personas jóvenes algunas conocidas, que charlaban animadamente. La conversación fue intrascendente pero ambos rieron un rato. La frialdad en el trato si alguna vez la hubo desapareció. Dijo llamarse Arnaz Katravas Basque. Ella se presentó como Odette Levine. Desde un principio pareció reconocerlo como uno de sus salvadores, ¿o era el atacante? Con cierta duda por parte ella concertó verse de nuevo en la tarde siguiente en el mismo lugar. El sabía de sus sospechas y se hizo acompañar por uno de sus primos. Tan pronto pidieron unas cervezas, sin preámbulos le contaron lo ocurrido aquella noche. Ahora su cabeza daba vueltas y surgían otras preguntas: ¿Por qué no se habían quedado con ella? Nada hubiera ocurrido, ella les defendería ante las preguntas de la autoridades. ¿Cuál era el misterio? No quiso indagar al respecto. No era ajena de lo peligroso que era la región habitada por terroristas de diferentes bandos, gentes secas, parcas que ante la mínima sospecha actuaban violentamente para no dejar rastro tras ellos que pudieran implicarlos.

Pasados otros encuentros ambos decidieron tocar el tema de su agresión que seguía siendo noticias en el pueblo. Pero lo hicieron de una manera muy superficial. La policía ayudada por las declaraciones detuvo a uno de los dos presuntos agresores, se trataba de un cliente de la empresa donde ella trabajaba y a quien le brindó una especial atención en su momento. Fue una relación breve, de trabajo que suponía para ella un buen porcentaje de ganancias, lo que hizo que aceptara algunas invitaciones a cenar en restaurantes a orillas del río Nive o la cercana Biarritz. Hasta que una noche aprovechando que se sobrepasó con el champagne, él con un amigo la condujeron fuera de la ciudad. Tomaron una carretera secundaria, salieron de ella parqueando el auto bajo unos arbustos. Seguidamente hicieron que abandonara el auto; por su fuerte contextura les plantó frente e hizo la lucha, pero entre ambos la doblegaron usando la fuerza bruta, golpes, empujones que la dejaron inconsciente por momentos. Vino entonces la ulterior violación por uno de ellos mientras que otro permanecía en el auto atemorizado por creerla muerta. Un ruido lejano los hizo huir a toda prisa. Minutos después sus salvadores llegaron para auxiliarla llevándola al hospital. Arnáz estaba al tanto por lo que la muchacha estaba pasando, por ello no insistió en proseguir con la relación, le parecía que la estaba presionando. Pero al dejar de llamarla fue ella quien lo buscó. Al reencontrarse le reveló con franqueza que su compañía le había hecho mucho bien en recuperar la salud, por lo que prosiguieron con la amistad. En dos oportunidades la llevó a la población costera de Bidart donde le presentó algunos de sus "socios" que ocupaban un espacioso chalet rodeado de frondosos árboles, flores por doquier cuidadas con gran esmero, cuestión que le pareció extraña a la muchacha tratándose sus habitantes de hombres rudos, toscos, de sorprendente practicidad en sus forma de vivir. Durante dos días le sirvió de cicerone sin pretenderla aunque sentía grandes deseos de hacerla suya. Durante la segunda visita se alojaron en un bonito apartamento en la rue de l'Etape, de dos habitaciones con una espaciosa terraza, cocina equipada y rodeado de jardines. Ella se sintió a gusto, serena, permitiéndose preparar platos sencillos, aunque el insistía en comer fuera. La veía distraída, alegre, hasta tarareaba alguna canción. Prefirió dejarla hacer lo que deseaba. Con la caída de la noche, luego de una copas de vino, cada quien ocupó una habitación. Se despidieron cruzando miradas ansiosas, parecía que ninguno quería dar el paso definitivo. Durmieron hasta bien entrada la mañana. Luego de asearse salieron a tomar un copioso desayuno. Ofreció conducirla a la hermosa iglesia de la Asunción de la Virgen Santísima, monumento histórico, sagrado para sus habitantes. Recorrieron además el muy cuidado cementerio de Arcangues y de Ostabat, donde yacen sepultados soldados vascos muertos durante la guerra del 36, hoy considerados héroes. La noche los sorprendió en la Place Sauveur Atchoarena. Ver la cara de la joven jamás se podría imaginar la tragedia que recién sufrió. Reía, comía, hacia chistes, disfrutaba a plenitud el momento, hasta se atrevió a estampar besos en la mejilla de su acompañante, que poco a poco, con la euforia de la noche se transformaron en besos apasionados. Ambos estaban sorprendidos del cambio de sus conductas pero no hicieron nada por controlarlas. Casi de madrugada llegaron a las puertas del apartamento haciendo más ruido de lo recomendable, conminándose mutuamente a no reír, consiguiendo solo con ello aumentar el escándalo.

—Lo propio sería que mañana nos echen. —Dijo él.

—No sabía se te daba tan bien la ópera después de las tres de la mañana.

—Todo ha sido por tu culpa. Yo no quería probar ese vinito que tanto te gusta. —Dijo ella riendo a mandíbula batiente.

Empujándose uno al otro lograron en medio de un alboroto entrar al apartamento. Ella pasó al baño mientras el se desvestía en su habitación. Cerró la puerta para evitar hacerla víctima de otro ataque sexual, así estaba de excitado. Oyó que entraba a su cuarto. El le habló con voz que parecía tranquila:

—Estoy seguro que me dormiré en segundos.

—Que pases muy buena noche.

—Igual para ti mi amor. Gracias por velada tan inolvidable. — —Respondió ella.

Se imaginó su cuerpo desnudo entre las blancas sabanas, pero algo muy dentro le decía que no era el momento. La perdería si cometía un estúpido error solo por satisfacer un impulso atávico, ¿o era algo más que eso? Prefirió no entrar en análisis, cerró los ojos, durmiéndose tan profundamente que no sintió cuando ella entró a la habitación, viéndolo desnudo, roncando como un oso. Ahora quien sentía deseos era ella. Suspiró hondamente, volviendo a su lecho. Una sed imperiosa le despertó bien entrado el día, una ligera resaca le recordó lo que su padre decía luego de una noche de juerga: " quien tiene buena noche no puede tener buen día"; caminó hasta la nevera sacando un fría cerveza, vertió el dorado liquido espumosos en un vaso y de un envión lo consumió. Abrió otra e hizo lo mismo. El ruido despertó a la joven quien se acercó por la espalda abrazándolo.

—También yo tengo mucha sed.

El le ofreció el vaso con el resto de su bebida que escanció de un gran sorbo.

—Me sirves otra cerveza por favor, mi querido dormilón. Ayer entré a tu cuarto, estabas rendido y te coloqué un regalo bajo la almohada. ¿No lo viste?

—No. ¿Qué es?

—¡Ve, búscalo ¡

La toalla que llevaba amarrada a la cintura buscó desatarse, con prontitud la sostuvo antes de caer al suelo. Revisó las almohadas, consiguió ver entre ellas un reducidísimo bikini blanco, lo tomó, olió su aroma y acercándose a ella, la apretó de la cintura, conduciéndola a su cama. El miedo, las angustias que ambos sentían fueron superados por la pasión, la entrega, el amor que parecía nacer entre ellos. Como animales saciaron sus apetitos que no daba señales de agotarse. Una música cercana les puso en alerta, eran un grupo de jóvenes que marchaban ruidosamente con sus instrumentos a alguna romería cercana.

—¡Démonos un baño juntos! Nos hará bien Luego iremos a reponer fuerzas en una de las tabernas que visitamos ayer. ¿Te parece?

—Siento ganas de llorar. Nunca fuí tan feliz, parece un sueño maravilloso, creo que no me lo merezco. —Dijo la muchacha entrando en sollozos.

—¡Nada ha sido un sueño! Asómate a las ventanas, todo es real.

—Está hecho para ti, para mí. Seca esas lágrimas y acompáñame. —Habló él, cariñoso, conduciéndola desnuda a la bañera.

Tres días, tres días de gloria para ella que le hicieron retomar el pulso a la vida. Con el retorno a su hogar, sus padres al ver el notable cambio experimentado por su hija pensaron en un milagro de lo mejorada que estaba. Y a partir de ese momento continúo recobrando su antigua forma de ser pero ella no dejaba de estar muy pendiente de su salud. Recordaba que su condición medico-psicológica luego de la agresión sufrida, en un principio hizo que afloraran emociones encontradas, como sentirse culpable, haber provocado el hecho por su exótico y sensual cuerpo, su manera desenvuelta de actuar. Recordaba que mientras duró la lucha por salvar su vida hubo momentos en que trato de complacer a su atacante con caricias, movimientos de cintura y palabras afectuosas. Luego vinieron las crisis de llanto, alucinaciones, depresión, pensamientos suicidas. Estaba obligada a permanecer en su mundo, no tenía la opción de irse lejos para olvidar; la relación con un entorno tan grato, conocido, familiar, ahora estaba lleno de miedos, miraba a la gente amiga como personajes siniestros que trataban de agredirla. El llanto la sorprendía en cualquier esquina, jaquecas, temblores, movimientos incontrolables de las mandíbulas que le hacían castañear los dientes. Los médicos diagnosticaron trastorno de estrés postraumático, le prescribieron pastillas, calmantes, que en algo ayudaban, por lo menos alejaban las pesadillas, el miedo a la oscuridad, pero no solucionaban el fondo del problema.

La vida de ambos tomó un rumbo de mayor intimidad; a los cinco meses ya estaban pensando en compartir un pequeño estudio en Bayona. El le refirió que se dedicaba junto con sus parientes al tráfico de lana, de vez en cuando al contrabando de cigarrillos. Pero ella no era tan tonta como Arnáz creyó. Con mucha cautela, en ciertas oportunidades siguió sus pasos solo para comprobar que se reunía con gente muy especial, en lugares poco comunes. Incluso cuando eran visitados en su apartamento, muy raras veces por cierto, callaban ante su presencia o pasaban sin mucha discreción a hablar sobre pieles, lanas y ovejas. Ella comprendía dejándolos solos. Estaba perdidamente enamorada, por momentos creía que su amor era correspondido, pero no se sentía segura; por cuestiones de costumbre quería formalizar la relación con el casamiento. Su familia le había perdonado el haberse ido a vivir con un hombre sin casarse, la relación le había hecho mucho bien y se lo agradecían, pero cada vez que podían, con disimulo, se lo echaban en cara. Aquello la tenía mal consigo y con sus parientes.

Una calmada noche durante la cena decidió con cierto temor enfrentar la situación, tratando el punto con su amante, sentía que le estaban resultando inaguantables las presiones familiares, los chismes de los conocidos. Con suavidad abordó el asunto dando las explicaciones que considero oportunas. Se sorprendió de la forma tan serena como él tomó la cosa.

—¿Y para cuándo quieres que sea la boda? —Preguntó. Ahora la confundida era ella, esperaba otra reacción de su parte, tanta serenidad la desarmó.

—¿De verdad que no te importa? ¿Te sientes felíz con la idea? —Preguntó casi balbuceante.

—Si es eso lo que tu y tu familia desean, no veo porque tenga que oponerme. Sabes que no tengo ataduras con ninguna otra mujer. Solo con mi trabajo.

Por un momento se sintió como una niña atrapada en su propio juego. Quiso actuar como una persona madura sin saber el terreno que pisaba con aquel hombre que la superaba en edad y experiencia. Le picaba la lengua por pedirle explicaciones de "su trabajo" pero ya era suficiente por hoy. En los días sucesivos ya habría tiempo para aclarar ese otro aspecto que le preocupaba por los riesgos que suponía para la familia que pensaban levantar. Vieron un rato la tv, hablando muy poco, cosa rara en estos casos cuando los novios han tomado una decisión de tal envergadura y no se cansan de hablar de planes de boda, fiestas, familiares, invitaciones, regalos y toda esa parafernalia. Nada de eso tocaron. Hicieron el amor, ella con su hermoso cuerpo joven, fresco, no le era difícil despertar pasión, deseos en cualquier hombre, lo sabía y aprovecho tal cualidad para hacer del acto un momento muy placentero. Los preparativos se iniciaron, ella con tanto barullo, olvidó o restó importancia al asuntillo del trabajo de su novio hasta que una tarde se presentaron dos gendarmes hablando un francés parisino o del norte, no supo distinguirlo con exactitud, pero no eran personas del lugar, de eso si estaba segura. Los hizo pasar en medio del desorden de cajas regadas por todos lados. Les ofreció café y panecillos fabricados por su propia mano que aceptaron gustosos. Observaron la hermosa figura de la muchacha que vestía en ese momento unos pantalones cortos y una blusa ceñida a sus abultados senos. Hicieron preguntas sobre un hombre llamado Eibar Goirrocechea, que las autoridades suponían estaba conviviendo con ella. Lo negó de plano, con seguridad, diciendo que su novio, se llamaba Arnaz Katravas Basque, contraerían nupcias en breves días. Aquello pareció tranquilizar en parte a los policías. No les convencía que un peligroso terrorista, solicitado en varios países, anduviera en un acto tan público como una boda, sabiendo como andaban las cosas de complicadas en los pueblos fronterizos con España. Se marcharon advirtiéndole a la joven de la peligrosidad del sujeto y sus amigos. Debía comunicarse con la policía en caso de tener conocimiento de algo sospechoso. Cuando Arnáz llegó bien entrada la noche, no tuvo necesidad de inquirir que sucedía. La cara de la muchacha revelaba confusión, llanto, decepción. Se notaba que la había estado pasando muy mal. No le quedo otra alternativa que sentándose al borde de la cama comenzó a sincerase con ella.

—¡Yo lo sabia! ¡Lo sabia! Repetía entre sollozos. Desde que te ví en la cafetería estuve convencida que estabas metido en cuestiones políticas. Pero no hasta donde. Ahora lo sé. ¡Eres un asesino! La policía vino a buscarte.

Ahogada en llanto, ronca de gritar, lanzaba improperios a la cara de su novio, que impasible buscaba acariciarle la pantorrilla.

—No me toques desgraciado. Haz acabado con mi vida. ¡Vete y no regreses!

—Si te calmas podre explicarte algo sobre mi vida. Prometo que luego me iré y no volverás a saber de mí. Pero debes oírme. —Dijo, seguro.

La decisión y el tono con que pronunció las frases hizo, quizás por miedo que se calmara un poco, lo que aprovechó él para razonar.

—Sabía que en algún momento te enterarías. Permití que me siguieras a ciertos lugares con la intención que entendieras mi situación. —Dijo—. Defiendo a mi país en su lucha por su independencia que ya lleva doscientos años... —prosiguió.

—¿Y qué tiene eso que ver con nosotros, con nuestra familia? —Interrumpió con voz casi inaudible.

—¡Claro que tiene que ver! Yo vivo para esa lucha, me hubiese gustado que también tú te unieras a nosotros. Veo que no será así, lo siento de veras porque te quiero.

—En poco tiempo debo partir a Sudamérica donde permaneceré unos meses, no sé cuanto tiempo. Tenía planeado que vendrías conmigo en ese viaje, también nos serviría de luna de miel.

—Ahora veo lo poco que me conoces. No soy mujer con madera para ese tipo de acciones ni de luchas políticas. Sé de personas que andan en esos asuntos, no me agrada el tipo de vida que llevan, sé también de varias viudas con una carga de hijos que no pueden sostener porque el padre murió en un tiroteo o en una explosión. ¡No quiero eso!

Pese a la tierna edad de la muchacha no le faltaba razón. Lástima sintió al verla tan destrozada porque sus ilusiones se desintegraron en un santiamén. No vió necesario seguir discutiendo. Abandonó en silencio el apartamento, entró a una taberna donde compró dos bocadillos de calamares dos de salchichón con queso pecorino y cuatro cervezas. Pidió una bolsa de papel y salió del bar alcanzando la calle, una lluvia ventosa le golpeó la cara. No había probado bocado en muchas horas, la discusión lo terminó por agotar. Era hombre que por su contextura debía comer abundante. Esa noche fue a dormir a un hotelito cercano. La dolía abandonar a su novia por la que sentía un sincero afecto. Cortó los pensamientos en seco al recordar que dormir, descansar al máximo era vital porque al día siguiente tenían programado secuestrar a un importante industrial del latón. La maquinaria de la organización, para funcionar requería de un constante flujo de capital, ahora con los problemas que atravesaban esa necesidad de dinero adquiría carácter de urgencia. El apoyo a los miembros activos, deportados, encarcelados, refugiados u ocultos no debía suspenderse bajo ningún pretexto. Los familiares de los presos, muertos o heridos igual tenían que recibir puntualmente la mesada para subsistir. Por otro lado las municiones, armas, explosivos, ayuda o asesoría extranjera subían de precio cada mes. Nada podía descuidarse. Se adiestraron grupos dedicados exclusivamente al robo de entidades bancarias de uno u otro lado de la frontera, pero esas cantidades eran insuficientes, por lo que hubo de saltar entonces a las extorsiones y el secuestro con los subsecuentes asesinatos. El pago del impuesto revolucionario fue como una panacea durante cierto tiempo, pero la policía llegaba con facilidad a los centros de blanqueo o lavado de dinero, lo que supuso otro gasto: el soborno a jefes policiales y militares. Era la preocupación del momento cuando se estaba claro que la lucha arreciaría en los próximos meses por lo que aprovisionarse ahora era prioritario. Odette no volvió a saber nada sobre su novio después de aquella terrible e inolvidable noche. Semanas tras semanas buscaba anegar sus penas entre llanto y vino. Tan pronto dejaba su trabajo como intérprete en una agencia de viajes, llegaba al apartamento abría una botella de ginebra o de brandy bebiendo hasta quedar dormida. El tiempo se le hacía interminable, tampoco quería visitar a sus familiares, la soledad era su compañera predilecta. Pesadillas frecuentes en las que se veía siendo atacada por perversos malhechores la hacían levantarse sudorosa. La falta de Arnaz le hizo comprender que su recuperación del trauma sufrido se debía casi en su totalidad a la presencia del hombre con quien se sentía segura, libre de todo peligro o amenaza. Con su estúpido proceder lo perdió en minutos. Vuelta al llanto, a la carga culposa. Parecía que la locura se cernía implacable sobre ella. ¿O qué era esa horrible maraña que arropaba su mente?

CAPÍTULO XIV

HOMBRES DEL ACEITE que desde niños, junto a sus padres, crecieron en el oscuro mundo de las explotaciones petroleras. Gente ruda, de gustos sencillos, acostumbrados a vivir en ambientes sórdidos, hostiles, azotados por temperaturas extremas, durmiendo con sus familias en viejas trailas, casas de lona, aislados la mayor parte del tiempo de la civilización. Igual se estaba hoy en tierras calcinadas por el sol que las calentabla hasta los ciento cuarenta grados farenhait, caminando sobre ardientes arenas surcadas por venenosas serpientes, mortales alacranes o los temibles lagartos y alacranes que sigilosos se ocultaban entre las mantas a esperar sus víctimas. Otras veces se vivía en plena selva de gigantescos árboles, vegetación espesa que apenas dejaba colar la luz, donde las lluvias eran interminables, el calor pegajoso y las sempiternas víboras ponzoñosas o animales salvajes. No faltaban tribus de nativos rebeldes dotados de cerbatanas, flechas envenenadas con curare o modernos rifles llegados a sus manos por grupos guerrilleros tratando de impedir que los extranjeros les quitaran sus riquezas. En el mundo del petróleo nada era fácil, los trabajadores llevaban la peor parte, pero la civilización requería de la gasolina para vivir. Las grandes compañias se interesaban en perforar la tierra en cualquier rincón del planeta para extraer el espeso líquido negro que movía al mundo. El ambiente, las condiciones de sus trabajadores poco les importaba, ellos permanecían en suntuosas oficinas y lujosos mansiones, con la conciencia en paz al saber que sus administradores pagaban puntualmente y cada obrero recibía su cheque con los mejores salarios del mercado laboral. ¿Qué otra cosa podían pedir?

Kristofer Wilschert nació, creció y vivió en ese ambiente. Oriundo de Potet, pueblito cercano a San Antonio, Texas, a los quince años ya manejaba un pesado camión trasladando tubos de perforación de un campo a otro, atravesando desde la madrugada hasta la noche extensas fincas ganadera anegadas en epoca de lluvias, secas, polvorientas el resto del año. El clima extremo sobrepasaba los cien grados farenhait durante el verano y trabajar bajo cero en el invierno templaron su recio cuerpo. Las inclemencias del tiempo ni los dias festivos eran impedimentos para quedarse en casa. Su gran placer era llegar cada noche al hotelucho que la empresa pagaba, beberse con sus companeros diez botellas grandes de cerveza, comer carne seca e irse a dormir en una cama atestada de piojos. Nunca beber más de diez, eran suficientes para emborracharse. Jugaban haciendo chistes de las novias, de la joven prostituta mexicana que sin falta aparecia los jueves por la tarde, día de pago, a ofrecer sus servicios de quince minutos por seis dólares.

—¡*No money, no panocha!* —Era su grito de guerra predilecto para los que querian sexo gratis o a crédito.

—*Tomorrow! I will pay tomorrow!* —Ofrecía dando saltos alrrededor de la fémina, un negro flaco que una vez fue bailarín en los carnavales de New Orleans.

—¡*Tomorrow* tu madre! Conmigo es dólares en mano culo en tierra. Este cabrón se gasta todo en mota para después querer gozar conmigo.

—¡Que se vaya al infierno! —Gritaba la mujerzuela.

Y de esa manera, en tan singular mundo Kristofer traspasó los teen agers sin grandes tropiezos. Un domingo, en un conocido flea market de Laredo, mientras degustaba una gigantesca mazorca de maíz con chile, conoció a una muchacha que profesaba la religión luterana. Hicieron rápida amistad bajo la intolerancia de sus papás. Contrajeron matrimonio a escondidas de la familia, entendían que eran personas muy estrictas, sobretodo el padre que era pastor de la iglesia, obtuso, cabeza cuadrada como él solo. Vió en el moscardón que rondaba a su hija, un perfecto vagabundo, bueno para nada. Pero poco pudieron hacer con la testaruda de la hija. Cuando se enteraron de la boda, le pidieron que no volviera a casa por el resto de sus días. El tiempo demostró que el joven esposo no resultó tan malo como lo pronosticaron. Pasaron a ocupar una traila de dos cuartos que la empresa rentaba a los trabajadores casados por un pago de veinte dólares al mes, luz y agua incluida. Los techos se filtraban, la calefacción y el aire acondicionado estaban dañados, al igual que las cañerías. Pero era lo que había. Ya no iba a tomar cerveza con los amigos, ese tiempo y dinero lo ocupó en acondicionar la vivienda, debía darse prisa porque la panza de su mujer crecía a ojos vista. La niña vino al mundo un helado mes de febrero cuando las tuberias de la casa permanecían congeladas hasta el mediodia. Las jornadas eran extenuantes, el sobretiempo ayudaba a cubrir gastos extras sobretodo ahora que la mujer volvía a quedar embarazada. Los tres partos que tuvo en tres años consecutivos marcaron un record. Los médicos de la compañia metieron mano y los partos cesaron. Cuando el menor de los tres cumplió dos añitos, fueron conminados a viajar a los campos del Oriente Medio. Mejor salario, buena casa, trabajar tres meses y dos de vacaciones en casa. No estaba mal si no se incluía las frecuentes explosiones, ataques terroristas a los campos petroleros más otras cosillas de caracter cultural.

Aceptaron correr los riesgos. Ya Kristofer era experto en dirigir las faenas en las plataformas de perforación que era el peor trabajo, sucio, peligroso y el mejor pagado. De quince a dieciocho horas por día, la comida era traída en su totalidad de America, desde el jamón, huevos, chili, hasta la cocacola y el DrPeper. El cocinero era tejano. No se podían quejar. El calor del desierto que en julio superaba en varios grados al de Texas, lo mantenían a base de consumir enormes cantidades de agua, hielo, refrescos. El mínimo descuido hacía que el cuerpo se desplomara con un golpe de calor que en esas latitudes podía ser el fin. Un hombre se paseaba continuamente entre los trabajadores con una carretilla cargada de hieleras y grandes frascos llenos de agua fresca ofreciéndola a todos, obligando a consumir los líquidos. Era su trabajo, en sus manos estaba la vida del grupo, pacientemente esperaba ver como cada hombre bebía su ración.

Volvieron a su país treinta meses después. Descansarían una larga temporada para luego marcharse a Alaska o Venezuela. Esta vez la decisión podía tomarla el jefe de familia. Solo que no contaban con los problemas de precios del crudo planteados por la OPEP. Su destino fue entonces cambiado a México. Gustosos aceptaron, no estarían lejos de su tierra, las escuelas bilingues eran muy buenas, la comida muy semejante. La familia ya disponía de buenos ahorros, la pareja no era muy gastadora, aparte que casi toda la vestimenta, alimentos, escuela, eran provistos por la empresa. Eso daba oportunidad de reducir los gastos. Hasta la esposa se atrevió en christsmas enviar unos cientos de dólares a sus padres. Había cumplido el decreto paterno de no retornar jamás al hogar, pocas llamadas en muchos años, los niños entraban a la adolescencia, parecía ser tiempo de una reconciliación familiar. Pero eso nunca ocurrió aún cuando el dinero era recibido una y otra vez, nunca dieron señales de querer comunicarse con cualquiera miembro de la familia, ni siquiera dar muestras de agradecimiento. Era la manera como los padres castigaban la desobediencia de una hija.

Sabal era el segundo de los tres hijos, luego le seguía una hermanita. Se distinguió pronto de sus hermanos al poseer un carácter seco, las cosas que podían emocionar a cualquiera de su edad, a él poco le importaban, prefería estar solo, fabricando objetos de madera, palos, barro o lo que consiguiera por allí. Cursó sus años escolares sin dar problemas a padres o maestros, tampoco se destacó como estudiante. LLamaba la atención su nato sentido de la puntualidad, la responsabilidad en cumplir sus obligaciones. Un tío, sabiendo de la importancia que su sobrino le daba al tiempo, le regaló en una oportunidad un buen reloj, el cual cuidaba como el más preciado de sus bienes. Colgado de su muñeca regía sus m{inimos actos. Si debía entrar a la siete y salir a las doce de la escuela, estaba en el lugar con precisión, ni antes ni después, lo que no dejaba de incomodar a sus maestros. Cierto dia el timbre anunciando la salida no repicó, la maestra continuó hablando. Sabal consultó su reloj que marcaba las doce en punto, ordenó sus útiles y tranquilamente abandonó el aula ante la atónita mirada de sus compañeros. La maestra lo conminó a volver su asiento, pero él abandonó el aula como si nada. Esa misma tarde la señora se apareció ante sus padres a participarles la falta del hijo, pero se encontró con una fría respuesta. Ellos conocían de lo inflexible, puntilloso, de su muchacho con eso de las horas. A partir de ese momento ver a Sabal llegar al aula o salir de ella significaba que se estaba en el tiempo correcto. Cuando cumplió los catorce pidió a su padre le permitiera ir en sus ratos libres a los talleres de sus paisanos amigos. Quería aprender tornería, soldadura, mecánica, todo lo que suponia tener contacto con los metales. Sentía fascinación por el hierro, su versatilidad, resistencia. Los jefes de los talleres lo veían llegar con su pausado caminar, callado, dando un corto saludo, metiéndose en el uniforme e ir a hacer lo que le indicaban. El ritmo de trabajo de los nortemericanos, el rendimiento, el respeto al tiempo de las comidas, fue marcándolo. Para cuando dos años después ingresa a la cercana escuela técnica industrial ya era un avanzado estudiante, conocedor de las maquinarias, equipos y sus usos. Podía decirse sin exagerar que en muchos aspectos superaba a los profesores.

Aquí, sin quererlo, impuso su forma de trabajar en silencio, solo hablaba cuando se trataba de lo que se estaba haciendo, cero chistes, chismes, ocio. Sus compañeros de equipo en un principio lo molestaban haciendo burlas a sus espaldas, pero al poco tiempo se iban acoplando al modo de trabajar porque comprobaban su efectividad. Eso de llevar una lonchera que la abría exactamente a las nueve de la mañana durante 15 minutos y luego a las 12 por una hora, causó sorpresa en todos. Verlo detener puntual su trabajo, lavarse las manos e ir a sentarse en uno de los mesones a tomar su lunch, produjo risas, que el ignoró. Los profesores no le reprochaban su actitud, más cuando con el paso del tiempo se destacaba entre los demás. A sus padres llegaban los rumores de la extraña conducta de su hijo, pero no interferían. Lo veían crecer espigado, flaco, algo jorobado al caminar, el acné invadiéndole la frente, dorados vellos en las mejillas, pelo rubio rebelde. Al parecer era otro ordinario adolescente .

Consiguió su primer trabajo en una gabarra que pasaba dos semanas del mes en medio del lago de Maracaibo. Cuando decidió embarcarse, su madre no lo aprobó, quería que fuera a la Universidad, pero él fue intransitable. Al verlo en tal posición prefirió ceder, su instinto de madre le decía que se iría con o sin su permiso. Como descansaba las otras dos semanas, aprovechó ese tiempo libre en fabricar un galpón en un lote de tierra que compró y en donde casi sin percatarse fabricó un buen taller; de esa manera invirtió prudentemente sus primeros sueldos. Religiosamente descontaba un veinticinco por ciento para sin falta entregarlo a su madre. Realmente no le gustaba estar ocioso, era su temperamento. A puerta cerrada casi siempre, diseñaba piezas de arte en hierro, la gente ignoraba lo que hacia. Al tiempo, cuando se decidió abrir las puertas para vender sus obras, obtuvo tal éxito que lo sorprendió gratamente. Sin llegar a los veinte ya era visto y tratado como un adulto con cierta solvencia económica. Su auto era considerado uno de los mejores aunque con diez años de uso: un Viejo Dodge Challenger que permanecía arrumado en el garage de una finca fue el escogido. Lo adquirió a bajo precio; ayudado por sus amigos mecánicos lo restauró por completo, al final obtuvo una joya de carro admirado por todos. Entonces comenzaron a llegarle tentadoras ofertas de empresas importantes. Ya su vida tomaría rumbos jamás pensados.

CAPÍTULO XV

SU PADRE SOLÍA decir entre sus amistades que la muerte gustaba rondar ciertos momentos y lugares especiales durante la vida de los humanos: la mujer de parto primerizo, cuando se está por recibir un grado, diploma, cuando se llega a la edad del retiro... Era su costumbre mantenerse alejado de lugares sagrados, templos, Iglesias, mezquitas... y de los cementerios. Decía también que por los caminos por donde transitan los cadáveres que llevan rumbo a la tumba, adquirían con el tiempo un aspecto singular, distinto: la tierra pisoteada, las piedras, sonaban extrañamente al paso del cortejo fúnebre; las plantas a la vera del camino siempre mantenían un color ocre, incluso durante la época de lluvias, pero no morían; sus flores eran escasas, mustias, carentes de fragancia. Era como una callada protesta ante la ausencia y el dolor del que partía y de los que se quedaban. Podían verse estas frases como premonitorias que en él se cumplieron a cabalidad. Eran las primeras vacaciones que tomaba despues de haber logrado su retiro de la compañia petrolera donde trabajó los últimos veintitrés años. Se alojaron en un hermoso hotel donde pasaron una semana larga descansando como no lo hicieron antes. El accidente ocurre una mañana de febrero en la autopista que conduce de Austin a San Antonio, a la altura de New Braunfels. Su esposa le previno oportunamente que el informe meteorológico pronosticaba mal tiempo. Efectivamente, durante la noche estuvo cayendo una cellizca, escarcha que al fijarse al pavimento representaba un eminente peligro para los conductores. Hombre no acostumbrado a obedecer los embates de la naturaleza, se limitó a oirla sin dejar de empaquetar sus pertenencias. Bajó al vestibulo del hotel para cancelar la cuenta y desayunar. A los pocos minutos su mujer se le sumó. Conversaron de cosas triviales, de lo bien que se la pasaban sin estar lidiando con responsabilidades. Subieron al cómodo Grand Marquis que recién habían adquirido en una subasta. Veinte minutos más tarde ninguno de los dos formaban ya parte de éste mundo. El manejaba con precaución y al llegar a un distribuidor tomaron el carril elevado para dirigirse al sur. Ya no hubo manera de controlar el pesado vehículo. La fina capa de hielo lo hizo derrapar e irse contra la valla que no resistió el impacto del pesado automóvil, yendo a precipitarse al vacío. Cayeron de frente contra el pavimento en el preciso momento en que un enorme camión entraba a la vía a buena velocidad. El potente golpe hizo que ambos carros fueran a dar contra las bases del puente. La muerte de ambos fue instantánea.

Sabal, por la vida anadariega y errante que llevaba, recibe la fatal noticia casi una semana después de ocurrida la tragedia. Para esos momentos se encontraba en un apartado lugar de dificil acceso y comunicación, por lo que fue la casualidad quien intervino a través de unos jóvenes misioneros adventistas conocedores del siniestro, quienes lo pusieron al tanto. La muerte de su padre no le afectó tanto como la de su madre. Ella siempre sumisa, mientras que él vivió siempre al límite, al filo de peligros. Aceptó trabajos de alto riesgo en Mexico y Venezuela, que otros rechazaban de plano: construir plataformas marinas en zonas borrascosas, soldar tuberias a grandes profundidades, rescatar equipos dentro del agua. Todas estas labores suponían grandes imponderables. Aparte estaban los riesgos propios de la zona de trabajo: insectos, plagas, epidemias, vívoras venenosas, ataques de los guerrilleros, enfrentamientos con los nativos, narcotraficantes, bandidos. El sueldo era bueno, el mejor, sin contar con un horario de trabajo de quince días continuos por treinta de descanso. A él eso le gustaba, era su mundo y lo vivió a sus anchas. Morir por culpa de una simple nevada de febrero, de seguro no era lo que tendría pensado a la hora de partir hacia la eternidad. Los hermanos de Sabal se encargaron de todo el asunto. Los abogados liquidaron los bienes, cobraron las pólizas de seguro y entregaron a cada heredero un cheque, que sin ser muy elevado, bien podría mejorar la condición económica de cualquiera de ellos. La visita a sus parientes fue corta. Le propusieron abrir una sociedad, pero él no quiso permanecer en los Estados Unidos. Simplemente el trópico era su vida, allí se encontraba muy a gusto y allí le gustaría morir. Todavía no cumplía los veintidós años pero a pesar de su juventud no sufrió la duda del Rubicón que se presenta a cierta edad. Estaba muy claro que lo primero que haría sería viajar, conocer México, Centroamérica, suramérica, adentrarse en sus secretos, cultura. Era la manera de obedecer un persistente llamado que le azotaba la cabeza desde hacía tiempo. Adquiere una rústica power wagon todo terreno, la cual equipa convenientemente. A su lado la vieja maleta, eterna acompañante. Por sus extrañas dimensiones en ella cabían perfectamente el equipaje normal de una persona como él. Recorre primero Texas, Nuevo México y Arizona, regiones que le llamaban la atención por las culturas indígenas que allí existieron, en especial los anazazi. En sus áridos valles sentía renacer, su alma atravesaba otras dimensiones. Paseaba en solitario día tras día por los grandes cañones. La vieja camioneta con frecuencia era avistada por callados nativos estacionada en los lugares más alejados e insólitos. Pero no molestaba ni lo molestaban. En un viaje que realizó a las ruinas mayas de Yaxchilán mantuvo contacto de cerca con representantes genuinos de esa cultura quienes amablemente le dirigieron durante la visita y dieron explicaciones de la prevalencia en el tiempo de muchos elementos de su cultura. Pasó luego a conocer de las tribus chiapanecas ubicadas en la localidad de Cacahuatal, Municipio de Tumbalá, en el Estado de Chiapas donde permaneció tiempo suficiente para compenetrarse con sus habitantes y el territorio. Sus montañas, ríos, lagos, la sencilléz y primitivismo de los indígenas le cautivaron. Pero esencialmente el segmento mágico-religioso de sus ancestrales dioses, mezclados con las creencias católicas que trajeron los conquistadores produjeron en él un extraordinario cambio en la forma de percibir la vida y la muerte. Durante ese período vio y vivió como los choles son grandes agricultores con el maíz como eje de su cultura a quien consideran un dios, así, dedican dentro de su propio y antiguo calendario agrícola varias fechas festivas relacionadas con la siembra y recolección del fruto. Con ellos también sembró café, tabaco a los que dan propiedades terapéuticas y medicinales. Participó en diversos ritos dirigidos por los mayordomos y los tatuches rodeado de humo de tabaco, aguardiente, bajo el mágico ritmo impuesto por los músicos. Al final de la sesión percibía la sensación de estar en otro mundo donde las cosas terrenales carecían de importancia; solo veía ante él un solitario y colorido camino que parecía no tener fin. Horas después era llamado por las mujeres de la tribu a compartir la comida que todos disfrutaban por igual. Casualmente una noche presenció el maravilloso ritual que se celebraba en una cristalina poza donde se daban cita las mujeres vírgenes de la tribu. Acudían en grupo, completamente desnudas, dirigidas por una anciana menopáusica. El rito era realizado en época de luna llena durante nueve noches consecutivas. Cada una de las doncellas portaba en sus manos regalos para ser ofrecidos a la luna madre y pedirle fertilidad, salud, marido o regreso del esposo. Eran momentos llenos de sensualidad, suspenso y devoción. Ver aquellos hermosos cuerpos desnudos, brillantes, alumbrados por la luz de la luna, con el ruido inmutable de las caídas de agua, era uno de los espáctaculos más impactantes que pudo presenciar.

CAPÍTULO XVI

SABAL GUSTABA VISITAR plazas y mercados de los pueblos para conocer sus costumbres y manera de vivir. Le impresionaban los llamativos colores de las típicas vestimentas, la comida basada en productos de la tierra donde los frijoles, el maíz, las bananas y otros tubérculos constituían la base de su alimentación. Consumían poca carne aunque eran criadores más dados a comer productos de la caza, pesca, aves. Con los días su alta figura se iba haciendo familiar entre ellos, discretamente buscaba no llamar la atención, sin embargo el cabello largo, rubio, permanentemente cubierto por un sombrero "Stanton" de lana color marrón, destacaba en medio de los indígenas. Se le veía comer entre ellos alimentos servidos en hojas de plátano o de maíz, tomándolos con los dedos. Disfrutaba saboreando las aguas de horchata, la chicha de maíz, las doradas tortillas. Aquella madrugada había dejado el caserío de la sierra para pasar unos días en la ciudad más nombrada en las comarcas: San Cristóbal de Las Casas, su famoso mercado donde un día a la semana acudían pequeños agricultores, criadores a ofrecer en venta o trueque legumbres, frutas, animales, coloridas telas, artesanías, maderas y accesorios para la casa. En medio del barullo, la algarabía, propio de un mercado indígena, le llamó la atención una muchacha vestida a lo que el creyó era la usanza antigua, con los cabellos recogidos en dos largas trenzas negras tejidas y los ojos más bellos que había visto en su vida. El color blanco y amarillo de la blusa, lo encendido del rojo de su falda, los colgantes sobre su pecho, le dieron la impresión de una diosa maya. Su rostro resaltaba en medio de tanto color, sus ojos reflejaban un dejo de tristeza. Sentada sobre una butaca de madera ofrecía mantas tejidas hechas con lana de oveja. Sabal se acercó demostrando interés en la mercancía, ella le ofreció una leve sonrisa que dejó ver la blanca dentadura y carnosos labios. Iba mostrando las piezas mientras el comprador hacía parecer interesado en la calidad, aunque solo evaluaba a la muchacha toda.

La jovencita tendría apenas unos dieciséis años o menos, pertenecía a la raza de los choles, tribu descendiente de los primeros mayas. El no sabía como entablar una conversación más cordial con una indígena que de seguro estaría casada o comprometida en matrimonio. Eso era algo muy serio hasta peligroso en aquellas tierras. Pero sentía que de no hacerlo perdería algo de mucho valor, estaba como hechizado, la cabeza le daba vueltas diciendo cosas incoherentes. La muchacha percibió la situación diciendole que si no quería comprar hoy, ella vendría mañana al pueblo a traer unos encargos para unas matronas. Pero el insistió en saber algo de ella, en especial si era libre.

—Siento vergüenza en preguntarte esto, pero no puedo evitarlo:

—¡Eres casada o estás comprometida? —Dijo, casi tartamudeando.

—No. Mi familia dice que antes de la primavera debo buscarme pareja porque mujer vieja no parir buenos niños. —Replicó ella con una sinceridad seca.

—¿Y tiene que ser alguien de tu misma raza?

—Padre dice que extranjero no ser malo pero pronto se va dejándote sola. Por eso el quiere casarme con alguien de su gusto.

—¿Adónde vives?

—Lejos del pueblo, en un lugar llamado Cacahuatal que tiene muy poquitas casas. Pero hay un río cerca muy bueno donde las mujeres vamos a bañarnos todos los días.

—Y si yo voy a verte, ¿tus padres se molestarían?

—¿Y para qué quiere usted verme si ya me esta viendo? —Dijo, con una pícara sonrisa.

—Desde que te vi siento que yo no soy yo. Te puede parecer tonto pero estoy aquí frente a ti y no me quiero mover.

—A mi no me molesta. Puede quedarse aquí hasta la tarde cuando venga mi papá y yo me vaya, pero le va a dar hambre y sed, yo traje poquita comida.

—Seguro que puedo quedarme aquí, contigo?

—Bueno, se sienta en mi silla, se pone en aquel rincón para que no tropiece a los demás compradores.

—Claro que me voy a quedar. Quiero que me digas donde puedo comprar comida para los dos, así me acompañas.

—Falta tiempo para comer. No debe ir a ningún lado, yo le digo a aquella señora que ve allá que es prima de mi mamá, preparar comida buena. Ella trae lo que usted quiera, no usamos mesa para comer.

—Puedo jurarte que por estar a tu lado no me importa comer en el piso. —Echándose a reír.

Las horas pasaron volando, comieron juntos en medio de las miradas de curiosos, comentarios de transeúntes y vendedores que los veían demasiados compenetrados como si se conocieran de años. Las ventas estuvieron bastante buenas toda vez que Sabal ayudó entendiéndose con compradores extranjeros. Hasta tuvieron que pedir ciertos artículos a la tía porque los de ellos se agotaron.

—Cuando mi papá vea esto, va a creer que me robaron las mantas. —Dijo riéndose, sonando la bolsa llena de monedas—. A lo mejor le propone negocio.

—Yo le aceptaría cualquier negocio siempre y cuando no te case con nadie en la primavera. Eso va en serio. Quiero ser tu amigo.

La comunicación transcurría con los cuerpos cerca, en un tono casi íntimo dando a la atmósfera una sensación cargada de emociones.

—Puedes hablarme, decirme que piensas de lo que digo.

—Yo no sé qué decirle. Usted me está dando miedo con tantas cosas bonitas que me ha dicho durante todo éste tiempo. —Y se soltó a llorar.

Sabal estaba sorprendido, nervioso por el llanto de la muchacha y las miradas de la gente que por suerte ya quedaban pocas. La tía desde el otro lado de la calzada no perdió detalle de la escena. Desde que llegó el extranjero, no verlo moverse del puesto de su sobrina le entró un extraño presentimiento. "Y ahora ¿qué está pasando?" Pensó.

—Por favor, perdóname pero todo lo que te dicho es verdad. —Casi gritó el joven.

—No te quiero engañar ni burlarme de ti. ¡Pero para de llorar! Van a pensar que te he hecho alguna maldad.

—Poco a poco la muchacha fue serenándose, su rostro adquirió un bello y encantador rubor ; Sabal, sin control, arriesgando su vida le estampó un largo beso en los labios, se separó dejándole muda, con los brazos caídos.

—Me estoy quedando en un pequeño hotel en el centro llamado Luna Antigua. Mañana cuando toquen las campanas para misa te estaré esperando en la puerta de la iglesia de la Merced. Fue lo que alcanzó a decirle antes de abordar la calle con paso apresurado y comenzar a subir la cuesta hacia no sabía donde.

Estuvo caminando de un lugar a otro sin orden alguno tratando de organizar las ideas en su cabeza. Le parecía haber hecho el papelazo de tonto ante una niña. No era su manera natural de actuar. ¿Se estaría volviendo loco? Con la caída de la tarde, impulsado por una fuerza irresistible, enfiló hacia el mercado donde conoció a la muchacha. Quería verla aunque fuera por un instante. Buscó el puesto de venta y solo consiguió restos de basura, papeles, botellas vacías, cáscaras de frutas, nada de lo que había visto por la mañana. Aquel espectáculo propio de lugares públicos al quedar vacíos lo sumió en una honda soledad y tristeza. Retomó el camino al hotel, entró en una tienda de licores saliendo con una botella de tequila "Hornitos" en sus manos. Sin preámbulos la abrió tomando un gran sorbo. Afuera, sentado en la acera un indio viejo con dientes de oro, dijo:

—No hay como un buen tequila para ahogar las penas.

Sabal no se dió por aludido, escanció otro trago a pico de botella continuando su camino sintiendo que un agradable calor invadía el interior de su cuerpo. Eructó con fuerza.

La fresca habitación invitaba al descanso. Ya la botella estaba por mitad. La cabeza le daba vueltas, no tanto por el alcohol sino porque en la mente permanecía viva la imágen de la indiecita con sus dos crinejas negras y sus bellos ojos.

—¡Lo que me faltaba! Que me enamore en este país. Yo vine con otro propósito. Se reprochaba sin mucha fuerza. ¿Qué es lo que me pasa? Una súbita erección le recordó las bien torneadas caderas, los senos protuberantes, duros, sin necesidad de sostén para mantener los pezones casi horizontales.

Trató de alejar la estampa y dormir. La noche se estaba haciendo larga e insoportable. Decidió bajar, liquidar la cuenta y marcharse a Tonalá, la capital. Ya conseguiría un chofer que le hiciera el viaje expreso.

Sentía que debía alejarse de aquel lugar a toda prisa, era un arrebato de locura, no temor, sino un deseo de liberarse de algo desconocido. El recepcionista le facilitó el trabajo solicitando un taxi sin importarle el precio debido a lo inusual de la hora.

A los pocos minutos un auto en regular estado conducido por un indígena de cabello largo, lentes "culo de botella" para corregir una fuerte miopía, le sonreía al empleado del hotel.

—Es mi hermano, muy responsable y buen conductor. Le llevará a donde usted quiera y por un buen precio, es de confianza.

—Sí, sí. Yo muy responsable con extranjeros, no robar dinero ni maletas, conocer muy bien la carretera. Carro casi nuevo.

Con los tragos que llevaba encima Sabal no dio mucha importancia a la conversación, solo quería abandonar el pueblo.

—¡Está bien señor! Salgamos de una vez.

Con fuertes aceleradas y tomado las curvas de las calles a buena velocidad, salieron de la ciudad y comenzaron a bajar la montaña a través de una sinuosa carretera que estaba solitaria a esa hora de la madrugada.

Anduvieron por más de una hora. Adelante, en la húmeda carretera luces intermitentes anunciaban de algún accidente, varios autos estaban detenidos a ambos sentido de la vía. El chofer bajó dirigiéndose hacia donde la policía de carreteras tenía parqueado sus vehículos. Se trataba de un derrumbe de la montaña, una buena parte de tierra se desplomó arrastrando enormes piedras y lodo depositándolos sobre el asfalto. Era imposible seguir adelante y el tráfico estaría interrumpido por uno o dos días.

—¡No se puede batallar en contra del destino! —Fue lo que dijo el chofer al regresar al auto.

—¿Quiere que esperemos hasta que quiten los escombros o nos regresamos al hotel? —Dijo el hombre escudriñándolo con sus profundas gafas.

El joven permanecía indeciso, ¿estaría el destino jugándole una mala pasada? El hombre seguía mirándolo con una mueca estúpida en los labios.

—Perdone Usted. —Dijo Sabal tratando de ser amigable y aclarar las ideas—. ¿Alguna vez ha tratado de huir de una mujer?

—Sí. De eso hace quince años. —Dijo el de las gafas, tomado mejor acomodo en el asiento como si estuviera esperando la pregunta.

—Huí por meses, pero el deseo y la pasión que sentía por ella no lo apagaba nadie. Así que volví a buscarla, solo para conseguirla preñada de otro hombre peor que yo. Esa misma noche lo esperé entre el platanal y con un garrote lo corrí de una paliza. Ahora vivo con ella, no importa que tenga una hija de otro. Yo le borré su pecado porque me ha parido dos hijos.

—¿Porqué me pregunta eso? ¿Acaso anda huyéndole a alguna indiecita pelo largo? ¡De esas no se escapa uno con facilidad!

La reveladora pregunta lo turbó haciéndolo ver como un tonto descubriendo sus sentimientos, tan evidentes que un indio bruto los podía leer como un libro abierto.

—¡Yo no estoy huyéndole a nadie! Buscó defenderse. Es que se me vino esa pregunta nomás. —Casi gritó—. Regréseme al hotel que ahora sé que voy a dormir como un tronco. —Parecía haber descubierto la fuente y razón de su existencia.

—¡Eso está hecho! —Dijo el indio, alegre, sin saber porqué—. Damos la vuelta y en un brinco estará de vuelta a su cama. Mi hermano lo atenderá como un rey. ¡Sí, Señor!

Le asignaron la misma habitación y de verdad que cayó como un tronco, al tocar la cabeza contra la almohada, sintió un ligero golpe en la mejilla. Reviso la funda: Era su cartera con el dinero, pasaporte y pasajes de avión que los había olvidado en su loca partida.

—¡No se puede batallar en contra del destino! —Repitió las frases del indio cegato. Sonrió, durmiéndose profundamente.

Muy entrada la mañana alguien tocó la puerta.

—Señor, hay alguien que lo busca.— Se oyó a alguien hablar.

—¿Quién puede ser?

—Es una señorita. Una indiecita de las que vende en el mercado. —Dijo en voz baja el empleado.

De un salto se puso los zapatos, medio cepilló sus dientes, lavó su cara, peinándose salió del cuarto.

La vio de pie al lado de un gran macetero que contenía una palma más alta que ella. Se le acercó con sigilo plantando una sonriente cara ante ella.

—Estuve en la iglesia hasta ahora, oí la misa y recé un rosario con las beatas. Todo lo hice para que usted viniera, pero no me ayudaron. Los dioses de mi tribu son muy poderosos, lo hubieran traído rapidito donde yo estaba. —Dijo, con una sonrisa.

Sabal sabía que la fe en los indígenas es algo elemental, puro, no admitía lógica, razón o método científico, por lo tanto no padecen el conflicto que se genera entre ambas concepciones y que ha sido causa de pugnas existencialistas entre los hombres que se dicen civilizados.

El sin temor ni pena la abrazó y volvió a besarla con mayor frenesí que el primer beso del día anterior. Sus labios húmedos y carnosos invitaban a devorarla. Sintió que ella le respondía, entregándose.

Las personas que descansaban en el lobby y los empleados estaban de una pieza al ver una escena tan poco común y a la vez tan bonita: Un hombre blanco uniéndose con una india descendiente de los mayas. ¡Cosas de la vida!

Vieron que la gente se fijaba en ellos, apartandose a un rincón de la sala...

—Yatzil: Soy bastante joven y muy tonto como haz podido comprobar. He querido alejarme de tí y si no llegué a la cita pautada contigo fue porque estuve toda la noche en la carretera hacia Tonalá. —Habló casi en susurros.

—Sí. Lo supe porque mi tío se lo dijo a mi tía y ella me lo dijo a mí.

—¿Cuál tío?

—El que te estaba haciendo ese loco viaje a esas horas de la madrugada.

Ahora su mente estaba en blanco, la única figura que se veía era la de ella sonriente, llamándole. Decidió salir del incómodo momento preguntándole al rompe.

—¿Quieres ir a mi habitación? ¿Te dejará tu tío?

—Sí. Quiero ir contigo, lo deseo con la fuerza de mi corazón. Y mi tío lo sabe. El no se va a oponer. Ellos me acompañaron durante toda la noche de mi llanto en que creí morir si no te volvía a ver.

—Llévame donde tu quieras, ya yo no me pertenezco. Tú me has robado el alma.

Llegaron a la puerta de la habitación que permanecía en penumbras debido a que las pesadas cortinas permanecían sin correr. Ahora ella estaba indecisa de entrar, pensó que había tomado una decisión grave y equivocada, por unos minutos se mantuvo impávida, con la mirada al suelo pero al final dio el paso y fue directo a un rincón. Sabal la observaba mientras lentamente, de espaldas a él, se iba desprendiendo de sus ropas, desató las trenzas de su largo cabello, colocando las prendas del cabello sobre sus guaraches de llamativos colores que los coronaba con una gran borla de algodón blanco; delgados y hermosos pies, uñas brillantes sin pinturas se dejaron ver sobre el rudo piso de mampostería; luego se quitó la blusa blanca y la roja falda, debajo tenía otras prendas de color blanco que también fue desprendiéndose y colocándolas en el suelo, al final solo quedó con la rústica ropa interior. Sin levantar la mirada, con virginal delicadeza se despojó de ellas quedando completamente desnuda.

El suave cuello, la turgencia de los senos, las hermosas curvas de las caderas, el pubis cubierto con finos y escasos vellos, tenían embelesado al mozo. Sin las ropas se veía más alta y delgada. Miró hacia la cama donde Sabal estaba cubierto hasta la cintura con una blanca sábana. Sin mediar palabra se introdujo bajo ellas, él la abrazo besándose con locura; el ritmo del acto había comenzado, pero ella sentía dolor, sin dejar de abrazarlo pedía que continuara, al rato la desfloración se completó con una violenta penetración que la hizo gemir, sonriendo le pidió que no la soltara. Así estuvieron prolongando el acto sexual una y otra vez por largo tiempo.

Debieron quedarse dormidos ya que la habitación con la llegada de la noche había quedado completamente a oscuras. Fuera se oían lejanos ruidos de voces, las ramas del árbol cercano a la ventana movía sus ramas produciendo sombras fantasmales.

—¿Quieres que encienda la luz? —Preguntó el.

—Si tú quieres... — —Respondió ella.

Con la claridad vio el rostro y el cuerpo de su amada, estaba extasiado. Se acercó y comenzó el rito de besarla y morderla suavemente desde los pies hasta el cabello. Ella sintiendo cosquillas entremetía sus dedos en la rubia cabellera del amado.

—Tus pelos parecen hilillos de sol. Son tan suaves que tengo miedo se caigan.

—No debes temer por eso. Mi cabello es fuerte, sano y en mi familia no hay calvos.

—¿Qué es ser calvos?

—Personas a las que se le cae el pelo por la edad o alguna enfermedad.

—Nosotros tenemos yerbas para que el pelo crezca y nunca se caiga.

—Me las enseñarás, a lo mejor nos hacemos ricos vendiéndolas en muchos países.

—¿Y para qué quieres la riqueza? Me tienes a mí.

—Es verdad. Ambos somos ricos. Nos tenemos el uno para el otro. Y volvieron a reiniciar los juegos del amor.

Tiempo después el hambre los sorprendió y pensaron donde ir a comer.

—Debo reponer mis energías. ¿Crees que podemos llamar a uno de tus tíos para que nos traiga algo sabroso?

—Sí. Ya todos en mi casa deben saber donde estoy y con quien. —Dijo sonriente, dándose una graciosa vuelta en redondo sobre la cama, mostrando las hermosas nalgas, las bien torneadas piernas ahora entreabiertas.

Una nueva erección violenta invadió a Sabal que sin control se lanzó sobre ella volviéndola a penetrar.

—De no ponerte de nuevo las ropas, es probable que me suicide con tanto sexo por tu culpa.

—No me importa que mueras estando dentro de mi. Asi yo también moriría contigo.

Exhausto Sabal dijo:

—Deja que yo me vista y baje a la recepción. No quiero hacerlo por teléfono. De esa forma veo como andan las cosas.

—No verás nada malo ni habrá problemas. Conozco a mi familia y ellos a mí. ¡Desnuda te esperaré!

En el preciso instante que bajaba, al hall estaban llegando algunos turistas cargados de maletas, con unos grandes sombreros sobre sus cabezas. La alegría indicaba que se habían tomado varios tragos de tequila.

Entre las gentes reconoció al indio de lentes gruesos, quien le lanzó una sonrisa, lo que permitió acercárcele y pedirle si podía traerles algo de comida. Ni siquiera le mencionó que era su sobrina la que estaba compartiendo su habitación.

—Traiga lo que usted considere mejor para nosotros. Aquí tiene dinero. ¿Es suficiente?

—Yo si sé lo que les va a gustar, es una delicia de nuestra tierra además esto mucho dinero. —Dijo reservando una parte y entregándole el resto de los billetes.

Pasó a la máquina dispensadora de bebidas, extrajo Coca-Colas, agua mineral, algunas bolsitas de snaks; Bebió una botella de agua de un solo envión, parecía estar deshidratado pero se sentía un hombre dichoso. En largas zancadas arribó de nuevo a la habitación. Viendo a la muchacha recostada sobre el espaldar de la cama, quedó admirado de lo hermosa y joven que era.

—Siento pena por los ojos con que me miras. ¿Ya no te gusto?

—¡Calla! Me siento vacío como un cuenco agujereado. Ayer te entregué parte de mi amor, el resto me lo robaste hoy sin misericordia. Sé que ya no puedo dar un paso si no es a tu lado.

Ella se levantó lanzándose en sus brazos con los ojos llenos de lágrimas:

—Has sido tú quien ha arrancado de mis entrañas todo lo que tuve guardado desde que era una niña. Jamás podré dejar de ser tuya, ni la muerte lo podría impedir.

El ya estaba casi desnudo cuando alguien llamó a la puerta:

—Aquí traigo la comida. Era la voz de una mujer.

—Debe ser mi tía, que es muy curiosa. Deja que yo reciba, así estará tranquila.

—Ponte algo de ropa.

—¿Para qué? Si ella me dió teta que mamar cuando mi madre enfermó.

Moviéndose con rapidéz, tratando de cubrir con sus manos los senos y el pubis de la mirada lasciva de su amante, entreabrió la puerta, le alargaron unas bandejas de madera repletas de comida, cubiertas con mantelillos tejidos. En dialecto intercambiaron unas palabras, la tía se marchó lanzando una sonora carcajada.

—Mi tía parece paró en loca. Nunca la había visto así. Hasta me pellizcó el brazo muy duro. ¡Mira! —dijo, mostrándole el antebrazo enrojecido por el apretón, colocando las tablas talladas sobre una mesita.

—Ven vamos a comer. Desde ayer no pruebo comida por tu culpa. No he hecho sino sufrir y llorar. ¿Qué si me hubiera muerto?

—Te hubiera desenterrado para meterme contigo en la tumba. Sola no te iba a dejar ir a ningún lado, ni siquiera al cielo.

Se besaron como locos y por poco no dan con las bandejas en el piso. Por fin comenzaron a comer como salvajes.

Capítulo XVII

Un día, casi de manera repentina, Sabal es azotado por un misterioso mal que implacable lo atacaba con altas fiebres, insomnio, inapetencia, terribles pesadillas. Como demente buscando morir corría por la selva, trepaba altos árboles, lanzándose a caudalosos ríos que lo arrastraban con la fuerte corriente. Todo bajo la mirada llorosa de su amada que sufría tanto al verlo en ese estado. Había sido poseído por un espíritu maligno dictaminaron apesadumbrados los vecinos. Una oscura noche, tres cazadores lo hallaron inconsciente en plena selva; amarrado dentro una hamaca lo condujeron ante los ancianos de la tribu. Los chamanes determinaron que era presa de un sortilegio obra de dioses demoníacos, por lo que debía alejarse del lugar, de todos, o de lo contrario moriría. Bajo los efectos de fuertes drogas lo levantaron de su lecho para que el auto del indio de las gafas gruesas lo condujera hasta Tonalá, a fin de ponerlo en manos de la medicina blanca que usaba otras técnicas. Durante tres días el fiel indio esperó fuera del hospital durmiendo dentro del auto, hasta que le dieron noticias que el hombre estaba mejorando. No quiso regresar al poblado por lo que buscó una habitación en una pensión cercana. Temprano en la mañana se apostaba en las afueras del hospital donde pacientemente veía el paso de las horas, nada lo inmutaba. Pasaron cinco o seis días hasta que al fin lo vio salir caminando por sus propios pies. Había perdido mucho peso, pero su semblante era otro denotando mejoría. Cuando vio al amigo se lanzó a sus brazos llorando de alegría. Ambos hombres se unieron en un apretado abrazo ante el asombro de los transeúntes.

—Quiero volver con Yatzil y mis hijos. —Dijo secamente.

—Yo no lo puedo llevar de regreso, veo que se ha salvado pero Usted debe primero sanar completo antes de regresar a la tribu.

Ella lo esperará. Lo juro. En el pueblo no lo quieren ver como loco. Todos nosotros sufrir mucho.

—¿Puedo por lo menos despedirme de ella y mis hijos? —preguntó, cabizbajo.

—No. No lo haga. Usted es algo muy grande para nosotros. Si la ve no querrá volver al doctor, entonces recaerá en su mal y morirá. Hacerme caso. Tu ser mi hermano, mi sangre. Ve, sana tu alma. Yo también te esperaré felíz.

De esa triste, conmovedora manera Sabal deja las maravillosas tierras Chiapanecas. Abordó un avión a la capital mexicana. Notaba que cada vez que ponía mayor distancia del pueblo, su salud se recobraba notablemente. Parecía cosas de hechicería, embrujos. No quiso hacer fuerza en contra. Debía haber alguna explicación a todo lo ocurrido. Con un dolor que le partía el alma prefirió dejarse llevar. ¿Hacia donde? Lo ignoraba. El Dios viento dirigiría sus pasos.

Dos semanas después llegaba a Caracas. El círculo de su vida parecía cerrarse. Sin pérdida de tiempo como si algo o alguien lo empujara, tomó otro vuelo al interior ; sin darse cuenta ya estaba caminando por el lugar donde años atrás había ocurrido la horrible tragedia a su amigo en un día recordable, feo..

¿Qué lo había traído hasta ese lugar que no quería volver a ver? Todo eran preguntas sin respuestas. Recorrió el sitio, ruinas por doquier, el puente nunca se construyó en ese lugar, lo hicieron muchos kilómetros arriba. El aspecto del lugar era casi macabro, las oxidadas guayas asesinas permanecían colgadas amenazantes, maquinarias, carretillas de mano, instrumentos de trabajo quedaron abandonados y nadie quiso volver por aquellos parajes. Las estructuras que una vez sirvieron de oficinas, depósitos, comedores, yacían de lado a punto de derrumbarse, azotadas por los vientos las láminas de los techos batían con fuerza incesante buscando volar y produciendo un feo ruido. El río seguía mostrando sus aguas calmadas, traicioneras, que ahora parecían más claras, casi azules, de una belleza indescriptible, la maleza estaba muy verde y crecida.

Pasó a visitar la casa donde vivió, saludando amigos y conocidos. Algunos por pena o miedo se escondían al verlo acercarse.

La misma señora que años atrás le rentó el cuartucho se santiguó al verlo:

—¡Válgame dios! ¡Miren quien anda por aquí! Decía pálida de la impresión, acercándose a abrazarlo.

—¿Pero por qué me ven y tratan como si fuera un aparecido? No he muerto. —Dijo el joven, con una leve sonrisa.

Así por boca de unos y otros se fue enterando que meses después de su partida distintos hombres de singular aspecto llegaron y fueron de casa en casa preguntando por una maleta cuyas señas coincidían con la que el se llevó, seguro que era esa. Supusieron que eran judíos extranjeros, quizas alemanes por la manera de vestir y hablar, por otra parte también vinieron policías, guardias y mucha gente rara preguntando por su persona en especial, ¿dónde vivía, de donde procedía, para donde se había marchado? Preguntas y más preguntas en tono amenazante.

Hasta golpearon a varios jóvenes que decían haber visto la maleta.

—¿Y qué hizo usted con esa la bendita maleta? —Preguntó alguien.

—Pues ese mismo día la perdí. No sé donde fue a parar, perdí mi ropa y mis enseres. Todo era un desorden, subí a un camión, luego a otro, la lluvia, la noche, cuando luego de horas de viaje por fin bajé en un desconocido pueblo no tenía maleta ni nada.

—Pero alguien sabrá de ella. —Ripostó una joven mujer de cara manchada, preñada y cargando otro bebé en sus brazos.

—Pues no lo sé. Pero al fin a y al cabo todos los que tuvimos contacto con la maleta sabemos que no contenía nada de valor, aparte del olor a huevos podridos.

Los oyentes se echaron a reír. La tensión estaba controlada, Sabal volvía a ser el muchacho trabajador, callado, responsable en sus ocupaciones que había convivido gratamente con ellos.

—¡Aja! —Dijo el dueño de la casa, interrumpiendo abruptamente el diálogo.

—Este hombre viene cansado, seguro que no ha probado bocado en largo tiempo. Y ustedes no hacen sino molestarlo a preguntas. ¡Vamos! Todo el mundo a cocinar que el hambre ataca.

Las mujeres aplaudieron la idea y a los pocos minutos un sabroso olor a tortillas de maíz asadas, carne, frijoles, huevos, grandes trozos de queso de cabra se colocaban en la acogedora mesa de anchas tablas. Comió con gusto, saboreando cada bocado, sintiendo como caían en su estomago vacio. Sus acompañantes hacían otro tanto. Por vez primera desde que abandonó de Chiapas no comía con tanta tranquilidad, gusto. También por vez primera había pasado todo un día sin pensar en su amada Yatzil ni en sus hijos. Después de una taza de café que acompañó con un trozo de torta burrera ofrecido por la matrona, un letargo le invadió dando bostezos. Las mujeres de la casa le acomodaron su antigua cama invitándolo a descansar. El sueño vino pronto, ya entrada la noche soñó con monstruos amigos, aguas sucias y una gran serpiente que le tragaba el pene. De un salto se puso de pie, abriéndo la puerta salió al patio. La luna brillaba alumbrando todo a su derredor, las ramas de los arboles se mecían con el silvante viento haciendo que sus sombras figurasen fantasmas, aves volando, el aire frío, seco llenaba sus pulmones, el ruido del río se oía claro, fuerte, como si estuviera creciendo el caudal, sintió algo de miedo recordando lo sucedido en el pasado, entró de nuevo a la habitación. Nada había cambiado, solo él.

Con la llegada de las primeras luces del amanecer su mente estaba nítida, sus pensamientos claros. Ahora poseía la certeza que la clave grabada en el interior de la maleta tenía un gran valor para ciertas personas importantes. Pero ¿cuál sería su secreto? En su cabeza estaban grabadas todas las señas. Buscó el papel en su cartera, las vió por última vez, rompiéndolo en pedacitos, mástico con fuerza lanzando la ensalivada bola al riachuelo que corría en la parte de abajo. De morir se llevaría el secreto con él. Nadie podía probar nada en su contra. Su aspecto y su condición económica seguía siendo casi la misma, acaso peor que antes. Al despertar en la mañana con el canto de los gallos, llamaron a su puerta: el desayuno estaba servido. Saludo cortesmente a los presente que ya estaban casi terminando sus comidas. El café caliente endulzó sus labios, el olor lo trasladó a su casa, pero no sintió dolor ni tristeza. Su espíritu estaba tan fortalecido como su cuerpo. Se sentía fuerte, alegre y dispuesto a saber que le deparaba el destino, a enfrentarlo con valor y decisión.

—¡Hijo, pero qué bien se ve usted hoy! —Exclamó la dueña de la casa.

—Se ve que la cama le sentó bien. Aquí puede pasar los días que usted quiera, con o sin dinero, es bienvenido,.

—Gracias mi doña. Lo sé. Ustedes son casi mi familia y los aprecio. Por dinero no se preocupen; todavía tengo algo en el banco que me dejó mi madre después de su muerte.

—Sí. Quiero pasar aquí unos días, claro, si no es molestia. Mi alma necesita un poco de reposo y mi mente orden para saber hacia donde iré a buscar trabajo.

—Usted no va a tener problemas en eso. Su fama le acompaña. Y... ¿ha sabido algo del muchacho del accidente? —La pregunta le turbó tanto, que su rostro cambió por completo.

—Hay m'hijo, perdone. No sabía que eso le iba a disgustar.

—No doña. No se preocupe. Solo que lo había olvidado. Eso refleja lo inhumano que somos. No sé nada de él, espero que haya podido sortear los golpes y altibajos que la vida le esté deparando.

—Nosotros tuvimos noticias las navidades pasadas, dizque lo vieron en una silla de ruedas vendiendo tickets de lotería en una parada de los buses que van de Valera a Maracaibo. El era gordito, pero ahora según dicen se ve muy delgado.

—Lo tendré en cuenta. Es posible que lo vaya a visitar. Lo recuerdo, aparte del accidente porque era un excelente empleado y carente de prejuicios con los obreros, sencillo, humilde, sabiendo que era un profesional universitario. Eso me gustaba. Transcurrieron varias semanas en franca armonía con la gente del lugar que con frecuencia lo invitaban a cazar, pescar, de parranda, a montar caballo, en fin fue una temporada de mucho goce. Las borracheras y jolgorios de los fines de semana, los bailes en los caseríos cercanos, lo hicieron famoso. Gastaba sin remilgos, hasta que el dinero se acabó. Era hora de abandonar el villorrio e ir a enfrentarse con algo que no lograba descifrar, presentía que al dejar el poblado sobrevendrían cambios inesperados, bruscos, misteriosos. Por las noches un halo de temor le invadía, algo raro en él ya que nunca sintió miedo por ir de un lugar a otro, pero ahora estaba convencido que una fuerza extraña le estaba llamando, lo forzaba a dejar la plácida vida que llevaba para cambiarla por otra desconocida, oscura. No veía nada claro su destino, estaba como sumido en un mundo inseguro llena de presagios, hechizos, donde inquietos espíritus y extrañas fuerzas

estaban adheridas a las cosas materiales que tocaba o veía. El correr
de las aguas, el rodar de una roca, la presencia de un ave, adquiría
significados especiales. Podía ser fatídico o grato, eso lo llenaba de
miedo. Sin querer, se imaginaba orando a ignotos ancestros o dioses
de los cuales carecía de referencia; en sus invocaciones pedía que lo
guiaran, protegieran en el viaje por su incierta vida.

Por las tardes cuando el viento soplaba con fuerza produciendo
ruidos cortantes, el oía voces muy claras como de personas comuni-
cándose entre ellas diciendo cosas personales o advirtiendo sobre algún peligro. Trataba de levantarse, huir, pero no lo conseguía, cierto
poder lo mantenía adherido a la gran roca donde gustaba sentarse.
Ultimamente también le daba por visitar solitarios camposantos
y cementerios ante la mirada sorpresiva de cualquier transeúnte.
Notar a una persona joven, de llamativa estampa, caminando entre
las tumbas no era cosa de ver a diario. A él no le importaba. Daba la
impresión que una ponderosa cuerda lo halaba hacia esos lugares
que creía lleno de almas, duendes guardianes que se mantenían
alrededor de las tumbas. Podía estar muerto de miedo, tembládo-
le las piernas, pero estaba obligado a acercarse. Sueños, visiones,
imágenes etéreas le invadían trasladándolo a esferas lejanas. Sabía
que estaba despierto pero fuera del mundo. No se percataba cuanto
tiempo duraba la experiencia, lentamente recobraba la normalidad
alejándose calmadamente del sitio libre de temores. Trató de visitar
a un sacerdote, pero al llegar a las puertas de la iglesia, algo le hizo
cambiar de idea y tomar otro rumbo. Buscó consejo en algunas personas mayores que poco entendieron de sus sobresaltos. Alguien le
habló de Zéfira la curandera, famosa por sus pócimas sanadoras únicas en curar picaduras de serpientes, alacranes, arañas y cualquier
bicho venenoso. También elaboraba especiales atados de yerbas
para alejar la mala la suerte, la mabita. Hacía bebedizos para que
la mujer estéril se embarazara. En cuestiones del amor componía
preparados hechos con corazones secos de colibrí, flores de dalias y
sangre de mujer con vitiligo. Una gota del mágico menjurje puesto
sobre una prenda de la persona amada pero indiferente, a los pocos
días la postraba a los pies del pretendiente. La gente juraba de lo
infalible de sus métodos.

La bruja que vivía en una solitaria cobacha en lo alto del cerro, al verlo llegar le invitó a tomar asiento sobre un pedazo de grueso tronco que servía de silla. Mujer esquelética, rostro seco, alargado, parecía una vieja cabra. Nadie supo cuándo llegó a la montaña. La gente entre nublosos recuerdos creen que vino colgada en unos carromatos provenientes de La Goajira cuyos huraños indigenas vendían frascos de raro contenido que según pregonaban en su casi inininteligible lenguaje curaban todos los males. Ella al bajar se sacudió las enaguas de no sé qué basuras, miró hacia el cielo, sin decir palabra caminó hacia los cerros y allá en las frías cumbres se quedó. ¿Cuándo sucedió? Cayó en el olvido. El cuartucho donde lo introdujo la vieja olía a humo, a tabaco, a yerbas y flores resecas. No le desagradó el olor. Imágenes grabadas en retratos, pinturas de santos, personas muertas, héroes de la patria, personajes famosos, estaban por todos lados. Un altar hecho con gruesas tablas ocupaba un lugar preminente, varias velas de llamativos colores chisporroteaban sin cesar. Sabal miraba callado a su alrrededor, la vieja se movía lentamente tratando de poner al fuego una ennegrecida olla para el café. No hablaba, en su andar arrastrando los pies hacía movimientos afirmando con la cabeza y parecía gemir.

—¡No te levantes! Sé que te quieres marchar. Solo los cobardes sienten miedo cuando se ven amenazados al tratar de revelar los secretos del alma.

—Dime qué es lo que ves por las noches antes de caer en sueño profundo. ¿Cuáles son las figuras que aparecen para despertar sobresaltado? ¿Por qué hay tanto temor a enfrentar al mundo que te llama con insistencia? Preguntaba la vieja en un tono suave, seguro, que no admitía réplica.

Aquella horrible sesión pareció durar un tiempo infinito. Habló sin parar durante horas, dormitó, dos veces vomitó un pastoso líquido amargo, verdi-negro. Cuando se repuso la vieja le ofreció café y arepa recalentada. La cuarto estaba caliente, afuera el frío viento de las montañas silbaba, buscando penetrar entre las rendijas de las paredes. Permanecía ahora recostado sobre unos viejos sacos de recolectar café, se cubría con una rústica manta de lana cruda, fumaba un rudo tabaco hecho frente a él por las diestras manos de la hechicera. Su cuerpo se combaba como un usado calcetín, relajado, sin deseos ni fuerzas para moverse, quería dormir, irse a ese otro mundo desconocido. Daba la impresión de ser una persona enferma. Su alma y mente estaban en el limbo, como de haber sido vaciado completamente, todo estaba en blanco o en gris, carente de tensiones, recuerdos, ni había colores, ni rabias, ni alegrías, ni dolor, ni placer. La muerte podría parecerse a aquel extraño estado.

—Mañana cuando te hayas marchado de mi casa, poco recordarás de lo que voy a decirte, pero no olvidarás algo importante: Forzosamente debes enfrentar el destino que los dioses y la suerte tienen pautado para tí.

—Del resto ya irás viendo como se desenvuelven las cosas.

—De nada servirá que pretendas torcer el camino, siempre llegarás al mismo lugar.

—Olvidarás estas revelaciones, creerás que lo soñaste o realmente lo viviste. No lo sabrás. Oye esto muy bien :

—Tres grandes fortunas llegarán a tus manos sin que las hayas pedido. Sin embargo solo a tí te corresponden. Han permanecido largo tiempo ocultas, simplemente esperando que llegarás a esta edad.

—Todas ellas traen consigo riesgos, peligros reales, graves, inminentes. De tú inteligencia, fe, fuerza y determinación dependerá que salgas con vida, exitoso de tales empresas.

—Deberás en cierto momento ir a saber de tu mujer, de tus hijos que siguen esperando por tí.

Fueron las últimas palabras que recordaba. Cuando despertó era un hombre distinto. Buscó a la vieja y no logró encontrarla. Sacó de su bolsillo un fajo de dinero colocándolo sobre el altar. Salió del rancho, bajó con rapidéz por el camino, deteniéndose a tomar un baño en una poza clara y profunda. Algo extraño había ocurrido en su cuerpo, en su mente, ahora veía las cosas con claridad y el miedo desapareció. Frío, seco, fuerte se sentía ahora, las emociones no lo alteraban, pensaba en situaciones terribles y no le turbaban, los peores enemigos no le causaban el mínimo temor.

Capítulo XVIII

Años después Sabal recostado en una hamaca en el corredor de su espaciosa casa en el llano venezolano, recordaba los acontecimientos de las semanas siguientes luego de haber conocido a Yatzil y haberle estampado un imprudente beso. Nunca supo lo cerca que estuvo de morir apedreado, flechado o apuñalado por cualquier miembro de la familia de la joven. Su falta fue grave y la oportuna intervención frenética de la tía pudo calmar momentáneamente los caldeados ánimos. La imprevista conducta de Yatzil ante el extranjero obligó a los jefes a reunirse de urgencia para dialogar sobre el incidente, lo que hicieron durante toda la noche. La decisión de la muchacha era la de quitarse la vida al amanecer si no le permitían reunirse con el amado. Y sus padres no dudaban de tal resolución. Tratar de convencerla sería inútil, lo aconsejable era darle libertad para decidir, de lo contrario solo quedaba desterrarla, expulsarla del grupo familiar. Era lo que dictaba la ley, la milenaria tradición. Unirse a un extranjero traería ineluctables maleficios de los dioses para la comunidad entera. Aunque ya se habían producido otras uniones, muchas de ellas por rapto, huídas o compra de la mujer, procreando hijos que convivían con los otros como hermanos. Por ahora parecía que los dioses estaban siendo benevolentes, las desgracias pronosticadas no se produjeron. Al final se impuso el ruego de los padres de no permitir que su hija muriera, caso de tener que sufrir algún castigo, pena o multa en dinero ellos gratamente lo pagarían con tal de no ver muerta a su amada hija. Ya el sol amenazaba con salir cuando su madre se acercó emocionada, llorosa a notificarle a su hija la decisión del consejo. La noticia la hizo renacer, su rostro cambió y de un salto abandonó el catre donde estaba acostada. Como por magia, mudó de ropas y acompañada de dos primas, que se decidieron a último momento, comenzaron a recorrer el largo camino hasta la ciudad. En algunas oportunidades se detuvieron a descansar y tomar alimento, pero ella no comía, su estómago no admitía nada, solo agua. Hasta que anocheciendo cruzaron las puertas de la ciudad yendo a reunirse con su mancebo que ansioso esperaba las novedades. La posterior entrevista con los parientes resultó impactante para él. Estaba sentado en el centro de una gran sala sobre un pedazo de estera extendida en el suelo, se notaba nervioso, no muy seguro ni cómodo entre gentes con caras urañas, serias y con los que estaba buscando unirse al casar con una de su familia. Ella viendo el incómodo trance por el que pasaba su novio, trataba con suaves sonrisas de infundirle valor y confianza, que todo saldría bien. El grupo de hombres dentro de la casa pasaba de quince, sentados en el suelo formando un gran círculo. Fumaban y masticaban tabaco dando al lugar un fuerte olor a sudor y yerbas. Permanecían serios, inmutables hasta que la sesión fue iniciada por el jefe de la comarca, seguidamente todos rompieron a hablar en voz alta, sin orden, parecía una gallera. Transcurrieron unos minutos y tal como comenzó la grisapa, se repente se calmaron dejando la habitación en absoluto silencio. El padre de la muchacha le pidió a Sabal que dijera algo sobre el asunto en que estaba implicado él y su hija. Para ese momento ya su estado anímico estaba sereno y recobrado seguridad lo que le daba fuerzas a apostar hasta la vida por salir airoso del compromiso. No era persona de mucho hablar y prefirió dejar libre a su corazón, que fuera él quien expusiera sus sentimientos. Comenzó por explicarles que no comprendía lo sucedido con la muchacha desde el momento en que la conoció. Era hombre libre, no estaba atado a ninguna mujer, tampoco había cometido nunca tantas torpezas juntas. Era un loco que estaba dispuesto a matar por Yatzil. Y si debía entregar su vida por ella, lo haría con gusto. Estaba dispuesto a acatar las normas de la tribu con tal de vivir al lado de su amada. Los viejos oyeron con atención las palabras del joven tomándose casi con descaro la libertad de intercambiar miradas y sonreír levemente lo que fue tomado por los restantes como un permiso a estallar en carcajadas. ¿Se estarían burlando de el? Pensó Sabal. Pero luego del receso las intervenciones adquirieron mucha mayor seriedad. Trajeron café, bebidas que calmadamente consumieron sin levantarse. Largas, muy largas las conversaciones en dialectos y español. Horas pasaron, estaba agotado. Tarde en la noche la sesión fue levantada. Al momento nada le dijeron de lo decidido, solo el jefe llamándolo por separado le indicó la aprobación de la unión, que debía ahora permanecer en casa de los padres de la novia durante un tiempo. Ella permanecería aislada en otra habitación ya que las rígidas reglas establecía que debería estar con los parientes del novio, pero en éste caso no los había.

—¿Podré entonces casarme pronto con Yatzil? —Preguntó.

—Debes esperar, seguir las costumbres de nuestra tribu. —Respondió la madre—. Por suerte para ti, ella nunca mantuvo compromiso con nadie. Ya estarías muerto.

Con alegría pensó que esto formaba parte de los preparativos del casorio, irregular y poco visto, pero casorio al fin. Y lo aceptó con resignación.

No dejaban que él la viera ni se acercara a donde estaba la novia. Cruzaban recados que entre alegres y misteriosas llevaban las muchachas de la tribu. Risas, rumores, intercambio de prendas entre ellas. Un barullo que duraba hasta altas horas de la noche cuando ya todos dormían. Un matrimonio traía consigo acontecimientos festivos en los que participaban de cualquier modo los miembros de la tribu sin exclusión. Niños, jóvenes, adultos, viejos, se consideraban parte importante de los preparativos de la boda. Juegos, música, bailes, trampas, comilonas se veían en distintos puntos entre las chozas. Las fogatas se apagaban muy avanzada la noche, casi al amanecer. Descansaban lo justo para proseguir la fiesta a la orilla del río donde preparaban caldos, carnes asadas, pescados y tubérculos de diferentes clases y sabores. Por la noches Sabal en su encierro pensaba en el momento en que por vez primera la poseyó siendo casi una niña, lo que hizo valorar la inocencia, la virginidad y la entrega, cosas que nadie le enseñó, ni siquiera mencionado porque en su cultura tales detalles del amor no significaban nada. Era una experiencia nueva, turbulenta, llena de pasión, celo y odio hacia quien osara mirarla. A sus espaldas los padres cambiaban miradas y sonrisas de complicidad. Y la fecha de casamiento llegó. Sabal logró desde su posición obtener dinero suficiente para cubrir con los gastos propios de la boda. Comprar y sacrificar tres toros de buen tamaño, doce cabras, diez ovejos, pavos, patos, gallinas y demás animales de caza suponía tiempo, trabajo y plata. Sabal quiso que no se escatimara en gastos. Quería compalcer a Yatzil, a su familia, a todos. La tribu entera ayudaba en la organizacíon de limpiar los techados donde se atenderían a los invitados cercanos y sobretodo a los que vendrían de tribus lejanas. Allí servirían comidas, danzarían y beberían durante casi una semana. Bebidas típicas espirituosas fueron traídas de otros poblados y de la ciudad llegaron cajas de cerveza, licores, dulces, golosinas y grandes cestas repletas de panes especialmente elaborados para la ocasión. Los templos donde se efectuarían las ceremonias religiosas fueron adornados con todo esplendor; en el interior de los templos católicos se alcanzaban niveles casi mágicos, pues las luces, flores, palmas y el humo de las velas se mezclan con las oraciones en varias lenguas indígenas y el olor a aguardiente, todo ello en medio de un ambiente de gran misticismo. Desde muy temprano la calle principal se llenó de indígenas, mestizos venidos de varias comarcas. Ataviados con sus vestidos típicos, le daban un especial colorido al poblado. Las ceremonias ocuparon casi hasta el mediodía. La comitiva junto a los invitados dejaron el pueblo para llegarse hasta la casa de familia. La música de viento, cuerda y marimba acompañaba al cortejo. Sabal estaba agotado, Yatzil felíz. Ansiaba que todo aquello terminara pronto e irse a la montaña con su mujer. Y a escondidas pudieron fugarse la segunda noche. Y eso porque él amenazó con irse solo. Los parranderos siguieron con las celebraciones.

Capítulo XIX

La construcción de la casa que iba a servirles de hogar a la nueva pareja se hizo de muy buena gana. El sentido cooperativo era algo natural en ellos, sin distinción participaron imponiendo su natural estilo para levantar la vivienda; la única variante fue que él quiso fabricar una pieza adicional que les serviría de cuarto de baño. No terminaba por acostumbrarse a las letrinas o el uso del monte para hacer sus necesidades. Escogieron un sitio apropiado entre la jungla no muy lejana del río. Entre los miembros jovenes de la comunidad se replanteó la tierra donde se construiría la choza, comenzando por enterrar seis gruesos horcones de cintok, árbol muy resistente cortado en la selva durante la menguante. Entre ellos se amarraron largueros de madera que fungían de esqueleto donde luego colocaron un mezcla hecha con paja recortada, estiércol de animales y un barro arcilloso que llaman bahareque. Al final pusieron palmas entretejidas para impermeabilizar, dar frescor en verano y tibieza en los fríos inviernos. La tierra arcillosa se mezclaba con otra rojiza para extenderla en el suelo y pisonarla. Era un gran espacio rectangular, con tres ventanas de buen tamaño y dos puertas. La de atrás comunicaba a otra pieza que hacia las veces de cocina y para almacenar ciertos alimentos. Un gallinero muy bien cercado con malla metálica comprada en San Cristóbal pronto estuvo lleno de aves de corral, incluso techo y alrededor estaba protegido con malla para evitar las águilas, tlacuaches, zorros y gavilanes tan abundantes en la zona.

Por esos tiempos Sabal por insistencia de su mujer llevó la maleta a la casa de un pariente que era diestro con pieles de animales, seguro que podría restaurarla completamente. A la semana quiso saber como marchaba el trabajo. El indio le mostró un montón de trozos de madera, cuero, clavos, haciendo referencia al curioso doble fondo de la maleta en donde claramente todavia se podían leer unas letras y números. Le causó extraneza aquel detalle, tomó el pedazo de la rústica piel donde estamparon las siglas, enrollándolo cuidadosamente. Al llegar a su casa revisó con detenimiento las marcas, memorizándolas y anotándolas en un papel que guardó en su cartera. Su mujer curioseaba las señales paseando los largos dedos sobre ellas. Algo le decía a Sabal que ese descubrimiento debía seguir oculto, por lo menos hasta saber su verdadero significado. Por la ventana vio que al fondo los vecinos estaban encendiendo una fogata, allá se dirigió con el rollo en la mano. Obedeciendo un maquinal impulso lo lanzó al fuego bajo los sorprendidos ojos de los presentes. siendo devorado en segundos por las serpenteantes llamas.

—¿Por qué hiciste eso? —Preguntó Yatzil, que como buena indígena seguía los pasos de su marido a donde fuera. Era su sombra.

—Es basura mi amor. Repuso él, tomándola de la cintura, conduciéndola hacia una arboleda cercana donde unos niños jugaban con caballitos hechos de largas varas. Viéndolos, abrazados amorosamente se recostaron en la hierba.

Sabal mandó a traer un molino de viento que instalaron en medio de las casas con el fin de disponer de agua potable sin tener que ir al arroyo. Colaboró gustosamente a que varias casa dispusieran de agua corriente para sus quehaceres domésticos. Le seguía agradando ir con su mujer a la torrentera a lavar la ropa. El contacto con el agua, las piedras, los árboles, el ruido de los animales en el monte, el ver a su hermosa mujer en compañía de otras jóvenes chapoteando entre las cristalinas aguas, lo llenaba de regocijo. Era un hombre feliz. Le complacía grandemente su humilde casa, entre sus paredes se amaban sin parar, tirados en una gruesa estera de palmas escrutaban sus cuerpos, con inocente actitud, sin malicia, curioseaban sus sexos.

—El cuerpo del hombre es hermoso, como el de los dioses, es más bello que el de la mujer. —Dijo ella

—No me avergüences con decir eso. Jamás había visto una figura de carne con tan preciosas líneas, con ese olor tan tuyo que me embelesa y turba como una droga.

Ella acariciaba suavemente el falo de su amado, erecto, grueso como un tronco que de tanto roce amenazaba con escupir gotas de semen. El por su parte hurgaba y olía la ardiente vagina, la vulva carnosa, rosada, que expelía un olor metálico, como a cobre, propio de las muchachas vírgenes que comienzan a tener sexo y que lo embriagaba produciendo en segundos el deseo de poseerla una y otra vez. Eran insaciables. Afuera los ruidos de los niños jugueteando, el rumor incesante de las viejas, el chismorreo de las jóvenes, en algo tenían que ver con ellos. No comprendían que dos seres pudieran permanecer encerrados por días dejándose ver solo por ratos muy cortos.

—La diosa Ixchel ha entrado en la casa para no salir pronto. Era lo que decían los viejos.

—¡Pronto la familia crecerá! —Remataba otro que mascaba tabaco.

De vez en cuando Sabal se internaba en la selva para cazar algo. El disparo oído a leguas era recibido con alegría por todos como señal inequívoca que algún manjar sería preparado en breve. Y a poco aparecía el joven con algún compañero de cacería cargando un par de pavos, un venado, monos o algún roedor de buen tamaño. De la limpieza de las presas se encargaban los varones jóvenes, mientras que las mujeres más viejas se dedicarían a la preparación y cocción del plato que harían acompañar por tortillas, frijoles, vegetales de largas ramas. Resultaba idílico participar en el ágape, Sabal miraba asombrado a su mujer comer desaforadamente, sin levantar la mirada del alimento, no era costumbre en ella. Sus mandíbulas se movían acompasadas, con fuerza, triturando la comida, hasta que lo sorprendió el incisivo comentario de una de la mujeres mayores:

—¡Ir preparando cama para niño que pronto vendrá!

—Perdone. ¿Como dijo usted? —Ripostó, casi atragantado.

—Cinco lunas llenas y oirá llanto de criatura en su casa.

Por las tardes. Cuando todos los habitantes descansaban en sus hamacas o catres hechos de hojas de palmas, él en su choza, luego de hacer el amor, se deleitaba pasando sus manos por el cuerpo acanelado, desnudo, siguiendo las curvas de la bien delineada figura de su amada Yatzil. Gustaba de la mujer con cuerpo pulposo, ondulante, cabello largo, de buenas proporciones. Se admiraba de la mano maestra de la creación en haber podido formar un ser tan hermoso, arrebatador, dado al amor, a la entrega total y a la vez peligroso, cruel, rencoroso, capaz de cualquier cosa al verse despreciada o maltratada.

Era hechicera por herencia familiar, todas las mujeres de su sangre tenían poderes sobrenaturales desde el mismo momento de nacer y la tribu las protegían dándoles un trato especial Se les tenía como espíritus bondadosos proveniente de un mundo subterráneo donde no hay dolor, enfermedad ni maldad, solo paz, armonía. Ella figuraba como intercesora entre el cielo y el mundo de los vivos. De su mano Sabal conoció y transitó una vida llena de sortilegios, magia, brujería, usos de yerbas medicinales. Aprendió cómo comunicarse con la naturaleza al estilo de las culturas precolombinas, adorar a las aves, plantas, animales silvestres. Era ya un diestro cazador, aprendió el uso de las flechas, los venenos, pero sobretodo que debía matar y sacrificar animales únicamente para el consumo de las personas, no como un deporte o acto criminal. Dos hijos le dio su mujer en casi tres años de vida en común, hembra y varón a quienes llamaron Ixchel e Ikal. Dos carricitos rubios como el sol con los ojos aindiados, el cabello lacio, abundante como el de su madre. Cuando nació el segundo ella condujo a su marido a una cueva sagrada para su gente, enclavaba entre altos riscos donde corría agua abundante cristalina, de un sabor casi mágico. Rodeados de grandes árboles, helechos, flores gigantes de vivos colores y una prolífica vegetación por donde transitaban libremente roedores, aves, lagartos, serpientes de descomunal tamaño. Encendieron una pequeña fogata alimentándola con especiales hojas recolectadas en el camino cuyo humo aspiraba y tomándolo de la mano predijo que él tendría que marcharse pronto, no por su voluntad sino porque su espíritu debía cumplir otras misiones en tierras lejanas. El sonrió levemente de la revelación, viéndolo más bien como una broma. Bajaron de la montaña amándose en cualquier recodo con mayor fuerza. Los parientes salieron a recibirlos al camino, trayendo en sus brazos a los niños. Los días pasaron. Con la llegada de las noches largas, él comenzó por dejar de probar alimento, por fuerza consumía agua de los altos riachuelos. Adelgazaba rápidamente, su faz fue tomando un color pálido verdoso. Entonces ella le dijo que el tiempo de marcharse había llegado. No debía temer por ella ni los niños, estarían bien cuidados y lo esperarían hasta que la luna adquiriera un color naranja. Sabría entonces que era el momento de regresar para reunirse por siempre.

Capítulo XX

—Dice la gente que la madre es la única que sabe quien es el padre de sus hijos. Pues déjeme decirle que eso es una gran mentira.

Quien así hablaba era una mujer prematuramente envejecida, decrépita que permanecía recostada en un humilde catre. Sus frases brotaban lentas, con dificultad

—Mi papá nos trajo desde Chaguaramas cuando yo tendría acaso cinco añitos, venía huyendo de la recluta que se llevaba los hombres, campesinos de trabajo para malearlos en los cuarteles. Aquí nos escondimos, pasando el hambre hereje, pero estuvimos tranquilos por un tiempo, hasta que llegaron unos hombres tirando alambradas por doquier, éste ranchito quedó en medio de los linderos, nos tomaron por animales.

—Según dicen yo desde niña era muy bonita, debió ser así porque antes de ver mi primera regla, apareció una tarde el patrón, que tenía preparada su trampa, porque vino cuando sola estaba, me tumbó de un golpe acabando con mi inocencia. A partir de ese momento, se iba él y entraba alguno de sus hijos o si no un amiguito de ellos.

—Vine a ver sangre cuando parí el primer muchacho. ¿Cómo iba a saber quien era el padre? Los demás que siguieron fueron hechos de la misma manera. Los crié y mantuve con las sobras que me traían de sus casas; quesos agusanados, maíz con coquitos, melaza para animales. Pero ¿qué otra cosa podía esperar? Es la vida del pobre en estas llanuras olvidadas de dios.

—Por allí andan los posibles padres, los miran con desdén aunque tengan su misma cara. Para colmo de sus desgracias ninguno tiró para nuestra raza cumanagoto, ni los hijos que tienen con sus esposas blancas se parecen tanto a ellos como los que yo les dí. Lo que les produce dolor y envidia.

—Gracias al señor que las pestes pasaron sin llevarse a ninguno de los muchachos, arrasaron con mi abuelo, mamá, las gallinitas y dos marranitos que engordábamos para los estrenos de navidad. En los ochenta y tantos años que llevo de vida, vi, oí lo que no era de mi incumbencia, pero tenía ojos, oídos que no podía tapar ni con cera de abeja.

Postrada en lo que quizás seria su lecho de muerte, se le confundían las palabras. Cuando llamó a Sabal, ordenó en inapelable tono que nadie quedara dentro de la casa. El hombre traía un tabaco en la boca, hizo el gesto de lanzarlo fuera pero ella lo detuvo.

—¡Dame acá ese cabo de tabaco hijo! Los muchos que has dejado botados por allí los he recogido, fumado y bendecido. Conozco los secretos de tu alma buena. Por semanas antes de tu llegada, una paraulata se posaba en aquel limonero, desgañitándose con su canto. No dejó de venir ni una mañana hasta que apareciste. Muriéndote de la picadura de la cuaima, pero apareciste.

»Ella con su canto triste siempre anuncia el arribo de alguien a las casas, los demás se asustaban, pero yo estaba segura que quien vendría ésta vez sería alguien de buen corazón. Eres la única persona noble, caritativa, desde que tengo memoria, que ha entrado en ésta casa. Hombres que traspasaron ese umbral apenas vinieron a traernos desgracias, a dejarnos las barrigas llenas de muchachos inocentes, hambrientos. No sé de donde viniste, quien te trajo ni cómo llegaste.

»Me conformo pensar que desde niña soñaba con que un buen hombre aparecería un día para librarnos de tanto sufrimiento. ¡Y llegaste!»

La anciana tosió débilmente, pidió un trago de agua que Sabal le ofreció en un estillado vaso de peltre adornado con flores que alguna vez fueron azules.

—Hoy voy a morir. Oirás cantar la "chenchena" casi entrando la noche. Ya no estaré aquí.

El joven hizo un gesto de interrumpirla, pero ella con un seco ademán lo detuvo.

—Lo que voy a contarte, no tiene pizca de mentira. Mi papá lo vió con sus propios ojos, yo también. El se llevó a la tumba lo suyo. Pero a mi todavía me pesa. Es como una inmensa piedra que aplasta mi alma. No sé si el camino que me espera es largo, llano o de subida, pero por si acaso voy a descargar en tí este peso que me agobia.

—Puedes hacer lo que mejor te parezca. Por aquí corren muchas leyendas, cuentos de camino como dicen. He oído de muchas personas que han muerto detrás de ese entierro o de otro, pero éste es el que yo conozco.

—Estoy siendo mala y cobarde con el único ser que me ha tratado como persona haciéndome creer que Dios nunca nos abandonó.

—Abuela, usted no se va a morir todavía, esa tos ya se le pasará. Aparte de que me esta poniendo nervioso con tanto misterio. Le habló Sabal.

Volvió con la tos seguida de un ahogo, lanzando un sanguinolento escupitajo al piso de tierra que nunca quiso sustituirlo por el cemento. El hombre quiso llamar a alguien de la familia. La anciana lo atajó.

—¡Óyeme bien! ¿Tú sabes donde están los dos palos de "para-paras" allá en medio de la sabana? Te habrás dado cuenta cuando has pasado a caballo por el lugar que hay unas ruinas cubiertas por el monte. Fueron casas, barracas, que usaron unos y otros gobernanates para hacer maldades. Dentro de ellas cometiron atrocidades, mataron inocentes, torturaron estudiantes traídos del centro, hacían bacanales con las putas de Ortiz.

—Es un lugar maldito. Hace muchos años llegaron grupos de trabajadores a escarbar un hueco enorme, lo hicieron todo a pico y pala, hasta a un sobrino mío ofreciéndole buen salario le dieron unos días de pega, después se lo llevaron dizque para Caracas, lo cierto es que nunca lo volvimos a ver.

—Cuando concluyeron de hacer el hueco le pusieron piso, bloques, cemento, cabillas, hicieron como una casa pero debajo de la tierra. Al tiempo llegaron unos camiones, era pasada la medianoche porque los perros se alborotaron. Mi papá y yo corrimos por la sabana escondiéndonos entre los matorrales buscando saber qué era lo que ocurría en medio de tanto alboroto. Cuando pudimos acercarnos lo suficiente, vimos uno de los camiones con un "guinche" que bajaba cajas y cajas de madera metiéndolas en ese cuarto sellándolo con mucho cemento. Cuando terminaron, arrancaron, se fueron como vinieron.

—Dos hombres se quedaron al lado del hueco. Hablaban entre ellos pero casi no sentíamos sus voces. Cansados de tanto estar agachados, con las coyunturas entumecidas por el frío, nos regresamos al rancho.

—Por la mañana, asustados, vimos acercarse unos militares en un jeep. Preguntaron maliciosamente si habíamos sentido algún ruido durante la noche.

—¡No señor! ¿Y tú? —Dirigiéndose a mí—. ¡No señor! —Y se marcharon.

—Siempre vivimos con miedo, aprendimos que decir no, no sé, era lo mejor, aunque como en éste caso, lo sabíamos todo.

—No abandonamos la casa durante un tiempo, íbamos al jagüey, llenábamos las totumas y enseguida para atrás. Hasta se nos agotó lo poquito que teníamos de comer, pero preferíamos morirnos de hambre antes de salir por esas sabanas.

—San Marcos de León, San Antonio bendito ¡líbranos del mal! —Dijo persignándose. Los recuerdos se agolparon haciéndole brotar lágrimas y tos—. Por esos días veíamos mucho movimiento, polvaredas levantadas por no sé qué demonios, ruidos de máquinas. Luego un total silencio. El enorme hoyo fue de nuevo tapado con placas de concreto, arriba más tierra.

»Muertos de hambre, mi papá decidió que era el momento de salir todos a buscar alimento, mejor dicho, a quitar "fiao" en la bodega del patrón. Después de eso las cosas se tranquilizaron por estos lados, aunque siempre llegaban rumores de golpes, guerrillas, bombas, esas marañas que se dan en los pueblos grandes donde la gente anda queriendo quedarse con el coroto para robar a los pobres. Salieron y entraron gobiernos, pero para nosotros nada cambiaba. Cuando necesitaban del voto aparecían con sus hipócritas y sucias sonrisas, por las buenas o por las malas nos montaban en un camión para llevarnos a votar por el candidato de ellos, después nos regalaban una botella de ron y cincuenta bolívares dejándonos tirados en la calle como perros.

»Crecí, vinieron los hijos, muere mi taita, dos matas de parapara comenzaron a crecer en el lugar. Nosotros evitábamos pasar, aquello se llenó de monte, pastizales, las barracas se pudrieron y cayeron. Ese lugar esta "empavado", era la voz de los lugareños. Cuando ya vieja me decidí ir, me costó precisar el lugar preciso donde estuvo el hueco. Ningún rastro quedó. Las inundaciones que llegan año con año sepultaron para siempre lo que aquella perversa gente enterró .

»He pensado que allí están los cuerpos personas que mataron, que hoy son almas en pena. ¿O será otra cosa? Desde que presencié aquello, yo cambié mucho, igual mi padre. Nos sentábamos por las tardes, solamente a mirar hacia el punto, pasábamos horas sin hablar, contemplando la sabana, hasta que el sueño nos obligaba a recogernos». —La anciana fue cerrando lentamente los arrugados parpados.

—Abuela. Usted está muy cansada, pero prométame que dentro de un rato vamos a seguir conversando. Necesito que me diga algo que me está brincando en la mente.

Pero ya la abuela no escuchaba, el sueño la dominó haciendo descolgar hacia el suelo uno de sus brazos. Sabal sacó de entre sus dedos el cabo de tabaco, la ceniza permanecía intacta, larga, como si la hubieran pegado con una cola especial. Con el despunte del segundo dia el humilde entierro se efectuó antes del mediodia. Vinieron gente de apartados rincones que nunca antes pisaron esas tierras. Personas vestidas con trajes de vistosos colores, de cara lángidas, tristes, aindiados todos, callados. Callados llegaron, asistieron al sepelio, comieron frijoles, carne seca, arepas y callados partieron con su andar pausado, mirada al suelo, denotando un profundo estoicismo. No lloraron, no gritaron, no saludaron efusivamente a los deudos. Solo vinieron. Y era suficiente. Sabal se enteró despues que muchos de ellos caminaron muchas leguas durante dias, atravesando montes y sabanas para venir a rendirles un último tributo a la vieja que hoy los dejaba. Trancurrieron casi dos años desde que llegó a aquel humilde rancho muerto de hambre, de sed, huyendo del accidente de la avioneta, con un saco conteniendo una fortuna en joyas y dinero. Le salvaron la vida con sus pócimas, cuidados, hechicerias. Era visto entre ellos como un ser divino, porque solo asi se explicaban el haber sobrevivido al ataque de una enorme serpiente cuya ponzoña mataba en pocos minutos a un toro de quinientos kilos. Convivió con sus benefactores ayudándoles en lo que consideraba prudente a fin de no despertar sospechas. Ante las visitas extrañas que rara vez aparecían, se ocultaba en los matorrales hasta que se marchaban. Su presencia en las aldeas se hizo familiar, buscaba no llamar la atención vistiendo, hablado y comportándose como ellos. Indios, mestizos de poco hablar, que vivían ocultos en aislados puntos de la sabana o al pie de las montañas, practicamente sin contacto con la civilización, eran ahora sus amigos. Nunca le preguntaron nada. Por mano de la abuela llegaron a su lecho muchachas que le saciaban sus deseos carnales para tambien por su mano despacharlas por donde vinieron. La vieja derrochando sus celos de madre adoptiva no quería que se rejuntara fijo con ninguna. Cualquier regalito de Sabal las hacía dichosas. Llegó a pensar que terminaría su vida entre aquellos indígenas. Y no le importaba. Hasta que la anciana mujer le revela el terrible secreto que no quiso llevarse a la tumba.

CAPÍTULO XXI

CUANDO VIO OPORTUNO el momento, con mucha cautela Sabal Wilschert viaja a la capital donde por intermedio de un conocido de su padre, entra en contacto con un par de extranjeros traficantes de valores que tenían su asiento en San Juan de Puerto Rico. Logra de esta manera vender las piedras preciosas completando así una buena suma de dinero suficiente para comprar las tierras ocupadas por la abuela de gallito sumándole otras cientos de hectáreas. Consideró que la única manera de descubrir lo cierto o falso de la historia sin despertar sospechas ni correr graves riesgos era hacerse dueño de la tierras. El precio pagado no fue exagerado toda vez que el propietario las mantenía ociosas y ahora veía que la suerte le presentaba una oportunidad de oro con la aparición del joven y novato comprador, ideal para engatusarlo y salir de unos rastrojos por una buena suma de dinero. La negociación fue rápida, sin tropiezos. Posterior a la adquisicion de las propiedades, Sabal se mantuvo alerta, en suspenso, a la espera que alguien mostrara interés por sus compras o aparecieran extraños con algún desconocido pretexto buscando curiosear. No le cabía ninguna duda de las palabras de la viejecita: algo tuvo que ser ocultado en el punto indicado por ella, podía ser cualquier cosa de importancia suprema para tomarse un trabajo tan arduo. ¿Dinero, cadáveres, papeles? ¿Cuántas personas andarían detrás de ese escondrijo? Por la historia que le enseñaban en la escuela para cuando el hecho ocurrió, setenta y tantos años atrás, se produjo en el país importantes cambios politicos. El fiero dictador que se mantuvo en el poder por la fuerza, la repression, cárceles y asesinatos por cuarenta años de dominio absoluto, había muerto de muerte natural. Los nuevos gobernantes, como buenos pescadores en aguas revueltas, se apropiaban indebidamente de cualquier riqueza que pasara cerca de sus manos. La nación entera andaba sin rumbo. Los rumores de fortunas ocultas corrían de boca en boca sin cesar. Los tesoros del dictador y sus familiares eran buscados en todos los rincones imaginables utilizando cualquier medio incluyendo amenazas, torturas y hasta la muerte de quienes se sospechaba podían saber de sus paraderos. Sus casas fueron saqueadas,las paredes derruídas, los pisos rotos a mandarriazos, todo con tal de conseguir los tan renombrados tesoros. El tiempo fue pasando, el olvido, la muerte de muchos protagonistas dentro o fuera del territorio fue echando tierra sobre aquel pasado tormentoso. Muy pocas personas querían recordar tan oscura época. La abuelita de "gallito", no deseaba morir poseyendo un secreto que le punzaba el alma. La repentina llegada de Sabal fue para ella como una divina aparición. Y solo a él le reveló la fantástica historia. Transcurrieron varios meses hasta que Sabal se decide a efectuar el trabajo de escarbar en el área donde supuestamente permanecía oculto el botín. El trabajo lo realizaba sin ayuda de nadie en horas y días en que pocas personas transitaban por el lugar. No transcurrió mucho tiempo moviendo tierra y monte hasta tropezar el pesado brazo de la máquina excavadora con una enorme loza de cemento. El chirriante ruido al chocar el hierro sobre el concreto le sobresaltó. Paró de inmediato. Una emoción indescriptible le invadió. Prefirió paralizar las labores, retirarse a recobrar la calma y poder pensar mejor. Con el fin de no despertar sospechas entre vecinos, curiosos, cazadores furtivos, decidió como pretexto abrir a unos trescientos metros de donde localizó la gruesa plancha de cemento, una represa de regular tamaño, así practicaría el trabajo de desenterrar lo que pudiese haber debajo de la losa sin causar alarma ni sospechas. A tal efecto contrató maquinarías y trabajadores de poblaciones alejadas que ignoraban por completo los cuentos e historias del llano.

En la tarde del primer sábado de iniciados los trabajos, mandó a cocinar un gran cerdo asado que ofreció a los trabajadores. No faltó abundante aguardiente; en el interín pagó sus salarios despachándolos luego en un camión al pueblo cercano donde seguro constinuarían con la borrachera. No vendrían a trabajar hasta mediados de semana. Entonces aprovechaba desde la madrugada con la ayuda de la retroexcavadora, que ya manejaba con destreza, escarbar el área sin interrupciones. Siendo una planicie el lugar donde se encontraba, fácilmente oteaba el horizonte, pudiendo detectar cualquier figura, animal o vehículo que se acercara. Comprobó con desaliento que lo conseguido antes no era sino un planchón aislado. Cansado paró un rato para comer algo prosiguiendo se seguidas en la incesante búsqueda. Casi al medio día, sin parar, escarbando aquí y allá, desesperanzado, pensando que fue víctima de un inocente engaño o de una leyenda del lugar. Repentinamente el brazo mecánico de la máquina tembló, chocó de nuevo con algo duro que ahora produjo un ruido sordo, seco. Con cuidado limpió la zona, ayudado con palas comprobó que se trataba de una segunda plancha de cemento. Como pudo la sujetó al brazo mecánico con gruesas cadenas y guayas de acerologrando moverla unos cuantos centímetros hacia un lado, suficientes para que su cuerpo entrara en el profundo hueco. Tomado de una cuerda, portando una poderosa linterna, se descolgó hasta el fondo. Poca luz penetraba, encendió el foco que desparramó su intenso rayo dando contra múltiples cajas de madera colocadas en fila. Le faltaba el aire, el corazón le saltaba, tirando de la cuerda sacó la cabeza por el hoyo donde entró buscando aire fresco, reponerse de la emoción. Minutos después retornó al fondo y utilizando una gruesa palanca de hierro logró destapar una de las pesadas cajas de madera que habían permanecido intactas a través de los años. Sus ojos enceguecidos recibieron el fuerte resplandor. Sobrecogido, paralizado por la emoción ni siquiera era capáz de soltar un grito. La colosal caja estaba llena de lingotes de oro de veinticinco libras cada uno perfectamente apilados, con su peso tallado al costado y arriba de cada lingote. El brillo, el olor del mineral era tan intenso e idescriptible, que pensó iba a enloquecer. En ocasiones oyó hablar del efecto maldito que produce el dorado metal en la mente de los hombres, pero nunca lo creyó, pensaba que solo eran cuentos de caminos. Ahora sí que lo sabía. Casi a punto de desmayarse se recostó entre las cajas. Dormitó o estuvo incosciente por un buen rato. Despertó, el cuerpo entumecido, con hambre, sediento, abandonó el hueco para reponerse. Devoró pedazos de jamón, queso, pan. Descansó lo esencial para proseguir abriendo las cajas: Eran en total dieciocho. Una fortuna incalculable.

¿Quién pudo ser capáz, con qué propósito ocultaron semejante fortuna en un país donde tanta gente moría de hambre? Se preguntaba sin parar. ¿Acaso el dueño estaría vivo? ¿Por qué no dieron nunca con el lugar exacto del escondite?

El trabajo y las dudas lo tenían exhausto, sudaba copiosamente, el corazón daba brincos. Desde el escondrijo no podría avistar a nadie. Así que se encontraba indefenso, a merced de cualquier enemigo o de curiosos. Revisó la pistola que le colgaba del cinto, comprobó que funcionaba perfectamente. Volvió a la superficie por cuerdas y cables para sacar a la superficie una de las cajas. Amarró una de ella fuertemente y con ayuda del brazo mecánico logró levantar los trescientos cincuenta kilogramos, hasta colocarla en la cajuela de su pick-up que asimiló el peso tapándola con una gruesa lona, de remate encima puso varias vigas de madera. Colocó de nuevo la loza en su lugar cubriéndola con abundante tierra y pesadas llantas usadas de tractores que recogió por allí. Estaba exhausto pero no debía perder tiempo, la tarde caía presurosa sobre el llano, el cielo adquiría matices de diversos colores. Se alejó hacia un lugar apartado de la finca cubierto de árboles y maleza. Vuelta a socavar ahora solo con ayuda de pico y pala tratando de abrir un agujero lo suficientemente grande para trasvasar los lingotes de oro uno a uno. La faena era interminable. La ropa bañada en sudor, cubierta de tierra. Por momentos le invadía el miedo a que su cuerpo no resistiera y sufrir un colapso producto de tanto esfuerzo. En su vida trabajó tanto ni tan intenso, luchaba contra el tiempo que parecía estar en su contra. Con las primeras señales de la noche y el cercano ruido de los animales salvajes, dio por terminada su tarea.

Regresó a la casa, dándose un buen baño, comió con apetito. Recostado en un sillón buscaba descansar, pero no lo conseguía, eran muchas las emociones. Sin dar importancia a la hora, decidió entonces ir a visitar a un constructor italiano que vivía a unas cuantas horas de su casa. Serían pasadas las diez de la noche cuando arribó a su puerta. El gigantesco extranjero reconoció el vehículo y salió a recibirlo. Sabal ofreció disculpas por la hora y la molestia pero pensaba salir de viaje —mintió— y necesitaba saber de un presupuesto para construir una casa, que debía comenzar a la brevedad posible. El hombre dijo que estaría ocupado por el resto del mes. Sabal hizo como si no lo hubiese oído y explayó la idea que traía en su cabeza sobre un trozo de papel. Ahora el hombrón mostró interés, el asunto suponía un gran inversion, por lo tanto una suculenta ganancia. Las luces del amanecer los sorprendieron fumando, bebiendo café, comiendo pan con salami y queso. Al final cerraron el acuerdo de que al día siguiente comenzarían a hacer acopio de material en el sitio para iniciar las fundaciones. El tiempo les favorecía porque faltaban unos dos meses para que se iniciara el ciclo de lluvias que no permitirían hacer ninguna labor por espacio de cuatro meses durante el cual los campos se anegarían por completo. Lo primero en construir sería una gran plancha de hormigón y mallas de acero que serviría de parqueadero a maquinarias, vehículos y como resguardo de materiales de construcción. Su inmenso techo de láminas metálicas de casi tres mil metros cuadrados daría la impresión de un galpón industrial. Claro que el verdadero propósito sería el de ocultar hasta algún día la riqueza que yacía en su subsuelo.

Y los trabajos tal como las partes lo habían finiquitado ante los abogados, y recibido por el constructor un buen porcentaje por adelantado, comenzaron sin demora. Sabal Wilschert se mantenía cercano a los movimientos e incluso mandó a traer una caseta de las que utilizaban los empleados gringos de la petrolera, para descansar y estar vigilante de los trabajos. Todo marchaba sin problemas, la gente parecía ignorar por completo la historia del viejo presidio y mucho menos hablar del tesoro de un tirano que no se sabe quien decidió enterrar en esas alejadas sabanas, para después venir a disfrutar de él. Algo grande y perverso debió ocurrir puesto que nadie nunca se acercó por esos lares a averiguar sobre el tesoro. El mismo militar que fue dueño de las tierras durante años, quizás conocedor de muchos secretos de estado nunca mencionó nada al respecto y dejaba que sus vacas pastaran libremente por entre las tumbas y ruinas de lo una vez fue cárcel, lugar de torturas, martirio y dolor. La misma mala fama que acompañaba el lugar lleno de misterio y leyendas y donde se vieron tantos maltratos y muertes inocentes, alejaba a curiosos y extraños. El extenso patio de maquinarias estuvo listo la quinta semana, desde lejos parecía un lago azul que pronto quedaría oculto por las cabrias y el techo que ya comenzaba a ser levantando por un enjambre de hombres que parecían gorriones encaramados en lo alto. Durante las faenas no se produjeron accidentes graves gracias a que Sabal estaba muy al tanto de cada obrero que subía o bajaba de las alturas. No confiaba en los caporales que muchas veces dejaban de mirar hacia arriba ante cualquier nimia distracción. Falta tan grave hizo que el italiano despidiera a algunos de ellos a solicitud del joven a quien no le importaba crearse algún que otro enemigo con tal de evitar ver accidentes serios en su propiedad; sabía sobradamente lo que un descuido podía significar.

Al final los que se quedaron entendieron que la intención era proteger sus vidas, trabajar seguro, respetar las horas de descanso y de comidas. Bajo esas políticas el trabajo rendía al doble; podrían considerarse como tácticas Tayloristas que sin embargo beneficiaban a todos. No eran sus trabajadores pero él estaba pendiente de los sueldos, implementos de trabajo, alimentos, seguro médico y aten-ción de familiares. El constructor al principio se mostró agresivo y remolón por las intervenciones que estaban haciendo en su perso-nal. Sabal le dijo que él le compensaría por los gastos extras en que incurriese mientras ellos estuvieran pisando sus tierras.

Aquello dejó conforme al italiano quien salió moviendo la cabe-za de un lado al otro como dando muestras de incomprensión.

—Esto me hace recordar a los comunistas de mi tierra. Se al-canzó a oír entre balbuceos.

—Siempre y cuando no me perjudique. Pero ¿y después que salga de éste trabajo? ¿Qué prerrogativas querrán estos brutos a quienes están mal acostumbrando? ¡Ya entonces veremos quien es el que manda en mi empresa! Y al que no le guste mi manera de trabajar "que gradúe frenos y coja carretera". —Repetía para sí, mientras caminaba hacia la platea de concreto.

CAPÍTULO XXII

No LE AGRADABA la gran ciudad que visitaba por fuerza, cuando las circunstancias lo exiguían. Prefería la vida a campo abierto. Sabal Wilshert notaba incómodo que de un tiempo acá trámites importantes requerían de frecuentes salidas. En esa oportunidad desde tempranas horas de la mañana estuvo reunido con asesores agrícolas; el proyecto que presentó para la aprobación de un cuantioso crédito estaba prácticamente listo. Se vió obligado a utilizar tácticas de solicitar préstamos a diferentes bancos para evitar que la gente comenzara a verlo como un excéntrico millonario o que mantenía pactos satánicos por amor al dinero. Poseía suficiente riqueza como para comprar varios bancos o financiar gigantescas empresas, pero mantener un bajo perfil era lo recomendable. Los bancos sin modestia alguna acostumbraban colocar vistosas vallas en las entradas de las fincas anunciando su patrocinio aunque fuese de poca monta. Sabal Prefería oír en boca de la gente: "ese hombre está endeudado, le debe una vela a cada santo" antes que lo consideraran como poderoso hacendado. Pasar por maula, deudor, le producía mayor sosiego. Estaba por abandonar el edificio cuando una amable secretaria vestida con corta falda azul, camisa blanca y corbata roja cortésmente le llamó por su nombre con una taza de café hirviente en la mano. Se la ofreció, él, agradeciendo el gesto tomándola fue a sentarse en una de tantas butacas del suntuoso lobby. Hacía varios minutos que observaba a un personaje soportado en una muleta, sus rasgos denotaban que era extranjero, lo comprobó cuando el hombre levantó la voz con fuerte acento español. Discutía con un funcionario que trataba de hablar en voz baja y explicarle algo que debía ser contrario a su parecer porque cada segundo rabiaba, gritando como un endemoniado. Al fin, desesperado, fracasado en su intento, abandonó el recinto cojeando visiblemente, empujó con fuerza la puerta de cristal, alcanzando con cierta dificultad la calle a esa hora atestada de transeúntes, motorizados y vehículos sonando sus bocinas. Enfiló sus pasos hacia la acera de la derecha que conducía la plaza de la Candelaria. Furibundo, enrojecido por la cólera no dejaba de soltar palabrotas e improperios. Justo cuando se iba a lanzar a cruzar la calzada sin tomar precaución ninguna con los vehículos y motos que se abalanzaban, dos manos le sujetaron con firmeza.

—¿Qué coño le pasa a usted, hombre? —Gritó.

—Disculpe solo quería ayudarlo a atravesar la calle.

—¡Yo puedo hacerlo solo! ¡No necesito ayuda de nadie!

—Vamos, tranquilícese que ya estamos moviéndonos.

Ya cerca de una negra banca metálica se detuvo y sin darle tiempo a nada le dijo:

—Si viene con intenciones de jugar una partida de ajedréz, yo lo reto. Quien pierda paga una botella de vino en la tasca que le provoque. —Dijo Sabal, en tono amistoso. El otro levantó la cabeza para mirarlo mejor.

—¡No crea que me va a joder! He sido campeón varias veces en mi pueblo. — —Respondió en voz alta, buscando imponerse ante el desconocido.

—No estamos en su pueblo señor. ¿Acepta o no?

—¡Claro que acepto! No diga luego que no le previne.

Dos partidos, casi tres horas para concluir en un empate que fue seguido por un numeroso grupo de curiosos arremolinados en silencio observando las jugadas de los contrincantes.

Una carcajada general puso fin a la contienda en medio de chistes y algazaras.

—Como hoy todo me ha salido bien, les invito a los deseen venir a tomarse unas copas en la tasca de la esquina donde me dicen que las tapas son una delicia. —Dijo el joven, en tono festivo.

Y allá se dirigieron los dos hombres seguidos de un nutrido grupo. No se conocían entre sí, pero la conversación sobre el ajedréz, los jugadores internacionales, sus jugadas recordables, los unió en una agradable charla que con las primera copas se tornó mucho más cordial.

Nadie podía siquiera imaginarse quienes eran aquellos personajes que dieron el espectáculo, especialmente del joven que corría
con la cuenta del consumo total. El administrador y los meseros
mantenían sospechas de poder cobrar las numerosas consumicio-
nes. Sabal captó la duda, llamándolo aparte extendió un cheque al
dueño para que fuese al banco cercano a hacerlo efectivo y dejara
asi de preocuparse. El hombre salió, regresando sonriente al poco
tiempo. Las referencias que pudieron haberle en el banco suprimie-
ron los recelos hacia el forastero. La farra duró hasta el amanecer
acompañado de algunas jóvenes mujeres que se sumaron, músicos
con guitarras y abundante comida. A partir de entonces Sabal extendió su tiempo de permanencia en la ciudad; acompañado de su
nuevo amigo visitaron lugares de interés turístico entablando una
franca amistad. Los paseos culminaban siempre en bares de buenos
hoteles donde la buena comida y la presencia de hermosas féminas
era constante. Disipaban sus penas, si es que las había, en medio
de jovcenes mujeres que rotaban con cada nueva noche. Arnaz no
reveló nada de trabajo ni de su filiación política, se limitó a hablar de
lo grave de su enfermedad con la posibilidad de quedar paralítico
o morir. Una semana después se despidieron con la promesa que
pronto recibiría una invitación a visitar la finca. Desde su llegada
de París ocupaba una discreta habitación en una residencia ubicada
por los lados de Los Chorros, sector de la antigua clase poderosa de
la capital Caraqueña que mantenía hermosas quintas en decadencia
con abundantes árboles. Sus calles angostas, tranquilas, permitían
dar largos paseos durante las frescas tardes. Por ahora no quería
compartir su vida con otros miembros de la organización que como
él llegaron a cumplir una misión. Era cuestión de ánimo, de impotencia al no poder manejarse a su antojo. El mal humor era frecuente,
no quería volcarlo contra otras personas. Esa tarde regresó luego de
comer un sándwich en una panadería cercana. Al abrir la puerta la
imágen de Odette se le vino tan vívida, real, que por un momento
pensó ella estaba frente a él. Se repuso de la absurda impresión
pero se preguntó si debía llamarla, saber algo de su vida después
de tanto tiempo. Parecía una idiotéz propia de adolescentes que
siguía dando vueltas en su cabeza. Pero ¿a dónde la llamaría? ¿A
casa de sus padres? ¡Imposible! Le mandarían a la mierda en francés,

español y euskera. ¿Al apartamento? Menos, ya se habría mudado. Le quedaba solo por tratar de comunicarse en su trabajo, si es que todavía lo conservaba. Pidió la llamada internacional para hablar de persona a persona. Dio el nombre de ella. No pudo comunicarse porque la persona solicitada estaba ausente. Media hora después volvió a intentarlo, segundos después se oyó una voz del otro lado del hilo que reconoció *ipso facto*.

—Soy Arnaz. ¿Como estás? Ha pasado mucho tiempo. —Le parecía que decía estupideces.

—Te llamé hace un rato, me dijeron que no estabas.

—Sí. Me lo dijo mi amiga. Salí un momento a la guardería a recoger al niño. Ya casi es hora de cerrar la agencia.

La cuestión se estaba poniendo incomoda. "¿Qué niño?", pensó.

—¿Y a ti, cómo te ha ido? Dónde vives ahora?

—Perdona Odette, ¿de qué niño me hablas? ¿Te casaste?

—Puedes estar seguro que del desgraciado que me ultrajó no es. Además tiene tus mismas facciones, el carácter de perros y pregunta mil veces al día por el desgraciado de su padre. Y no me he casado. —Habló impulsivamente, forzándose en ser amable.

Arnáz la conocía, seguía siendo la misma muchacha franca, arrebatada en el hablar. Se consideraba un hombre de cierta rudeza, pero ahora estaba a punto de ponerse a llorar como un bebé. La conversación lo turbó de tal manera que se le dificultaba articular palabra.

—Si estuviera cerca iría en este instante al encuentro de ustedes. Pero es imposible. Mi corazón tampoco lo soportaría.

—¿Estás enfermo?

—Pero no del corazón. Hace un tiempo atrás sufrí un accidente, debo someterme a una operación quirúrgica que conlleva ciertos riesgos.

—¿Tan grave es?

—Debo cortar, alguien está tocando la puerta. Mintió.

—¿Puedo volver a llamarte mañana? —Preguntó, nervioso.

—Hazlo un poco más tarde que hoy, a eso de las nueve. Ocupo una habitación aparte en casa de mis padres. No permitieron que viviera sola con el bebito. —Dijo ella. También mintió.

—Espera mi llamada. Adiós. Terminó con la voz quebrada, los ojos húmedos y el corazón latiendo aceleradamente, sin siquiera permitir que ella se despidiera.

Las horas se le hicieron interminables, una profunda alegría le invadía, tenia un hijo, quizás hasta ella lo perdonaría. Sueños, locuras. Se dijo.

Se sorprendió al notar que las punzadas siempre presentes, desaparecieron por un buen rato. A la hora de irse a la cama el dolor retornó con mayor intensidad que casi le hizo gritar, obligándolo a beberse el doble de la medicación si es que quería descansar unas horas.

A la hora convenida del siguiente día volvieron a conversar. Ahora oía al niño en sus brazos que gritaba perturbando a la madre.

—Voy a llevarlo con mi madre, para que podamos hablar en paz. Es un verdadero diablillo.

—Te llamaré en media hora.

—No, hazlo en cinco minutos, solo debo abrir la puerta y soltarlo.

Callado, agradeció aquel gesto tan propio de la muchacha. Parecía que todavía sentía algo por él, que el tiempo no lo destruyó todo. No quería esperar unos minutos para hablarle, eso le agradó.

Volvieron a comunicarse, decirse las cosas que no pudieron en años, sollozaron recordando los gratos momentos pasados juntos. Los malos no valían la pena traerlos a la memoria. Una hora pasada de grata conversación que se vio cortada por la voz de la madre diciendo que el niño reclamaba su atención, aunque lo más probable era que la vieja se olió algo raro en la actitud de su hija.

—¿Y con quién hablabas durante todo este tiempo? —Inquirió la madre.

—¡Ay, mamá! ¿Con quién va ser? Con una compañera de trabajo.

—Umjú. Fue todo lo que dijo la matrona, haciendo con la boca un extraño gesto y cerrando la puerta tras de sí

CAPÍTULO XXIII

LENCHO: HOMBRE RAYANDO los cuarenta, rasgos notoriamente aindiados, fuerte, fibroso, alto para ser un exponente nato de la raza Achaguas, pelo muy negro chorreándole la cara, diestro con la soga y el caballo, conocía más de animales que de gente, detectando clase, condición, edad de las bestias con una breve mirada; castraba caballos, cerdos, gallos, toros con la precisión de un cirujano. Apareció una seca y calurosa tarde de marzo, traía de la brida un jamelgo con las costillas visibles, una muchacha bastante joven que aparentaba ser su mujer y de cola venían tres niños que por su aspecto daban la impresión de venir del mismísimo infierno: descalzos, llagosos, purulentos furúnculos les nacían en todo el cuerpo, cabezas agusanadas, trapos por ropa, sedientos, hambrientos, con una cara que inspiraba lástima entre la misma peonada. Era la hora del segundo ordeño, el hombre se acercó a uno de los corrales colocando su pié semidescalzo en un travesaño de la talanquera y pidiendo un poco de leche fresca. Viendo el triste estado de la familia, el ordeñador sin titubear le arrimó una rebosante y espumosa totuma del blanco líquido que los niños despacharon en un periquete.

—¡No se atraganten, que les va dar diarrea! —Gritó un peón.

—Por lo menos veremos mierda, porque llevamos dos días sin comer. —Ripostó el recién llegado.

—¿Y de dónde vienen, si se puede saber? —Preguntó quien parecía ser el de mayor experiencia, acercándoles otra totuma llena.

—Del llano adentro, las lluvias por un lado, una sequía de cuatro meses por otro y las pestes acabaron este año con lo poco que teníamos. ¡Nos salvamos de vaina!

—¿Y cómo llegaron hasta aquí?

—Usted pregunta mucho por unos traguitos de leche. —Dijo algo molesto el otro, limpiándose los bigotes de un manotazo.

—¿Y habrá trabajo en la finca? Yo aprendí algo de ganado por esas sabanas.

—Vaya usted donde están herrando aquel becerro. El hombre de camisa azul es uno de los caporales. —Dijo señalando con la mano hacia otro corral.

Corta entrevista, sin dificultad entró Lencho a formar parte de la peonada. Le asignaron para vivir una vieja casita de barro con un destartalado techo de zinc distante unos dos kilómetros de la casa principal. Se instalaron como pudieron, ayudados por otras personas que les facilitaron por orden del caporal, mantas, ollas, hamacas, una cama de tablas y algunos alimentos. Los niños estaban en un deplorable estado de salud, una fea tos acompañada de fiebre frecuente, hizo que alguna piadosa mujer de las que ayudaron en el acomodo de la casita, intercediera por ellos ante el dueño, quien de inmediato pidió que los trasladaran a la casa. Viendo el lamentable cuadro de miseria y enfermedad, ordenó a uno de los trabajadores que los trasladaran de urgencia al hospital del pueblo, notificaran de su procedencia, el luego pasaría para enterarse de la situación de los enfermos y hacerse cargo de cualquier necesidad. Efectivamente, horas después sin reponerse de la desagradable impresión recibida al ver la pésima condición de los tres niños, llegó al poblado. Vió el jeep del empleado estacionado frente al Centro clínico. Allá se dirigió.

—¿Y cómo se encuentra la gente? ¿Qué opinan los doctores?

—Según lo que me han dicho todos están fuera de peligro menos la niña grande que no puede respirar.

—¿Dónde los tienen?

—Por aquella puerta.

Esperó unos minutos hasta ver que alguien apareció. Preguntó por el médico de guardia que en ese momento aparecía como una tromba, bata al aire, de mal talante, mirando a través de unos gruesos lentes con montura negra.

—¿Qué es lo que quiere señor? Estoy muy atareado. —Casi gritó.

Su aliento era fatal, "éste hombre debe tener una seria enfermedad estomacal", pensó Sabal.

—Disculpe, solo quiero saber el estado de la señora y los niños que usted atendió hace poco.

—Quien es usted? —Preguntó el médico en tono altanero.

—Ellos viven en mi finca.

—Pues mire: Usted ha hecho muy mal en dejar que esas criaturas llegaran a tan lastimoso estado, es una falta de responsabilidad, de humanidad. Padecen todas las enfermedades desde parásitos, asma, gusanos en la cabeza, piojos, desnutrición y la niña es difícil que se salve.

—¿Quiere oír algo más?

Sabal permanecía sereno, soportando el fétido aliento y la lluvia de saliva que el cerdo doctor lanzaba a todos lados. Cortó la perorata.

—No quiero darle detalles de ellos ni de mí persona. Únicamente le pido que hable con el director general y pregúntele todo lo que quiera sobre mí.

No hubo necesidad de ello. El Director entraba en mangas de camisa, caminando por el largo pasillo, acercándose rápido al grupo.

—¡Dichoso los ojos que te ven, muchacho! —Dijo, saludando efusivamente a Sabal.

—¿Qué te trae por aquí? Ví tu carro en frente, le dije a Carlota que bajaría a saludarte. Detrás venía la elegante y preciosa esposa quien al llegar estampó sonoros besos en la mejilla del joven.

—No te veía desde que estuvimos en la serie mundial. Te cansaste de ganar apuestas con ese equipo a quien todos daban perdedor. —Dijo riéndose.

El malaliento no salía de su sorpresa. Temía haber metido la pata. Prefirió mantenerse callado, al margen de los saludos.

—Doctor, ¿còmo están los amigos del señor?

—Ya le expliqué al señor...

—No. Quiero que me lo explique a mí. Vayamos a la salita.

—¡Espérennos! Ya regresamos.

Efectivamente, transcurridos pocos minutos reapareció el hombre.

—Lamento comunicarte que según los pronósticos de los doctores la salud de la niña que debe tener unos trece años es de suma gravedad.

— Recomiendo que sea trasladada de urgencia a la capital del estado. Son cuatro horas por carretera. Irá en una ambulancia con los equipos necesarios, un médico con su enfermera.

—Realmente vengo a participártelo porque ya el equipo debe estar en el proceso de preparar y embarcar a la paciente.

—Ahora debo dejarte. Quiero estar cerca de todo esto.

Se despidió de él, de su esposa, diciéndole que no lo esperara a cenar.

—Llévate a Sabal para que te acompañe a comer. —Gritó desde lejos.

—Bueno, podemos irnos de una vez a casa, ya el Arzobispo debe haber llegado, le gusta tomarse unos tragos antes de comer. Repuso la elegante mujer.

—¿Usted cree que estoy presentable para asistir a la cena? —Dijo Sabal, tratando de escabullir el compromiso.

—¡Esta vez no te me vas a escapar! Te vines conmigo en mi carro. Ya mandaré al chofer a que recoja tú camioneta. —Habló con gracia, tomándolo del brazo.

La casa estaba enmarcada en medio de un hermoso lote abarcando más de una manzana, rodeado con altas tapias de ladrillos que sostenían en lo alto flores de todo tipo. Era la mejor casa de la zona. El dueño provenía de una familia adinerada del lugar dedicado a la ganadería. Sus padres lo enviaron a estudiar medicina en los Estados Unidos intentando alejarlo de las parrandas llaneras. Allá se enamoró de su actual esposa, quien era mucho más culta y rica que él. Procedía de una familia con raíces desde la colonia. Sus tatarabuelos sabían mucho de trabajo, atesorar dinero y darse buena vida; pero de sentido patriótico no tenían ni puta idea, no apostaban un centavo a favor de gestas o contra gestas revolucionarias; cuando avizoraban movimientos de tropas, vendían el mejor ganado, dejando unas vacas flacas para la soldadesca hambrienta, cargaban en un barco sus restantes bienes y se marchaban al Caribe o Centroamérica. Esas cualidades las trasmitieron a sus descendientes que aprendieron que cada vez que se prendía una guerra en el país, sin perder tiempo sacaban sus riquezas a destinos más seguros. De esa forma su fortuna crecía aquí y allá sin tropiezos. Cuando la abundancia, la paz, volvía al país, ellos reaparecían con sus inversiones, empuje, a sacar provecho donde lo hubiere. Sus hijas, nietas, casaron con hombres pudientes, profesionales que compartían punto más punto menos sus ideales de vida. Ella, Carlota, era una de esas descendientes de familia con abolengo, rancio apellido de la colonia, culta, sabía manejar hombres y situaciones. Recién pasaba de los cuarenta, su hermosa figura se mantenía apetecible con todo y haber parido tres muchachos "sin ayuda de cesárea" como le gustaba recalcarles a sus amigas. Su marido, algo díscolo con las mujeres, se cuidaba mucho de darle motivos de discordia, sabía lo atravesada que era. Los repetidos pecadillos que cometía, los hacia muy lejos y en absoluto secreto. No dudaba que su mujer era de armas tomar en el sentido práctico; una vez lo descubrió en devaneos con una bella enfermera recién salida de la escuela. La noche que le trajeron el chisme, con un afilado cuchillo en la mano, serenamente, con los ojos lanzando candela le despertó colocando con extrema suavidad el frio acero sobre sus genitales y amenazándolo con castrarlo.

—Si te vuelvo a ver en vainas con esa morenita, ¡te lo mocho en la patica, desgraciado! Le dijo al oído con una dulzura diabólica, yéndose a vivir con su madre durante casi un mes. Hasta que su marido despechado apareció una madrugada ante su ventana con una banda de músicos trayéndole serenatas y convenciéndola de regresar a la casa bajo promesas de hombre arrepentido.

Se adentraron a la mansión familiar, luego de las presentaciones, pasaron a una gran sala decorada con muy buen gusto. Piezas de caza, una mesa de billar, estatuas de madera, cuadros alusivos a la pesca, rematada por un fastuoso bar. Sonaba una alegre música del momento. El grupo de comensales lo conformaba una pareja de jóvenes médicos capitalinos recién casados que habían querido pasar unos días con la tía de ella. El arzobispo, alto, gordo y alegre se veía joven para el cargo que ostentaba, su mirada inquisitiva se fijó en Sabal.

—Entonces usted es el famoso brujo dueño de "Osiris". ¿Cómo se le ocurrió ese nombre? —Preguntó amistosamente el prelado.

—No sabía que esa es mi fama, nunca me he considerado digno de tan alta posición. Respeto mucho las prácticas animistas sobretodo por estas tierras donde residen célebres adivinos.

En eso una muchacha se acercó con unas copas interrumpiendo la conversación.

—Disculpe. Continúe por favor. —Dijo la dueña, lanzando una mirada de desaprobación a la sirvienta que se marchó asustada.

—Por lo del nombre de la finca, solo hice recoger el oxidado aviso de latón que una vez debió estar colgado en una de las entradas, mandé a restaurarlo por completo colocándolo donde ahora se encuentra.

—Sabían ustedes que Osiris era un dios masculino, casó con su hermana Isis y después que cortaron en catorce pedazos a su amado, desparramados sus restos por todo Egipto, ella fue la encargada de recogerlos y enterrarlos. ¿Y que en cada uno de esos sitio hoy se erigen ciudades? —Habló en joven galeno holgadamente recostado en la silla.

—Los griegos con sus tragedias. —Ripostó el sacerdote.

—En mis años de cura en pueblos y caseríos, ante la pila bautismal, recuerdo que el nombre Osiris se les daba únicamente a las niñas. En una sola oportunidad conocí a un muchacho dominicano con ese nombre.

—Tengo entendido que actualmente el culto a este personaje goza de muchos seguidores. ¿Qué piensas tú Sabal? —Preguntó la dueña de casa.

—No me gusta mucho hablar sobre religiones, se pierden buenas amistades. Pero sí he visitado países donde el movimiento gnóstico cuenta con miles de adeptos. En la India por ejemplo el culto a Osiris goza de gran aceptación.

—He oído de estudiosos que han establecido grandes semejanza entre Osiris y Jesucristo, hasta el símbolo de la cruz, el nacimiento, las fechas conmemorativas son prácticamente las mismas. Intervino la joven médico, con una negra aceituna sostenida por sus alagados y bonitos dedos.

—¡Eso si que no! —Terció con ímpetu, el arzobispo.

—Reconozco que hay sociedades donde los actos heréticos contra el cristianismo son aceptados y hasta plausibles. ¡No los comparto! Porque Dios...

—Vamos padre. Intervino con gracia la hermosa dueña que conocía bien al personaje.

—Pasemos al comedor que la comida se enfría. Y en ese detalle usted es muy exigente.

Tomándolo cariñosamente del brazo lo arrastró fuera de la sala, guiñando un ojo a los restantes asistentes.

La cena estuvo a la altura, platos exquisitos preparados con esmero, no parecían encontrarse en una ciudad alejada de los grandes centros civilizados. El grupo compartió perfectamente, las intervenciones eran centradas, aplomadas y sin dejo de soberbia por ninguno de los asistentes. Por su manera de ser, Sabal trataba de permanecer reservado, interviniendo apenas cuando alguien se lo pedía. Ocupaba discretamente su lugar, desconocía tópicos que evadía con sinceridad. Además tenía cierto temor que alguien supiera o sospechara algo de su vida pasada. No se sabía. Deseaba dar por terminado el compromiso. El arzobispo con la panza llena habló:

—¿Aceptaría con gusto un Drambuie, quién me acompaña?

—Yo, dijo la joven doctora, pero con un Marie Brizard.

Se levantaron pasando a la amplia biblioteca.

Mirando con preocupación su fino reloj, Carlota dijo.

—Mi marido debe estar por llegar. ¡No acostumbra demorar tanto! —Haciendo un femenino gesto mordiéndose ligeramente la uña del menique. Sabal creyó ver en la cara de la agraciada mujer un gesto de disgusto. Se hizo el desentendido.

—¿Cómo hago para desprenderme de esta gente? Me huele que ésta noche va a ver lidia con el marido. ¡Qué broma!

—Ay. —Dijo el cura—. Los pecados de la carne. Sexo, gula, vicios... ¡Cuán difícil es para un siervo de Dios permanecer impasible ante la tentación que a diario nos envuelve!

—Sí que lo compadezco. —Dijo el médico—. Si mal no recuerdo son siete los pecados capitales, la lujuria, celos, soberbia, ira, avaricia, gula, pereza, envidia, matar...

—Creo que se pasó de la cuenta, querido amigo, pero sea como sea simplemente se le llaman capitales porque constituyen la fuente de los otros cientos que azotan nuestra existencia. —Replicó el cura, con la cara encendida por el licor.

—Por suerte Dios nos da fuerzas para enaltecer nuestras virtudes y derrotarlos.

—Lo difícil del asunto es cómo cultivar la generosidad, castidad, templanza, paciencia, cuando te toca compartir la vida con otro ser que es un asno. —Dijo Carlota, visiblemente alterada por la bebida sumado al retardo del esposo.

—¡Vamos mujer! Serénate. Ya sé por donde vienen los tiros. No es el momento de que te pongas iracunda. Recuerda al apóstol Santiago que dice que quien se llena de celos, aunque sean justificados, padecerá de turbación, amargura, puede llevarnos incluso a la muerte.

—¡En eso Dios es injusto! La turbación y la muerte dolorosa la debe padecer el desalmado que con su mal comportamiento provoca sufrimiento en otro.

—¡Tía, por favor! Intervino conciliadora la bella doctora, efusiva por los tragos.

—Recuerda a Pandora que luego de dejar salir de la jarra todos los bienes de la humanidad que volaron de nuevo al Olimpo, cuando logró cerrarla solo quedaba la esperanza, único consuelo de que disponemos las mujeres.

—Pues sobrinita, sépalo bien: ¡Pandora con todos los dioses del Olimpo se pueden ir bien largo al carajo! Si vivieron algún momento entre nosotros fue solo para joder a la humanidad! —Casi gritó la hermosa dueña de la casa, perdido el *glamour*, el rostro desfigurado por la rabia.

—¡Por Cristo, hija! ¡Deja ya de hablar de esa manera! —Hablaba el prelado, azotando las manos al aire—. Te conozco desde que eras una niña, tu carácter llanero mezclado con peninsular fue siempre levantisco, pero ya eres una dama hecha y derecha. ¡Mujer, no parecen cosas tuyas!

Sabal pensó que ya había visto bastante por esa noche. Sigilosamente, sin despedirse caminó hacia la puerta, pasó al ancho jardín donde vió su camioneta estacionada en una esquina. Una poderosa luz se acercaba del otro lado de la verja. Era el dueño de la casa que no acertaba con el control remoto abrir el pesado portón desde su auto. Al fin lo logró avanzando, amenazando con chocar la camioneta que venía de frente, retrocedió un poco cediéndole el paso. El hombre bajó, ebrio, llegó hasta donde Sabal estaba.

—¿No me digas que te vas? ¡Pasa! ¡Ahora es cuando la cosa se pone buena! La parranda es para larga. La gente tuya ya llegó a la capital, están en buenas manos. Hay que celebrarlo.

—Mi estimado amigo. La cena estuvo excelente, las atenciones espléndidas, pero creo que tiene un problemita con su señora esposa. Lo está esperando. Si por mí fuera yo me regresaría, volvería por la mañana cuando la mar se haya calmado. —Habló con gesto serio.

—O entre a la casa y aproveche que están todavía los invitados, quizás lo ayuden a taparear la cosa y la sangre no llegue al río.

—¡Que Dios me agarre confesado! Voy a pasar, "gallo es gallo manque ponga". Trastabillando se introdujo en la casa.

Sabal, presintiendo lo que se le vendría encima al amigo, arrancó el vehículo con fuerza deteniéndose minutos después en el centro del pueblo a llamar al caporal que dormía plácidamente dentro del carro. Ambos se perdieron en la oscuridad de la noche. Pocas horas después llegaban a la puerta de la finca.

Capítulo XXIV

La llegada de Arnaz a la casa grande fue todo un suceso. Decidió aceptar la invitación justo en tiempo de semana Santa. Por haberse enfrascado en una discusión con los empleados de la aerolínea, subió al avión equivocado yendo a parar a Maracaibo. Sabal conociendo su precario estado de salud, las dificultades que se presentarían para lograr otro pasaje por motivo de los días de asueto, consiguió ponerlo en un vuelo contratado, llegando por fin a su destino casi a la medianoche. Su rostro se veía demacrado, comieron algo ligero conduciéndolo a su habitación, necesitaría de un buen descanso. A la mañana siguiente ya un doctor lo auscultaba. Los fuertes calmantes poco efecto surtían, los dolores eran cada vez más agudos. Luego del chequeo el especialista no dió buenas esperanzas, debía someterse en breve a una operación o su vida correría un inminente peligro. Pasado un día, repuesto en algo, Sabal decidió hablar en serio con su amigo.

—Realmente no sabía lo grave de tú condición.

—No creas todo lo que dicen los doctores. El viaje quizás fue lo que me afectó. Verás que en breve todo mejora. Se defendió.

—Yo no creo que debemos esperar, éste cirujano no será el mejor del mundo, pero te aseguro que sabe perfectamente cuando alguien se está muriendo.

—Debo esperar una remesa de dinero, luego decidiré.

—Prefiero que desde ahora mismo busquemos ayuda profesional que nos recomiende como atender tu caso. Y no acepto negativas. —Dijo con cara preocupada.

—Por el dinero no te preocupes, yo subvencionaré los gastos, luego me lo regresas.

—¡No lo puedo aceptar! —Casi gritó—. No vine por tu miseri-cordia sino a vacacionar unos días contigo.

—Esta discusión no nos conducirá a nada bueno en nuestra amistad. O aceptas mi propuesta o te regreso a la capital.

El dolor punzante hizo que casi cayera de bruces, espasmos, temblores que casi le impedían hablar siguieron por un buen rato.

—Veo que ésta vez me ganaste, ni siquiera busco el empate como en la partida de ajedréz, movió los labios como queriendo sonreír. Inmisericorde, la enfermedad lo había vencido.

Esa misma tarde, sin siquiera terminar de deshacer maletas, visitaron de nuevo al doctor en su casa de habitación. Largo rato con-versaron. Entablaron comunicación con diferentes centros clínicos en la capital. La mayoría recomendaban a una clínica en Duseldof, Alemania, donde un reconocido cirujano había practicado varias operaciones de ese tipo con un noventa por ciento de éxito. Otros, vista la condición del enfermo, sugerían iniciar la intervención en la capital a fin de evitar se agravara la lesión para proseguirla luego de un cierto tiempo en Alemania, todo con la venia del experto extran-jero. Eso era viable. El traslado del paciente se haría en las mejores condiciones de seguridad e higiene, acompañado del especialista. Optaron por ponerse en manos de los galenos de la capital quienes se encargarían del resto. Usando su avión particular al mediodía los dos amigos hacían entrada en el centro quirúrgico. Luego de los trámites administrativos regulares, el paciente fue llevado al interior del recinto para ser sometido a los análisis de rigor. Los síntomas que presentaba eran confusos, el estado clínico del paciente des-mejoraba con las horas. Los exámenes realizados con premura, un diagnóstico compartido obtenido a través de mielogramas, imágenes de resonancia magnética y estudios tomográficos revelaron el pade-cimiento del llamado Síndrome de Brown-Sequard, con posibilidad de la compresión de los nervios Cauda Equina. La recomendación era ponerlo en manos urgentemente de un cirujano dorsal dada la suficiente estenosis del canal dorsal con la intención de lograr la recuperación motora. No se tenía certeza de que el proyectil cruzara el canal por lo que operación no daría beneficios, sino que podría empeorarlo incluso matarlo. Tampoco se sabía de otros fragmentos metálicos u óseos diminutos, las neuro-imágenes eran incompletas hasta ahora. Existía dado el tiempo transcurrido la posibilidad de cuadros infecciosos. La remoción del proyectil y sus consecuencias caía en el plano del azar. Estas explicaciones dadas en un lenguaje desconocido para él lo sumía en un mar de dudas.

—¡Doctores! ¿Qué hay si no se practica la cirugía? —Preguntó Sabal, categóricamente.

—Las posibilidades de que muera son muy altas. ¡Hasta de un ochenta por cierto! —Respondieron casi al unísono.

—¿Y de que se recupere y viva con la operación?

—Es muy difícil asegurarlo, dijo el que parecía de mayor edad. Por los casos que he tratado daría hasta un cincuenta por ciento. Es joven, fuerte, con buena terapia...

Para ese momento Aznar se encontraba casi inconsciente debido a los analgésicos intravenosos que le fueron aplicados durante vuelo.

—Al parecer soy el único que puede tomar una decisión sobre la vida de mi amigo. ¡Sométanlo a la cirugía! Los dioses nos ayudarán. —Habló tajante.

La despedida en la fría y bien alumbrada sala no pasó de un leve apretón de mano dado por Sabal a su amigo. Salió de seguidas al pasillo que a esas horas se encontraba desierto, al extremo una desganada mujer trapeaba el brillante piso. Buscó una silla donde dormitando se mantuvo por horas hasta que supo que a las cinco de la mañana el cuerpo de Arnáz entraba al quirófano. Para un creyente era el momento de rezar.

Capítulo XXV

Muchas veces, agobiado por la extraña angustia que le carcomía el alma, Sabal optaba por marcharse a las montañas, a las inmensas llanuras donde permanecía meses sin compañía de ningún humano buscando alivio al tormento. Su rifle, un machete recortado, el morral de tela cruda con vituallas era todo su avío; por ser experto, certero tirador, la gente le atribuía cualidades mágicas, poseedor del sortilegio de "la pepa del zamuro". Cualquier tarde reaparecía, a caballo o andando, barbado, con las ropas deshilachadas, delgado, con rasgaduras por todo el cuerpo dando la apariencia de un salvaje o de un loco. En ocasiones costaba reconocerle dado su aspecto. Tal manera de comportarse le fue creando una fama casi mítica, de brujo, de un ser encantado por los animales de la selva, con quienes, según los pueblerinos, entendía su lenguaje. Por ser parco de palabras, los capataces, obreros y las mujeres encargadas de la casa le rendían cuentas con cierto temor, aunque nunca los maltrató ni irrespetó. Estricto si era a la hora de comprobar que sus negocios, dada su largas ausencias, marchaban todo lo bien que se podía; el ganado, los potreros, las cercas, los cultivos estaban atendidos; sus cosechas eran buenas, rentables.

Al caer la tarde, con el fresco viento que movía los grandes árboles, cuando el llano adquiere su aire mágico, misterioso y los hombres comienzan en el rincón de la cocina a puntear sus cuatros, a contar historias del silbón, de aparecidos, Sabal acostumbraba a llamar a la sala algunas mujeres esposas o queridas de los trabajadores y capataces para conversar en privado con ellas, hacerles preguntas de cómo se sentían en la finca, si recibían buen trato, si sabían de algo anormal, problemas que estuvieran ocurriendo. Su aspecto llano, su juventud, la voz gruesa, hablar pausado, la cara inmutable, rodeado del humo de su tabaco, en la penumbra de la habitación, causaba una tremenda impresión en aquellas personas. Iniciaba el dialogo con preguntas muy sencillas, de la cocina, los alimentos, el maíz, la cecina, las gallinas y otras pequeñeces. No insistía demasiado. Por lo regular a los pocos minutos, la pobre mujer, casi aterrorizada, como si estuviera ante un confesor que todo lo conocía, terminaba por revelar algún manejo doloso, un abuso, pérdida de ganado, robo de gasolina o cualquier otro desmán. No permitía que la primera entrevistada saliera a reunirse con las otras comadres, la enviaba a la cocina o a las habitaciones a realizar cualquier labor sencilla. De esa manera podía entrevistarse con tres o cuatro mujeres hasta comprobar la veracidad de los hechos. Al final las despachaba a todas obsequiándolas con unas monedas. No se sentía a gusto con tal proceder, pero de alguna forma debía mantener la buena marcha de la finca. Por la madrugada del siguiente día, mientras las mujeres preparaban el café, la comida y los obreros se alistaban para las labores, llamaban al o los acusados. Sin cruzar muchas palabras, el administrador le decía la causa de su despido, entregándole su liquidación y algunos billetes adicionales. En esa oportunidad tocó el turno de despedir al caporal que tiempo atrás Sabal acogió con su familia, brindándoles casa, alimento, buen trabajo. Confió en el. Molesto, intervino seco:

—No voy a denunciarlo ante las autoridades. Pero no quiero volver a verlo a usted o alguno de sus compinches en la finca ni en el pueblo. Le regalo un caballo con su montura a cada uno para que no demoren en partir.

—Lo que me duele es que un ladrón como usted tenga una tan mujer digna con hermosos hijos. Con su mal proceder los esta condenando a llevar una vida llena de penurias.

—Puedo ofrecerle —si es de su parecer— que sus familiares permanezcan en la finca, seguirán yendo a la escuela, aquí no les faltará nada. Se lo puedo prometer. Todo a cambio a que se marchen ahora mismo, de no hacerlo irán a parar a la cárcel. Dando media vuelta dio por terminada la incómoda entrevista.

Lencho junto a los demás vagabundos, sin siquiera dar respuesta se dirigieron a los corrales, vigilados por hombres armadas. Escogieron los animales de su gusto, pusieron los aperos, montaron y salieron disparados a través de la llanura. Solo una nubecilla de polvo se veía en lontananza que a poco desapareció. De esa forma resolvió un espinoso problema sentando un precedente contra cualquier actitud criminal. Aprendía de la conducta humana, le resultaba insólito que un hombre arriesgara familia, hogar, buen salario, respeto, al dar cabida a los peores sentimientos. También cayó en cuenta una vez más que ciertas mujeres, aunque analfabetas, carentes de educación, podían regentar una finca igual o mejor que cualquier caporal. No debía olvidar el detalle. Sin duda que estas situaciones producían reacciones encontradas entre la peonada. Era el momento en que Sabal junto a sus colaboradores mantenían una presencia constante en las mínimas actividades de la finca hasta que las aguas volvían a su cauce. Con las pasiones, los reconcomios ya serenos solo quedaban los comentarios.

—Ese hombre es adivino. Trabaja con el mismísimo mandinga.

—Yo creo que tiene pacto con el negro Felipe. Decía otro.

—Fíjese comadrita que ni viejo se pone. Dura quince horas bajo el sol llanero retornando fresco como las hojas de culantrillo. —Habló la que figuraba mas joven de todas.

—Digan lo que les de la gana. Pero desde que llegué aquí mis muchachos no se han vuelto a enfermar, a Cheito mi marido se le curó la culebrilla, pero sobretodo, en mi casa se come caliente tres veces al día.

— Así que váyanse con sus pendejadas a otro lado. —Dijo una señora gorda al momento de dar la espalada al grupo de mujeres, largándose con marcados meneos de sus abultadas nalgas.

Capítulo XXVI

LA CÁLIDA MAÑANA anunciaba un tórrido mediodía. Las sabanas adquirían un color dorado que cegaba, las palmas y los morichales daban muestras de resistencia conservando el verdor de sus hojas. Sabal desde hacía un par de meses permanecía sosegado, no abandonaba la casa ni los quehaceres de la finca. Se le hizo un hábito ir al río a nadar en las profundas pozas hechas por los trabajadores ya que el caudal ahora había bajado notoriamente por la larga sequía. Enormes piedras fueron colocadas una sobre otra para represar el agua y poder zambullirse a gusto. El joven no gustaba llevar compañía a los paseos para disfrutar en paz de las frescas y cristalinas aguas. Bajo la sombra de los bucares veía caer flores sin cesar, rojizas ardillas saltaban entre las ramas, los pájaros entonaban agudas melodías. Estaba en su paraíso. Por un momento sintió frio, desnudo alcanzó una gran laja plana donde se acostó a todo lo largo. Debió quedarse dormido, el crujir semejante al de una rama al quebrase lo sobresaltó, ligero se acercó al caballo, tomando el revólver se mantuvo inmóvil. El penco bufaba inquieto. Esperaba ver a cualquier animal salvaje, pero a lo que realmente temía era a los toros salvajes que siendo becerros escaparon a las montañas donde crecieron sin ver humanos. Eran animales que horrorizaban los campos por su astucia en esconderse, guardar silencio ocultos entre los ramajes, espiando a su víctima, cuando se decidían atacar ya era tarde para huir. Hombres muy ágiles lograron salvar sus vidas trepando a algún árbol cercano o lanzándose al río, pero no todos corrieron con tal suerte. Se contaban entre los lugareños historias de estas bestias tan diábolicas, fieras y bravías que podían perseguír a las personas durante horas, esperar bajo un árbol desgarrando la tierra con sus patas o arrojarse al agua detrás de un enemigo. No cejaban en su propósito hasta embestirlo, destrozarlo con sus cuernos y pezuñas. Eran los verdaderos malignos del llano.

El ruido cesó, lentamente Sabal sin soltar el arma, adoptó una postura menos tensa, caminó lento regresando a continuar su baño en el refrescante pozo que falta le hacía. Estando entre las aguas percibió de nuevo el sonido. Caminó con cutela unos pasos por la enmontada orilla y vio a Anamú dedicada a lavar ropa. La corriente llegaba a sus rodillas, la muchacha de vez en cuando se zambullía, el agua chorreaba gustosa acariciando su cabello, su cuerpo, haciendo que la blusa clara se pegara a los turgentes senos. Ahora Sabal no se movía, disfrutaba en silencio del salvaje espectáculo, un calor seco subía hasta la altura del ombligo. Decidió marcharse cuando notó que Anamú se desprendía de la ropa braceando con destreza al centro del río. Luego de unos minutos retozando regresó nadando a la orilla, las gotas de agua parecían perlas rodándoles por el acanelado cuerpo haciendo ligeras cataratas en los morenos pezones. Respiraba cansada, saltó a una piedra donde aparecían extendidas al sol las multicolores ropas que recién lavó. Al levantar la mirada se tropezó con la desnuda figura de Sabal que estático la miraba embelesado. Ella tampoco se movía, trato de cubrirse el pubis, los senos con las manos, doblando ligeramente las piernas, adoptando una posición que resultó enloquecedora para el hombre quien lujurioso se acercó para ergirla y abrazarla. Los cuerpos, uno caliente por el sol, el otro frío por las aguas se toparon, produciéndose un arrebato embrujador. Ninguno hablaba, los loros y monos que hasta hacia unos segundos eran bullangueros, callaron, la selva quedó en un total silencio.

Tirados sobre la roca, pegados, iniciaron el rito del sexo, ninguno pensaba, sus mentes permanecían claras, limpias, era la genuina expresión del amor carnal, brutal, de la primitiva posesión sobre la hembra. No podía ser de otra forma entre seres tan distantes en sus respectivos mundos. No hubo necesidad de cortejo, palabras, nada. Era el encuentro perfecto, natural, arrebatador, impensable en sus consecuencias. Ya descansados miraban las copas de los arboles.

—¿Por qué los animales tan alborotadores que son, dejaron de hacer ruidos? —Inquirió él.

—Esos bichos son muy pícaros y vagabundos. —Dijo ella, mirándolo.

—Les gusta acechar a la gente desde la espesura, en especial si son mujeres. —Sonrió.

—Creo que estás tratando de decirme algo. —Dijo él también sonriendo.

—Usted me estaba espiando desde hacía rato. A mi me da pena eso.

—Perdona. Cometo pecados cada momento de mi vida, ese no lo pude evitar. Lo malo es que no estoy arrepentido.

—¿Y tú?

—No sé. Nunca me ocurrió una cosa como ésta.

—Pero tienes tres hijos, hasta hace poco te acompañó un hombre.

—Ja, ja, rió ella. Claro que tengo tres niños pero son mis hermanos.

—Lencho era hermano de mi madre. Después que ella murió de malaria, a él le tocó sacarnos de las sabanas anegadas, de las pestes que aoztaron la región, hasta los campos secos. Fue la promesa que le hizo a su hermana, mi tía cuando dejó este mundo. De mi padre solo sabemos que un dia partió a los llanos de Casanare a cazar caimanes y nunca regresó.

Lo que la joven decía estaba aclarándole varias dudas, no la interrumpía necesitaba conocer un poco de su vida, desconocía la razón de aquel inusitado interés. Ahora se explicaba la actitud pasiva de la muchacha, inocente, virgen, dando gemidos dolor con la penetración, algo inexplicable en una mujer con tres hijos. Prefirió dejar de pensar, disfrutar el momento con aquella joven que apretaba su cuerpo contra el suyo, hundiéndole las uñas entre los cabellos, ofreciéndole su ardiente boca. Horas después pensaba sobre la fuerte atracción que siempre ejercieron sobre él las mujeres de raza indígena, por lo que el casual encuentro con ella no le resultó extraño. Sobre el acto sexual, tenía referencias por personas que convivieron algún tiempo entre miembros de esa milenaria raza que la pareja no acostumbraba a hacer movimientos ni proferir frases durante el coito; se limitaban a penetrar la mujer, permanecer quietos concentrados en el sublime acto hasta alcanzar el orgasmo.

Cabe afirmar que tal era la manera como los hombres de la tribu —al detectar ciertos movimientos en su pareja— se daban cuenta si tuvo encuentros sexuales con hombres blancos, cuestión considerada como una ofensa, razón suficiente para ser apaleada, lapidada hasta la muerte. Al concluir, se levantaron prestos lanzándose al agua. Ninguno se percató de un ligero hilillo de sangre secándose sobre la roca. Ella nadó hacia un recodo de la torrentera reiniciando el ritual del baño que rato antes había interrumpido. Minutos después decidieron vestirse, el caballo bufaba, en sus grandes ojos se reflejaba en cuerpo de ambos, amartelados, entregados de nuevo a las caricias.

—Me está atacando el hambre y estamos lejos de la casa grande. Rompió el silencio.

—Algo debe de haber en la mía que está bastante cerca. Claro, si no le molesta comer en casa de pobre. —Dijo ella.

—¡Calla! Debes saber que eso no me importa. Vámonos antes que caiga la noche o tropecemos con uno de esos toros descarriados.

El la obligó a que ambos montaran el caballo, colgando a un lado la canasta con ropa ya seca por los ardientes rayos del sol, expelía un agradable olor a yerba fresca, a limpio. Ya cerca los perros anunciaron su llegada, ella quiso bajar antes para que los niños no la vieran abrazada al amo. Cuando empujaron la puerta de tablas, vieron a los chiquillos en lo que hacía las veces de salita, jugando con dos hermosas guacamayas salvajes, tratando con insistencia de enseñarles palabras. Al verlos llegar juntos, abrieron sus grandes ojos asustados. Nunca el amo había entrado a la humilde casa, mucho menos acompañando a su madre, quien con una mirada les conminó a seguir jugando al cuarto.

Desde el fogón le dijo:

—Queda algo de pisillo de chigüire, frijoles, queso fresco, huevos y arepas. Solo debo recalentarlos. ¿Quiere?

—Por su puesto, lo que hay es hambre. Trae a la mesa lo que tengas, yo buscare café de las alforjas.

No comieron. Se hartaron. Luego llamaron a los niños que asombrados guardaban silencio .

—¿Qué estará pasando? ¿Qué hace el amo aquí? Con las dudas se fueron a dormir.

—Yo también debo irme, ya es noche cerrada.

—¿Y por qué no se queda ésta noche y se va por la madrugada? No me quedaría tranquila. Usted bien sabe que en esos caminos con la oscuridad salen bichos raros.

—¿Tú crees?

—¡Claro! Es lo mejor. Aquí tengo una hamaca que puede colgar afuera bajo el techo. Es posible que si no ventea la plaga le puede molestar un poco. Pero no es mal de morir. —Rió.

Sin hablar bebió un buen tazón de café negro, colgó la hamaca, quedando solo en ropa interior se tendió sobre ella. El sueño vino pronto, se veía perdido entre nubes que bajaban a las montañas donde gallos de distintos colores cacaraqueaban. El los perseguía sin poderlos atrapar. Algo tibio que le tocó la entrepierna e hizo que abriera los ojos sigilosamente, podía ser una serpiente, la pálida luz de la luna que se colaba entre las viejas tablas del techo, alumbraron el cobrizo rostro de Anamú. Le acariciaba el cuerpo suavemente, sus manos parecían motas de algodón. La tomó colocándola encima de él, penetrándola, mientras que el ritmo hacía chirriar las amarras.

—Esas cabuyeras se van a reventar. —Dijo ella.

—¡Que revienten!

Y los mecates pueden romperse de tanto peso.

—¡Que se rompan!

Al final nada de lo presagiado por ella ocurrió.

—Vámonos a la cama, que nos va a pegar el sereno de la luna.

—Está bien. ¿Qué pasará mañana cuando los niños nos vean juntos?

—Nadie nos va a ver. Usted se irá antes que ellos despierten.

El cansancio, la emoción, los rindió abrazados estrechamente.

Y los niños se despertaron a la hora acostumbrada. Sin ayuda prepararon sus viandas, dieron de comer a los animales marchándose a la escuela. Sobre la mesa dejaron comida preparada. Mientras ellos continuaban durmiendo como si les hubieran dado una pócima mágica. Un salto de ella, desnuda buscaba como loca la ropa interior que no encontraba. Gritos de reproche.

—Esto nunca me había pasado, ¡yo soy madrugadora! —Se lamentaba casi llorando—. Con el ruido que hacen esos carrizos al levantarse, debí estar en otro mundo.

El la veía semidesnuda, con la poca ropa que tropezó por ahí, mal puesta por la prisa, sentada en el borde de la humilde cama con el rostro entre las manos. Sintió compasión por ella mezclado con deseos de poseerla. Se veía tan desprotegida, presa de una nueva condición que por su juventud no lograba manejar.

—¡Ven acá! Quédate tranquila. —La abrazó—. No vayas hoy a trabajar a la casa grande. Sigamos descansando, con el calor que hace por la tarde acompañados de los muchachos volveremos a bañarnos.

Hicieron el amor con renovada pasión. Recostado a la pared, encendió un tabaco que chupó con fuerza, esparciendo humo hacia unas ligeras rendijas en el techo, el sol lo cortaba produciendo difusos colores. Ya serena, él aprovechó de hablarle, expresar sentimientos que le estaban azorando.

—Verás que nada nos va a fastidiar el buen momento que estamos pasando juntos .Tampoco debes temer por la lengua de las otras mujeres. Ya comprenderán.

—Por ahora solo quisiera en seguir aquí, en tu casa, tal como estoy, de lo otro nada me importa. No me es fácil conseguir en mi vida momentos como éstos que son los únicos que me permiten ver adelante una tenue luz en mi confuso camino.

—Por ello te ruego tratemos de no romper el encanto que hoy envuelve nuestras vidas, es impredecible, sorprendente como las cosas pueden cambiar en minutos.

Ella oía con admiración, miedo, tristeza. No se consideraba digna de tanta felicidad, no podía durar mucho y le comprimía el corazón. El pareció adivinar sus aciagos pensamientos.

—Deja de pensar en el futuro, ni en lo malo o bueno que pueda traernos, limitémonos a vivir al momento, tratar de mantener a la gente alejada de nosotros, cerremos los oídos a cuanta palabra nos llegue o señale, siempre traen sus intenciones.

—Si tú no hablas, continuó él, es probable que los niños no conversen de nuestra relación, a mi nadie me va a preguntar. Es una manera de mantenernos hasta que al fin se enteren. Razonable es pensar que vendrán los chismes, la envidia. Es inevitable.

—Dejemos que sean los animales del monte quienes se percaten de nuestro amor. Ya veremos con el tiempo qué puede pasar.

Debo salir de viaje en una semana, no sé para cuando estaré de regreso.

—¿Puedo preguntarte si me esperarás tal y como estaá ahora de cariñosa? —Dijo, tocándole un pezón. Ella le dejó hacer las caricias sin protesta.

No se dio cuenta que lloraba en silencio.

—No me pregunte si lo esperaré. —Habló entre suaves sollozos—. Pregúnteme si por usted permanecería de rodillas hasta su regreso. Y le diría que sí. Pregúnteme si soportaría cualquier penuria esperándole. Y le diría que sí.

»Cuando su vitalidad baña mis entrañas, esa mágica sensación me transporta a un mundo en que mi vida se va y vuelve. Jamás imaginé que experiencias así se podían vivir. Ahora que usted me lo ha enseñado, preferiría morir antes de ver que le ocurra algo malo».

Aquel palabrerío inusitado, arrebatado, conmovedor, entre sollozos y gemidos, terminó por turbar el seco carácter del hombre. Decidió, sin proferir palabra, levantarse, meterse en el pantalón, montar el caballo dirigiéndose a las orillas. Dándose un refrescante baño, ora sentado en un tronco, ora caminando por la ribera, oyendo las aves trinar, anduvo largo rato que le resultó imperceptible. Volvió con la luna visible en un cielo despejado, un aire fresco llevando olor a mastranto lo transportaba a lejanas tierras. El recuerdo de Yatzil, tan semejante y a la vez tan diferente a Anamú extrañamente le hizo sentirse un hombre dichoso. Se veía poseedor de dos bellos seres que lo tornaban agradecido con la naturaleza, con sus dioses. Presa de la emoción profirió al aire un grito tan fuerte que debió oírse a leguas de distancia, un alcaraván levantó el vuelo. Reinaba un total silencio interrumpido acaso por el cri-cri de los grillos y el orquestado croar de los sapos en las charcas. Cuando arribó a la puerta de la casita, la luz de las velas y la lámpara de kerosén le daban un aspecto fantasmagórico y a la vez acogedor. Por los rincones se reflejaban irreconocibles sombras que se movían con el viento que penetraba a través de los resquicios.

Fue recibido con agrado por la familia que ya se preparaba a dormir. Percibió un agradable olor a comida, a café hirviente.

—Te guardamos algo de comida.¿ Quieres que te la sirva ahora?

—Sí. Por favor, pero no mucha cantidad.

—Te pondré las cazuelas en la mesa, allí me dirás lo que deseas te sirva en el plato.

Comía sumido en una paz tan densa que la podía tocar, respirar de ella; masticaba con calma, sintiendo como el sabroso alimento llegaba a su estómago. La sensación era divina, increíble de lograr en un hogar tan pobre, creyó que estaba siendo envidiado por los propios dioses. La mujer ordenando algo en el rincón que servía de cocina, los niños rayando un papel, dando bostezos, los rústicos muebles de tablas, las titilantes luces, el lejano canto de las aves nocturnas. Percibía espíritus amigos vestidos con túnicas de colores pasando a través de puertas, paredes, ventanas, sentándose en las sillas y bebiéndose el café. Se asustó, pareció que su cuerpo estaba yéndose al espacio, con fuerza frotó sus manos por la cara, restregándose los ojos, queriendo volver a la realidad. Solo que esa era la realidad.

Comprobó que estando entre aquellas personas su alma permanecía inexplicablemente serena; no comprendía su apego a un ambiente diferente, pobre, sencillo en extremo, con una pureza que le penetraba. Su espíritu confundido no lograba desentrañar la razón del porqué el destino lo conducía por caminos diferentes a los de sus sueños. No era amante de la riqueza ni del poder; gustaba de los viajes, las aventuras, mujeres sencillas, sin ataduras. La deslealtad, el engaño, la destrucción de la naturaleza lo entristecía al punto de salir huyendo buscando los montes, esconderse de la maldad que siempre rondaba, enquistaba entre los humanos. Con frecuencia afirmaba que padecía de algún tipo de locura, de otra manera no se explicaba los continuos cambios, el sinsentido del tiempo, del futuro, lo repetitivo del proceso de vivir.

Era joven, sin experiencia, pero le parecía haber vivido muchos años, una eternidad, no estaba cansado, solo que podía prever acciones, sucesos que a su parecer estaban a la vista de todos pero los ignoraban, querían ignorarlos. Si maltratas a un animal es posible que recibas una coz, una cornada o una mordida; Al no atender a tu mujer es probable que te abandone o se vaya con otro; ofender al vecino, usurpar sus propiedades generara conflictos innecesarios. El hombre se altera, sufre, busca la enfermedad con su comportamiento errado, lo sabe, esta consciente del mal paso, pero lo da. ¿Por qué ha de ser asi?

Un suave letargo le invadió. Anamú se acercó acariciando con sus suaves manos el pecho de su amado, quien se levantó, la abrazó entrando ambos a la humilde habitación, que pese a sus remendados cobertores, invitaba al reposo, al sueño, al amor. La semana fue transcurriendo tranquila en apariencia pese a que ya les habían visto juntos paseando de la mano en diversos lugares del campo por lo que los comentarios no se hicieron esperar. La maestra tan pronto los hermanitos de Anamú entraban a la escuela los acosaba a preguntas, ellos evadían las que podían, otras caían en celadas que no satisfacían a plenitud a la curiosa mujer. Soltaban ciertas prendas de lo sucedido retornando a casa para llenar de sobresalto a la pobre muchacha

—Ya la gente mala anda detrás de nosotros, diciendo barbaridades. Los oídos no dejan de chillarme.

—Deja de seguir con esas cosas. Todo el mundo critica, de nada te va a servir alimentar enconos. —Aconsejaba Sabal.

Ambos se incorporaron a sus quehaceres regulares. Ella regresaba a la casa al mediodía, en la tarde se reunían. Los niños no decían ni pío, veían mejoras comidas en su mesa, tres nuevas camas, lo demás permanecía intacto, cada quien hacia lo de siempre sin ser importunados. Hasta que una mañana poco antes de comenzar la temporada de lluvias, estando la vivienda sola llegaron un grupo de obreros con la misión de sustituir láminas del techo, travesaños podridos, fabricar un baño con sus accesorios. Altas bases de concreto sostenían dos grandes barriles para represar agua al estilo del oeste americano. Un tractor arrastrando la cisterna sería el encargado de mantenerlos llenos; en su defecto lo harían trayendo el agua en recipientes desde el cercano riachuelo, subiéndolos a través de una escalera. En la zona era conveniente pensar en reales alternativas para abastecerse del vital líquido.

Cuando los niños estuvieron de vuelta no salían de su encanto.

—Ya no nos mojaremos cuando caigan esos tremendos aguaceros y podremos guindar los chinchorros sin que nos demos contra el suelo. —Decían, alborozados.

—Y los chorritos de agua para no tener que ir al río tan de mañana. Y ya no haremos las necesidades en el monte. Comentaban.

—Es su casa, puede mejorarla cuanto quiera, pero ahora sí que la gente me van a mirar como "gallina mirando sal". Si hasta Doña Ignacia me mata los ojos cuando pasa por mi lado. —Quejábase lastimosamente la muchacha.

—¡Vuelve la burra al trigo!

—Y ahora que me dijo burra no le voy a decir mi secreto. —Partió corriendo hacia el patio.

—Con esfuerzo logró alcanzarla.

—¡Carajo! Corres como venado. —La apañó con sus fuertes brazos—. Dime cual es el secreto que te traes si no quieres morir asfixiada...

—¡En mi panza hay un hijo suyo! Me lo dijo Fernanda la partera, ¡ella no equivocarse nunca! Y que hasta lo oyó saltar como una ranita platanera. —Lo dijo alegre, saltando, pegándose al cuerpo de su hombre.

Sabal lanzando una mirada hacia los palmares, recordó a Yatzil. "¿Porqué serán tan parecidas estas dos mujeres?", se preguntó, correspondiendo a las caricias.

La temporada de lluvias comenzó más temprano que nunca, a finales de marzo, conociendo bien las tierras, el hombre pensó que una buena parte permanecería inundada hasta después de octubre. Seis meses en que el ganado debía permanecer en las zonas altas, pero la sabana se recuperaría, plantas que estuvieron expuestas al fuego que cada año arrasa los sabanales, milagrosamente sobrevivirían, los esteros se enriquecerían con aguas abundantes en nutrientes que bajaban de las quebradas desbordadas. Reaparecerían los verdes pastizales, masas vegetales de paticos, buchones y otras herbáceas que servían de alimento a chigüires, peces, tortugas. El paisaje cambiaría de un verde con diferentes tonos durante las lluvias a un amarillo opaco en el verano que daba lugar a los famosos espejismos llaneros.

La parte baja de la gran torrentera ocupada en ambas riberas por la palma de moriche en cuyas raices las aguas daban la impresión de ser rojizas debido a los sedimentos ferrosos, se formaban ensenadas paradisíacas. El morichal fue siempre visto como un lugar sagrado por los indios de la región. Los frutos de la planta les proveían a ellos, a peces de buen tamaño y otros animales, de alimento, aceite, proteínas; de sus hojas nuevas extraían fibra, con las viejas cubrían sus casas; al pudrirse los troncos, en su interior crecían larvas alimenticias. Hermosos pájaros fabricaban sus nidos en los huecos o colgando de sus palmas, el escándalo de los pichones mantenía despierto el morichal; llegada la primavera salían bandadas de loros, pericos, guacamayas, tucanes, petirrojo, sangre de toro, que cubrirían el cielo de multicolores sonidos.

Una noche mientras caía un torrencial aguacero, recogidos en su cama, los niños acurrucados en un rincón cerca de ellos por miedo a los truenos y relámpagos, con el viento silbando, casi impidiendo oír las voces, Anamú impulsaba por la curiosidad femenina preguntó.

—¿Por qué siempre anda usted solo? ¿No tiene esposa, hijos, familia?

No le agradaba que indagaran sobre su persona. Se mantuvo sereno. Vió en la pregunta una posibilidad para sortear el dilema que desde hacia cierto tiempo se le estaba presentando.

—¡Caramba amiga! ¡Bonita noche escogiste para conversar sobre eso!

El explosivo ruido de un trueno que parecía amenazar con derribar la casa, hizo que ella casi saltara sobre él. Amainó un poco.

—Voy a responderte porque te quiero. Pero no vuelvas nunca a preguntar sobre esas cuestiones. ¿Te he preguntado acaso de donde vienes, quienes son tus antepasados? Son cuestiones muy íntimas en la vida de las personas.

—Perdone usted —poniéndose de rodillas ante el— soy una india bruta que no sabe lo que dice. ¡Castígueme! ¡Pero perdóneme! —Susurraba cercana al llanto.

—Levántate! Suficiente es que no lo vuelvas a hacer conmigo ni con nadie. Es querer saber algo que no te concierne y no debe importarte.

—Claro que tengo familia. También amo a una mujer que me ha dado tres hijos que viven muy lejos, en un lugar tan distante que para poder llegar debo pasar varias horas en un avión. Poco los veo.

—¿Y usted la quiere mucho a ella? —No pudo ocultar entre su llanto la condición de mujer que Sabal entendió con una leve sonrisa.

—Te dije que si la quiero tanto como te quiero a tí. Pero olvida esto. ¡Ven acá! —Abrazándola con fuerza.

—Pero no está mal que ella esté tan lejos de usted. ¿Por qué no la trae a vivir a la casa grande? —Insistió, sus carnes estaban tensas, duras más de lo usual.

—¿Y que haría contigo? —Masculló, siguiendo el delicado jueguito.

—Me iría muy lejos para no molestarlo.

—Pero te podrías quedar, también me haces falta.

—A mí no importarme nada si estoy a su lado pero su esposa le dará problemas, debe ser celosa y mujer celosa puede matar.

—No sigamos hablando de éste incómodo tema. Ya habrá tiempo de pensar en algo. Ahora estoy contigo, no quiero nubes que me impidan disfrutar de la vida. Por un buen tiempo haz alejado la tristeza, no quiero volver a estar solo. ¿Cuánto durará mí actual dicha? No lo sé, por ello no me gusta perder los pocos momentos gratos que se nos presenta. Igual muero hoy o tenga mañana que marcharme.

—Usted tiene razón. Soy india mostrenca que todo lo rompe. Perdóneme. Le juro no volveré a abrir mi boca, únicamente si usted me lo pide. —Dijo estas frases desprendiéndose de la larga bata floreada que usaba, quedando completamente desnuda. Se lanzó llorosa a sus brazos.

CAPÍTULO XXVII

TRANCURRIDOS LARGOS MESES de haber despedido al desleal trabajador, Sabal regresaba de otro de sus tantos viajes al exterior. Recorrió México, Centroamérica incursionado en las culturas indígenas precolombinas, aprendiendo sobre sus creencias, religiones, tratando con chamanes. Siempre tuvo especial fascinación por lo esotérico, ahora que disponía de tiempo y recursos, se veía libre de poder leer lo que le viniese en gana sin someterse a ningún programa o patrón. El avión que lo trasladaba desde la capital panameña a Caracas, tuvo un desperfecto que obligó a hacer una escala en Barranquilla, Colombia. Pero la falla debió ser grave ya que la compañía, ofreciendo disculpas llevó a los pasajeros a un lujoso hotel para almorzar y pernoctar. El joven quiso aprovechar la forzada estadía para conocer la ciudad de Santa Marta famosa tanto por sus playas, la alegría festiva de su gente como por ser el lugar donde murió Simón Bolívar. Sin pérdida de tiempo llamó un taxi que lo condujera a la terminal de autobuses. Prefería esa forma de viajar tratando en lo posible de pasar desapercibido. Además la ciudad ofrecía altos riesgos debido al incremento de la pobreza, de la delincuencia y la presencia de focos guerrilleros. Cualquier precaución era poca, pero su alma aventurera no se amilanaba ante los peligros.

De cada viaje traía consigo libros a montones, aunque la mayoría de ellos eran enviado por barco hasta su hogar, con los que fue llenando hileras de pulidos estantes de madera hasta formar una bien nutrida biblioteca. Podía permanecer encerrado en su casa por un mes o más sin salir, simplemente leyendo, oyendo música o escribiendo. No permitía que sus largos encierros fueran importunados por nada, daba esa orden tajante al personal de la casa y a los administradores. Una ventanilla servía para recibir el alimento que gustara, del resto ninguna otra comunicación con el mundo exterior. Permanecer aislado por completo del mundo durante muchos días, con la sola compañía de sus libros le permitía pensar y organizar su vida. Las ventanas completamente cerradas, dos buenas lámparas de mesa, fresca la habitación por el potente aire acondicionado, perdía la nocion del tiempo en forma absoluta, no le importaba si era noche cerrada o luminoso dia. Durante ese singular lapso el tiempo carecía de significado; prisa, lentitud, calma, rapidéz eran simples frases carentes de sentido. Hasta distanciaba los días de aseo personal por lo que su barba crecía. Pedía lo que desaba comer sin importar la hora, afuera siempre había alguien que atendía su llamado sin mediar palabra. Cuando abandonaba el imperturbable encierro parecía otro hombre. Permanecía callado e iba icorporándose a sus quehaceres de manera lenta, calmada. Sus más allegados respetaban aquella especial condición evitando perturbarlo, acudiendo a él solo cuando eran solicitados. Debería transcurrir una semana o más para retomar el ritmo de vida normal.

En su momento, se propuso organizar los trabajos de la finca de tal manera que pudiera funcionar perfectamente sin su presencia. Solo asuntos de extrema urgencia reclamaban su atención, sus colaboradores ya conocían de qué particular podía tratarse. Caso que alguno de ellos no pudiera cumplir cabalmente con sus funciones simplemente lo despedía o cambiaba de trabajo. Prefería lo primero. Estaba probado que una persona rebajada en su condición —aunque fuese con justificación— sería un enemigo encubierto. Nunca comprendían su impericia o falta, dándose a la tarea de perturbar a los demás, sobretodo cuando se sentía blanco de burlas, chismes. Lo aconsejable era salir de esa persona sin remilgos, se le gratificaba en justicia, mandándolo a soltar su veneno a otro lugar.

Se enteró que Lencho posterior a su despido regresó a la tierra donde nació y que un día luego de entregar un arreo de ganado en un pueblo vecino, le dio por emborracharse en tugurios de mala muerte. En una ocasión jugando una "parada" de dados, entró en disputa con varios sujetos con mala catadura, eran hombres de cuidado que no hicieron nada en el momento porque conocían la destreza del Lencho con las armas y a quien nunca le faltaba una canana. Prefirieron esperarlo en un oscuro y desolado paraje donde le apuñalaron, dejándolo gravemente herido, sangrando copiosamente a la orilla del camino, robándole el dinero que recién cobraba. Las noticias en el llano las trae el viento y a "Osiris" nombre de la finca de Sabal llegaron pronto.

Anamú —negada rotundamente a seguirlo— y aceptando los ofrecimientos del dueño, prefirió quedarse en la hacienda con los tres niños. La noticia de la muerte la recibió impávida, con el estoicismo propio de su raza. Se limitó a elaborar algunas flores de tela para una corona y colgarla en una cruz de palos que clavaron en un montículo de piedras al fondo de la vivienda. Para ese entonces ella era ahora la encargada de cuidar los jardines de la casa grande, como llamaban la residencia del patrón, debía también asistir el pequeño huerto de hortalizas que se sembraban para el consumo hogareño, los muchachos con frecuencia le ayudaban en tales menesteres. No era un trabajo agotador, si comenzaba con la fresca de la madrugada antes de despuntar el sol, para cuando estaba cerca de su cenit, ella era mujer desocupada, a diario regresaba caminando hasta a su casa. La vida se le estaba haciendo grata, fácil, comparada con lo miserable de la anterior por lo que agradecía a Dios haber conseguido un patrón tan considerado y bueno. Cuando despidió a quien él creía su marido, le hizo saber que la deuda por los gastos médicos nunca existió, el jamás pensó en cobrarle un céntimo. Aquello le hizo estar más agradecida, tratando de complacerlo en lo que estuviera de su parte, entendía que era poco pero conocía de su gusto por las yerbas aromáticas frescas, sin picaduras de bichos, la yuca suave, las frutas en su punto, el aguacate a su tiempo.

Sabal apreciaba el esmero que ponía la joven en colaborar en que su mesa contara con los mejores productos de su propia cosecha. El gesto de mandar a la jovencita ya recuperada de su enfermedad a estudiar al pueblo era algo que ella en vida no podría pagarle. En cuanto a su aspecto físico no mostraba señales de haber parido tres hijos, apenas llegaría a los veinte, su salud recobrada, superada la malaria, el hambre, las plagas, le habían hecho recuperar su belleza. Varios jóvenes obreros buscaban enamorarla llevándole serenatas, regalos, pero ella no cedía. Resultaba extraña tal actitud toda vez que en su raza no era costumbre que una mujer permaneciera tanto tiempo sola, peor cuando ya su supuesto marido estaba muerto.

Pero se había impuesto unas metas bajo juramento: cuidar de los niños a quienes estuvo a punto de verlos morir de hambre y hacerse merecedora de la confianza que el amo había puesto en ella.

En otro sentido podía cuidarse sola, mantenía a raya cualquier intromisión de hombres buscando aprovecharse de que vivía aislada en una casa alejada en medio de la llanura. Lo que no sabía era que el dueño había dado expreso mandato para la protección de la familia recién llegada. Los niños por su parte crecían sanos, se estaban haciendo pequeños hombrecitos criados en un ambiente rústico, de hombres, bestias, pero se sentían a gusto, felices. Cada uno era dueño de su propio caballo, regalo del amo.

CAPÍTULO XXVIII

NADIE SABE DE dónde vino ni de su familia, apareció una nublada mañana con sus torcidas piernitas cruzadas, sentado sobre una piedra en la calle real. Era feo, muy feo, aunque tendría unos dos añitos aparentaba otra edad y parecía cualquier cosa menos un ser humano. La cara llena de verrugas, bulbos, un ojo más arriba del otro, la naríz redonda, grande, casi le cubría la boca. Alguna mano caritativa le puso entre las manos un plato con comida la cual devoró en segundos, luego vecinos cercanos fueron trayéndole otros alimentos pero ninguno quiso llevarlo a su casa, ni siquiera el cura. Un próspero ganadero de la región sintió lástima y mandó unos peones que lo trajeran, lanzándolo a un alejado cuartucho que bien parecía un gallinero. Allí, con el paso de los años se levantó entre animales, aprendió primero sus sonidos guturales, antes que hablar como persona. Y así, desde niño, criado entre bestias y animales de corral, solía repetir cuando señalaba algo la frase "jachiri-gongo" que al final vino a transformarse en su nombre de pila, sin apellido.

Su aparición en un pueblo pequeño donde el chisme era parte del diario vivir, dio motivo para que tanto mentes sanas como perversas tejieran con gusto todo tipo de historias: que si era hijo de una niña rica con un peón de hacienda; o de una muchacha preñada por su propio padre, o hijo del cura con una monja. Como apareció finalizando la cuaresma, tiempo seco, de tolvaneras, de largas y calurosas noches, se habló de brujería, el demonio renacido y cientos de barbaridades. Su crecimiento como un verdadero animal no impresionaba ni mortificaba a ninguno en el pueblo, parecía no existir aunque estaba en todos lados. Cualquier esquina, bar, lugar de reunión no estaba completo sin su presencia. Si no lo veían, cualquiera preguntaba por él o contaba una anécdota de su vida. Los habitantes no caían en cuenta que aquel feo personaje se estaba transformando en el alma del pueblo mismo. No había cuento o chascarrillo donde su nombre no figurara como protagonista o burlado, pero siempre presente. Los pequeñuelos se asustaban al verlo, cruzaban la calle o corrían despavoridos; las madres tambien los asustaban amenazándolos con llevarlos ante el monstruo de no portarse bien. Muchos hermosos sueños de niños fueron truncados a medianoche porque se despertaban sobresaltados con pesadillas viendo la fea imágen.

Por ser zona cafetalera la región poseía terrenos quebrados, cerros, montañas, riscos, abundantes árboles de gran tamaño, tupidas selvas cruzadas por cristalinos riachuelos, entre los cafetos sembraban plátanos y bananos cuyas raíces cubiertas de hojarasca eran el nido ideal para la temible mapanare. Sufrir una mordida del bicho era una muerte segura. "Guachiringongo" descalzo andaba y desandaba esos parajes sin la menor preocupación. Dos veces fue picado por ciempiés y víboras de gran tamaño que en otro ser hubiera ocasionado la muerte, pero en él no produjo absolutamente ningún daño.

Creció sin ninguna enfermedad de las que atacaban a los muchachos de su edad; ni la gripe, ni la peste lo tocó, no supo de fiebres, viruela. Lo que pudo negarle el creador en hermosura se lo concedió en salud. En medio de sus deformidades se hizo fuerte, podía caminar cargando en los hombros un pesado canasto lleno de café durante horas sin dar señales de cansancio. En la época de recolección del fruto era diestro y rápido en "espicar" seleccionando los mejores granos por lo que recibía buena paga. Hablaba solo cuando le preguntaban, poseía buena memoria que le permitía recordar largas listas de cosas por comprar según los encargos de cualquier vecino. Era de un estómago de burro, lo que permitía comer sobras de comidas rancias que los lugareños podían obsequiarle; reconocía a los buenos samaritanos separándolos de los tacaños y roñosos. Cuando de alguna puerta le llamaban ya sabía qué plato le ofrecerían, siempre lo recibía con agrado aunque fuese muy malo o viejo; si no tenía apetito vaciaba su contenido en un envase de latón que cargaba colgado al cuello para luego llevarlo a su cuartucho.

Con los años la gente se fue olvidando de su edad, él sacaba su propia cuenta según las personas que habían muerto desde que tuvo conciencia, por las visitas que hizo al cementerio acompañando al féretro, según sus cálculos creía tener cerca de veinte años. Traspasó la niñez, pubertad, adolescencia, como una sola etapa. No recordaba a su madre ni alguna otra mujer que lo hubiera amamantado, tampoco supo de juguetes, ni de cariño, mucho menos de un beso o una caricia. Su primer contacto sexual lo tuvo con una burra blanca de anchas ancas llamada " Polka" que adquirió el hacendado en una de las tantas ferias que acostumbraba visitar. De su mano el animal aprendió tantas mañas que hasta daba golpes en la puerta cuando "Guachi" no la sacaba de paseo a las montañas para su acostumbrada ración de falo. Pasado el tiempo, la fiesta de noche de navidad una de las cocineras de la casa bebió demasiado aguardiente de caña que borracha dando traspiés fue a meterse en el catre del muchacho buscando aplacar sus deseos carnales. Recibió tal tratamiento que no se le volvió a ver por el lugar durante varios días. Pero la hembra ladina no lo olvidaba por lo que cada vez que se le presentaba un chance corría a arrimarse a la casucha.

Maduró físicamente fuerte como un troncón, modesto, diligente, desconocedor de la hipocresía, sin la menor muestra de reticencia, protector extremo de bestias y animales, socorría a cualquier cosa viviente que estuviera en apuros. No era un orate o un vulgar mandadero, hablaba poco usando las palabras precisas. Esperaba paciente su turno en un rincón del almacén, si el tendero o el bodeguero no le atendían en lo que el creía era el tiempo prudente, sigilosos se marchaba. Reportaba luego a quien le hizo el encargo que tal o cual comerciante no lo quiso despachar. Aparte estaba muy pendiente del mandado, recordando la persona que hizo el encargo, cantidades, colores: Un kilo de pulpa roja, medio kilo de pulpa negra sin grasa, dos riñones, dos patas de cochino, un lomo de marrano, frijoles negros sin cocos, arroz del picado para los pollitos, un litro de kerosén bien medido, hilo pavilo, alcohol perfumado, pastillas Ross, mentol Davis, papelón no muy negro, seis velas rojas, dos kilos de azúcar blanca....

Era mejor despacharlo con tiento para no ver de regreso al "Guachi" con la mercancía devuelta por el comprador, portando un punzante mensaje:

—Que esa carne es puro pellejo. Que se la venda a su abuelita, mandó a decir don Loyo.

—Que ese queso es una salmuera y Doña Petra no puede comerlo.

—Que la leche esta aguada. Esta vez se le pasó la mano de agua. Mandó a decir la maestra Isabelita.

—Que el kerosén lo vendió fallo. Ella no es pendeja. —Dijo Benita, la empanadera.

Y asi con cada devolución venía un recado venenoso que incisivamente lo soltaba a todo gañote delante de los presentes. Ya ningún tendero quería verse expuesto a tamaño ridículo ni agarrar fama de tramposo en un pueblo tan pequeño. Mejor era hacer trampa con otros, ese jorobado sin lugar a dudas, se las traía.

Si el bodeguero remolón osaba revirar, el volvía a repetirle el mensaje una y otra vez. En cierta ocasión un portugués recién llegado al pueblo, dueño de una bien surtida tienda quiso sobrepasarse con el recadero, empujándolo fuera de su negocio. En ese mismo momento tres hombres y varias mujeres testigos de la escena, se encimaron sobre el agresor, dándole una soberana paliza, conminándolo a abandonar el vecindario. Después del suceso al pobre hombre se le marcharon los clientes, viendo que sus mercaderías se le dañaban en los depósitos, no le quedó otra opción que vender el changarro y partir hacia otro rumbo. "Guachi" fue comprendiendo que la gente le quería, no le molestaban, confiaban en él hasta el punto de mandar por sus manos dinero o prendas de valor para llevar a una finca o alguna casa fuera del pueblo. Era buen jinete aunque su aspecto sobre la bestia era terrible toda vez que usaba siempre una especie de ropón oscuro que bamboleaba con el viento dando la impresión de un gran murciélago intentando volar.

Conoció secretos de amor, de negocios, de conspiraciones, traiciones, asesinatos, mensajes de todo tipo, trampas, pero nunca reveló ninguno. Si que era una verdadera tumba. Por su conducto se celebraron bodas, se rompieron relaciones, se fomentaron amistades y enemistades, pero como simple mensajero era inocente de las consecuencias que los recados pudieran generar. Estaba al tanto de las personas que practicaban hechizos, brujerías, pactos diabólicos, que sacrificaban animales en nombre de satán. En noches sin luna vio a muchos gallos, chivos, ovejos negros, perros, gatos y demás animales ser degollados y ofrecidos a seres extraños en rituales que le asustaban. Temblando de miedo esperaba hasta el final, la curiosidad lo mantenía pegado al piso sin poder moverse. Para nadie pasaba desapercibido, en cada mesa siempre surgía su nombre contando aventuras y peripecias propias o inventadas. Por suerte el pobre ni se enteraba de tanto comentario, le bastaba con que conocía a la comunidad, persona por persona y la vida pública y secreta de cada uno de ellos, ni dios estaba tan al corriente de esas personas como "Guachi"... Y el se sentía dueño de la vida de cada uno de ellos. Pero le gustaban como eran, con sus pecadotes, coyundas, sus pocas virtudes y muchos vicios ocultos.

Estaba percatado en detalle de las travesuras e infidelidades de los hombres y mujeres porque dormía poco, aprovechando las noches para deambular silencioso por las calles, rincones, corrales y patios de las casas y haciendas. Aprendió que en los fondos de las viviendas eran los sitios preferidos para cometer actos pecaminosos, extraños, malos, buenos, terribles. En los frentes o en las salas pocas verdades se decían pero de la cocina hacia atrás era donde estaba la real historia de cada familia y aprendió a espiar como lo haría el mejor cazador furtivo. Para todos era el loco del pueblo, el monstruo, el jorobado, a quien todo el mundo señalaba y de quien todos reían, opiniones y comentarios que poco le importaban, a sus anchas podía mirar a las mujeres adúlteras orando en la iglesia y reírse para sus adentros. Cuando montado en la burra "Polka" ascendía a las montañas, escogía un buen lugar, se sentaba y hacía marcas en el suelo con los nombres de los pecadores, ladrones, prostitutas, lesbianas, maricones, recordando sus gestos, gritos, manifestaciones, mientras estaban en sus pecaminosas relaciones. Y entonces sí que podía reir a carcacajadas que retumbaban en los cerros retornando el eco a sus oídos y vuelta a reir. En semejante trajín le sorprendia la madrugada, bajaba entonces feliz a sus dominios.

—¿Para dónde vas "Guachi"?

—No voy, ¡vengo! —Respondía el aludido.

—¿De dónde vienes "Guachi"?

—No vengo. ¡Voy!

Poseía una rara acepción de los verbos ir y venir.

Era el loco y mandadero del pueblo. Los niños le temían tirándole piedras, los padres asustaban a sus bebes pronunciando su nombre. Creció y su cuerpo joven en vez de crecer erecto, se encorvó, las rodillas se torcieron obligando a los pies a casi toparse entre ellos. Su andar era lastimoso y tétrico, pero a pesar de sus discapacidades recorría a diario varias veces las calles y carreteras del pueblo haciendo mandados y llevando recados entre los pobladores. Ya los muchachos no se metían con él, era el elemento distintivo del pueblo; todo el que llegaba por primera vez quería saber del "Guachi", caso de estar fuera del pueblo, lo esperaban para saludarlo. El ignoraba a todos dedicándose a las ocupaciones del momento, no se detenía a saludar o conversar con nadie. Podía decirse sin temor a errar que era un personaje importante.

Capítulo XXIX

Giralda, mujer de ciudad, bonita, educada, sensual como pocas, pero la llegada de los treinta le comenzó a preocupar. Unas finas arrugas debajo de los párpados, en la comisura de los labios, le trajeron a la mente feos presagios. El maquillaje remediaba un poco, solo que al levantarse por las mañanas, al verse en el espejo notaba que sus juveniles encantos se habían ido raudos al carajo. Debía conseguir pronto un buen partido para casarse so pena de quedarse para vestir santos; pero la decisión parecía algo tardía, ya casi todos sus admiradores se habían alejado, casado o marchado a otros lugares. Ahora, pocas veces la invitaban a salir, otras jóvenes ocupaban su lugar, ninguno de sus posibles adeptos le hablaba de matrimonio. Los más avezados a la primera cita la manoseaban, apurruñaban tanto que terminaba como fruta de mercado que todos tientan. Y partían buscando frescos pastos. Ahora sí que la mujer tenía una grave preocupación.

Vivía en una buena casa en medio de un cariñoso grupo familiar bastante numeroso ya que tías, tíos, hasta los abuelos amorosamente compartían bajo el mismo techo penas y glorias. Su posición social y económica era de lo mejor que podía esperarse dadas las circunstancias; no les faltaba nada. Lo que sobraban eran comentarios a soto voce al momento de tratar algún asunto familiar. Y el caso de la agraciada Giralada era tema obligado a cualquier hora del día o de la noche. Ella lo sabía porque al verla llegar todos callaban o cambiaban a temas absurdos de conversación. Se sentía acorralada y sin ver una honrosa salida. Tuvo la suerte que por esos días apareció en su casa un joven médico que su abuela necesitaba para tratarse una de sus tantas dolencias. Ella, en su desesperación por enganchar al primer zarandajo que anduviera cerca hurdió un plan: se engalanó lo mejor que pudo para la ocasión, escogiendo un colorido traje ajustado al cuerpo que le resaltaba las pronunciadas curvas y el día de la visita, surgió de entre unas guesas cortinas como una venus dando de frente con el galeno que paladeaba una taza de café, la ladina mujer se hizo la sorprendida, como si no supiera de la anunciada consulta. Habló con el visitante un par de minutos e hizo como que debía ausentarse a fin de cumplir con un urgente compromiso social, dejando al pobre hombre impactado, masticando una galleta de soda.

Como mujer sabía que el primer palo lo había dado ella. Tocaba ahora esperar. Efectivamente el ardid pareció funcionar ya que al siguiente dia por la tarde con el pretexto de haber dejado olvidado parte de su instrumental en la habitación de la enferma, el doctorcito retornó a la casa, buscando entablar una mejor conversación con la bella mujer, que repitió la táctica del día anterior dizque recibiendo una llamada de un amigo para ir al club, cita a la cual no podía faltar, pero prometiendo que el próximo sábado podían ir juntos a dar un paseo al zoológico. Del paseíto a contemprar las pobres fieras enjauladas al matrimonio fue un solo brinco. Moviendo las palancas oportunamente, a los seis meses él aseguró el puesto en el hospital del pequeño pueblo distante unas siete horas de la ciudad. Buen sueldo, casa pagada y tiempo para atender su consulta privada.

A poco, el matrimonio de la singular pareja no tardó en dar muestras de hacer aguas. Hombre taciturno, dado a prolongadas lecturas, juegos de mesa, pensar, estudiar las enfermedades de sus pacientes, no se ocupaba de aplacar debidamente la fogosidad de su mujer, que pronto se vio asediada por hombres con propuestas alternas. Como ella carecía de escrúpulos sobre el sexo, entró en relaciones con algunos. Estando un fresca tarde de visita con su esposo en la finca donde vivía el "Guachi", tomó varias copas de jerez que le encendieron el cuerpo. Buscando serenarse se levantó de su asiento, pidiendo disculpas al grupo alejándose a los alrededores de la casona so pretexto de respirar aire fresco, recrear la vista. Le llamó la atencion una cobacha algo alejada de la casona, se acercó lentamente a curiosear. La puerta estaba abierta, al mirar a su interior vio al "Guachi" completamente desnudo. Sus ojos se fijaron en sus partes íntimas, sintió entre sus piernas un calor húmedo que hacía le palpitara la vagina. El pene grande, algo enchido, de buen aspecto, semierecto, le impactó, se le hizo imposible resistir. Cerró la puerta quedando la habitación en penumbras, se desvistió, posándose con extrema suavidad sobre el cuerpo del jorobado, quien al sentir la tibieza del cuerpo de mujer, produjo una violenta erección que hizo gritar a la mujer al penetrarla.

Siguieron momentos de tal intensidad que la hermosa mujer no le importaba besar, lamer, la cara verrugosa y el cuerpo del deforme hombre. El orgasmo venía una y otra vez, hasta que pasada una hora larga caía exánime sobre el feo amante. Su respiracion segundos antes agitada, cortada, ahora casi no se sentía. El "Guachi" sin miedo ni sorpresa se levantó. En su mente cabía la idea que las mujeres eran igualitas a " Polka" la nalguda burra blanca, que no daban ni pedían exlicaciones cuando iban detrás de algo. Sin importar los medios ni las consecuencias iban a lo suyo, a lo que querían.

Mientras la mujer yacia en el lecho, el recalentó algo de comida dando buena cuenta de ella. Lentamente abrió la puerta, asomando la cabeza observó tremendo alboroto cerca de la casa. Movió suavente a la mujer, despertándola y señalando hacia el barullo. Ella se levantó de un salto, corrió desnuda hacia la puerta viendo lo que ocurria.

—Ahh. Es el tonto de mi marido que de seguro cree que me secuestraron. —Dijo con gesto de desagrado.

—Y tú. ¿qué me hiciste desgraciado, que casi me matas?

—Yo no hice nada señora. ——Respondió el aludido, con la barbilla casi pegada al pecho sin inmutarse.

Ella Continuó metiéndose entre las finas ropas, el cuerpo bien moldeado despertaba admiración en el Guachi que no le quitaba la vista de encima. La pícara aprovechaba para estirarse como una serpiente mostrando sus mejores atributos

—¿Qué sabes tú de mí? —Se atrevió a preguntarle la bella mujer.

—Que usted es la mujer del doctor.

—¿Y qué otra cosa sabes?

—Que usted putea todos los domingos por la tarde debajo del palo de tamarindo con Don Chilo el quesero, mientras el doctor juega a las barajas en el botiquín. —Dijo, con su voz gageante, pegajosa.

Y siguió arrastrando sus torcidos pies a traves de la habitación, dejando a la mujer pálida, sin habla. A medias logró reponerse de la impresión por lo que acababa de oír y fue solo para preguntar.

—¿Cómo hago para salir de aquí sin que me vean?

—Váyase por éste lado donde está amarrada la burra, si sigue derecho por allí va a llegar justo a la parte trasera donde verá la cocina. Hay una puerta chiquita que siempre está abierta.

—¡Tú y yo tenemos muchas cosas de qué hablar! Cuidadito con decir algo sobre mí. ¿Eres mi amigo o no? —Dijo con fiereza, pero no queriendo ser ofensiva.

—Mucho. Bueno si soy mucho amigo. —Dijo, bajando de nuevo la cabeza.

La mujer afectada por el gesto entremetió tiernamente sus largos dedos entre la rústica cabellera del jorobado como señal de despedida.

Con el paso de los meses la mujer se transformó en su benefactora, los encuentros sexuales se continuaron con mayor frecuencia. Era insaciable, había adquirido una especie de adoración por su pene, siempre quería tenerlo entre sus manos, en su boca, en su vagina. Llegó incluso a amenazar de muerte al pobre jorobado si se enteraba de cualquier aventura. Lo ocupaba casi a diario en mandados, quehaceres de la casa para mantenerlo cerca y guardar las apariencias. Curiosa siempre le insistía en que le revelara cuanto secreto supiera de la vida de la gente pudiente del pueblo, que por cierto él conocía muy bien. Pero nunca logró sacarle nada. Cada vez que le acosaba con preguntas él se alejaba de la casa durante varios días hasta que ella salía en su búsqueda. "Guachi" gozaba de la suficiente intuición para darse cuenta que la olisqueadora mujer podía ser capaz de hacer mucho daño de llegar a enterarse de la vida íntima de otras personas.

Por esos tiempos el ganadero que en su momento, siendo niño, le ofreció cobijo, enfermó repentinamente, a poco murió. Se supo despues que fue envenenado por parientes cercanos utilizando curare y barbasco, dos potentes, y letales venenos usados por los indígenas para cazar y pescar que le produjeron una muerte dolorosisima e inevitable. Sus herederos, flojos, dilapidadores, como todo buen heredero, llevaron la magnífica finca a un estado deplorable.

El abandono de los animales y cultivos, venta de las maquinarias a precios írritos, hizo que la noticia de la quiebra inminente se propagara por la región llegando a oidos de Sabal quien por su naturaleza inquieta estaba presto a buscar buenos negocios entrando en relación con los dueños. No le fue dificil caer en cuenta que el despilfarro, las francachelas, la pereza de los nuevos amos había llevado a la valiosa propiedad al crack. Dadas las caóticas circunstancias que estaban atravesando, llegar a un acuerdo conveniente le resultó sencillo. En poco tiempo la propiedad pasó a sus manos.

Dos veces estuvo recorriendo los linderos, en cada una de ellas quien le sirvió de baquiano fue "Guachi". El curioso personaje le resultó simpático a pesar de su desagradable aspecto. Conocía los vericuetos de la finca mejor que cualquiera, sin cortapisas se los mostraba al nuevo propietario. Lo que más atrajo la atención fue que en la propiedad recién adquirida brotaban de las montañas dos nacimientos de agua natural que bajando en abundancia corrían unos cientos de metros para volver a esconderse en las entrañas de la tierra y no reaparecer jamás. "Guachi" le refirió de las especiales y sanadoras propiedades de esos manantiales de donde tomaba agua y escanciaba recipientes para llevarlos a personas enfermas que venían de lejanos lugares expresamente a buscar el mágico líquido. Juraban los nativos que poseía cualidades milagrosas, sanaba severas enfermedades y bebiéndolo a diario curaba todos los males.

Tales revelaciones le parecieron a Sabal algo exageradas, por no herir a su interlocutor pidió llenar varias vasijas llevándolas consigo a su casa. No tardó en comprobar que todo lo que se decía de las aguas se quedaba corto. Su organismo experimentaba un cambio benéfico, reconfortante, vitalizador. A partir de ese momento ordenó aprovisionar sus casas y lugares de trabajo con agua de los manantiales, de ella bebía confiado. Su cuerpo ahora trabajaba sin experimentar agotamiento, el sueño profundo por las noches era realmente reparador. Decidió entonces mandar a fabricar unas inmensas casonas estilo colonial en los lugares exactos donde los chorros de cristalina agua brotaban profusamente. De allí a instalar inmensos filtros con piedras de carbón fue solo un paso, siguiendo con embotellar, distribuir, surtir supermercados. El éxito instantáneo le tomó de sorpresa llevándolo a dividir la produccion por mitad:

Una iría a la venta y la otra como donación a hospitales de niños enfermos. Se le figuraba que de alguna manera debía compensar al mundo por las cosas buenas, las inmensas riquezas que llegaban a sus manos.

Sabal notó que "Guachi" era tan inteligente y diestro en manejo de fincas como cualquiera, solo sus impedimentos físicos le maniataban para hacer un trabajo perfecto en una extensión de tierra tan grande. Al caer la tarde, de lejos lo espiaba para verlo treparse a un destartalado camión que llevaba años metido entre la maleza, haciendo como si lo manejaba. Decidió entonces enseñarlo a conducir. "Guachi", sintiéndose ofendido, se opuso.

—¿Usted no ve que soy jorobado?, mis patas están torcidas, chocan como espuelas de gallos. —Le dijo serio, casi enojado.

—Eso no va a ser problema. Voy a mandarte a acondicionar una camioneta *Power wagon*, como la que te gusta. Ya verás que en unas cuantas semanas podrás conducirla sin ningun problema.

—¿Usted se está burlando de mí? Eso no me gusta. Yo voy a recoger mis trapos y me voy. —Dijo, agachando la cabeza clavando la mirada al suelo. Usaba unas raídas botas de cuero que le llegaban casi a las rodillas; por el uso habían adquirido las distorsiones de sus pies, estaban llenas de barro, estiercol de animales, que le daban un aspecto impresionante.

—¡Óyeme, Zarandajo del demonio! ¡Yo no acostumbro burlarme de nadie! —Dijo, en tono brusco.

—Si te digo que lo puedo hacer es porque he visto personas en peores condiciones que tú, manejando vehículos y maquinarias sin ningún problema. Es solo cuestión de ir al lugar preciso donde sepan acondicionarlo a tus necesidades.

—Pero si lo que quieres es irte, h{azlo. Si mañana al amanecer todavía andas por aqui, voy a entender que te quedarás como mi caporal y debes hacer lo que yo diga sin rechistar. ¡De lo contrario, vete! Sigue en el pueblo como mandadero.

—Anda ahora a la cocina que las mujeres te estan esperando para la cena que bien te la mereces. —Fue entonces que levantó la cabeza, de sus deformes labios afloró una leve sonrisa. Con fuerza sacudió las botas contra la tierra, dando media vuelta a su torcido cuerpo enrumbó hacia la casa.

El calendario avanzaba, cada cierto tiempo Sabal llevaba al "Guachi" a la gran ciudad a una empresa metalúrgica donde unas personas le tomaban medidas y fotos a su deforme humanidad. En un sector del taller estaban estacionadas dos hermosas camionetas Fargo power wagon de color verde oscuro una y rojo la otra, completamente restauradas. Ambas poseian faros sobresalientes, redondos, que semejaban grandes ojos; al frente un poderoso winche con guayas y cadenas para remolque les daban un aspecto fiero; la quinta rueda estaba fijada al costado derecho, todas eran llantas grandes, gruesas para trabajo duro en el fango. Un tanque adicional para gasolina estaba sujetado al costado izquierdo, justo al lado de la puerta del conductor. El capó del motor se abría mediante dos tapas laterales abrochadas con potentes y relucientes ganchos cromados. Realmente eran unos vehiculos imponentes. Su parte interna era de una sobriedad extrema: grande y duro volante, cuatro palancas de cambio en el piso y otra palanca larga de hacer cambios regulares. En la que se destinó para "Guachi", todo debió ser modificado a fin de hacerla accessible a sus defectos y jorobas Después de las transformaciones hechas en el interior realmente aquello parecía una máquina infernal: Fierros torcidos, pedales largos, cortos e igual de retorcidos, duros plásticos, manivelas, manillas que se entrecruzaban. Solo un fenómeno era capáz de trepar hasta alcanzar el asiento sin problemas. Pero el "Guachi" lo lograba en un santiamén, al llegar arriba se ponía contento, no cabía de gozo cada vez que veia nuevos cambios adaptándose a su condición. Los empleados tuvieron buen cuidado de hacer burlas o comentarios de la figura del futuro dueño de la máquina. El propietario de la empresa, un gigante portugués de trescientas libras de peso, con voz gruesa, de aliento a bacalao, se los hizo saber a su muy propio estilo.

—Quien venga con risitas o haciendo burlas de éste cliente, puede ir de una vez a la oficina a recoger su cheque y se va muy largo al carajo.

Aquello fue suficiente para que "Guachi" recibiera un trato honroso, con respeto. La misión era como hacer de la camioneta un traje a la medida, pero en acero. Al final, pasados un para de meses, una lluviosa mañana Sabal se dispuso trasladar las máquinas en pesadas gruas hasta la finca. Tocaba ahora enseñarlo a manejar. Para ello trajo a un viejo chofer de camiones que mantenía como mecánico en la finca del llano. Este, primero se encargó de llevarlo como copiloto en la camioneta roja que permaneció standard, para que viera como se debía operar, las funciones de las palancas de cambio, el acelerador, los frenos etcetera. En una semana el viejo creyó prudente dar el segundo paso: que el "Guachi" manejara su carro, el fungiría ahora como copiloto. Escogieron como pista de prueba una inmensa explanada donde pastaba el ganado recién traído de las llanuras colombianas para su engorde. No había posibilidades de un fatal accidente salvo atropellar a un toro descuidado. Pero por si acaso el viejo logró con sus propias manos adaptar un pedal adicional que podía manipular con las manos en caso de que fuese requerido frenar el vehiculo. Pero tal precaución fue irrelevante. Los nervios de "Guachi" parecían haber desaparecido. Esa madrugada tomó un opíparo desayuno, defecó en el monte como dos kilos de mierda, bebió una gigantesca jarra de café, encendió un cabo de tabaco; como si fuera una serpiente logró subir a su máquina y encenderla.

Sin hacer comentarios, probó cada una de las piezas viendo que podía manipularlas sin mayores problemas. A su lado el mecánico lo miraba de soslayo, preocupado, guardaba silencio fumando un cigarillo.

—Ya el día va a despuntar, no quiero estar sentado aqui como un tonto. ¿Vas a arrancar ésta vaina o nos vamos a dormir?

El "Guachi", apretó el tabaco entre sus dientes, le miró de reojo y aceleró con fuerza. El poderoso motor rugió, la máquina dio varios brincos que hicieron pegar las cabezas al techo, hasta que pudo emparejar el ritmo. Hizo el primer cambio, luego el segundo, el vehiculo comenzó a recorrer la sabana, persiguiendo los animales que corrían despavoridos al oir el poderoso claxon sonar ininterrumpidamente, acompañado de los gritos desaforados del conductor.

Frenar, volver a arrancar. En eso pasaron toda la mañana hasta que el hambre, con poco combustible, les obligó a retornar a la casa.

—Métela en el galpón para que la recarguen, limpien los vidrios y revisen las ruedas. Con tanto salto...

Comieron en silencio, pero el ambiente todo era de regocijo, las palabras sobraban. Las mujeres en la cocina se movían con prontitud llevando, trayendo platos repletos de comida. Los hombres no dejaban de mirar las abultadas y provocativas caderas en movimiento. Un inmenso queso fresco recién traido de la quesera estaba colocado en el centro de la mesa, una de las mujeres cortó varios trozos con destreza utilizando un hilo acerado, colocándolos al lado de cada comesal, en platos separados. Daba gusto ver aquel grupo de unas seis personas devorar frijoles refritos, huevos, carne deshebrada, arepas, yuca, café, leche, pasteles, en cuestión de minutos. El primero en levantarse, casi sin finalizar su comida fue "Guachi". Salió del comedor como una bala; a poco se oyó tronar el motor. El vehiculo tomaba de nuevo rumbo a la sabana, pero ahora iba solo. Cuando el viejo quiso alcanzarlo ya era tarde, una nube de polvo indicaba hacia donde se dirigía sin prisa pero con firmeza.

—Solo al señor Sabal se le ocurren estas cosas. —Comentó el hombre, yendo a sentarse de nuevo a terminar de comer.

—¡Ese jorobado es de cuidado! Parece haber salido del mismisimo infierno, pero de que es útil, lo es. Ahora tiene la fiebre del principiante.

—No solo eso —remató una gorda negra que usaba un delantal de grandes flores rojas y amarillas—, le sobra inteligencia, malicia y picardía para todo.

—Y según dicen lo vamos a tener de jefe. —Habló un jovenzuelo encargado de ordenar las cabras—. A mí no me importa, en su compañía ya me he emborrachado varias veces, vamos al rio...

—¡Y tambien se llevan esas mujerzuelas del pueblo para hacer sus cochinadas allá con ellas! —Cortó la más joven de las mujeres.

—Ya salió usted con sus cosas. Mejor me voy a ver mis cabras.

—Par de vagabundos es lo que son esos dos. Dios los crea y el diablo los junta. ¡Que Dios nos agarre confesados!

—Yo solo puedo decirles —siguió el viejo—, que Sabal donde pone el ojo pone la bala. No yerra. Y si escogió a "Guachi" entre tanta gente que conoce para regentar la finca, que ya vale lo suyo, es porque no hay otro candidato como él. Se los aseguro.

»Y ahora me tengo que ir en la otra camioneta a perseguir a mi alumno, solo para evitarme problemas con el jefe que ésta semana ya debe andar por estos lados. Y quiero entregárselo torcido pero entero. Gracias por esa comida tan deliciosa».

»¡Y sépanlo bien! —Dijo, mirándolas con picardía—: si no es porque a ustedes les gusta mucho la plata, me enredaría con cualquiera, porque son agradables y tienen buena mano para los guisos».

—Bueno. ¿Y a usted qué le pasa? ¿Quién le dijo que éramos plateras? —Ripostó con gracia la joven.

—Dicen, dicen por ahí. A lo mejor son solo cuentos. Me voy. Hasta la tarde. —Habló tomando su sombrero, alejándose rápidamente... Esta vez había ido muy lejos, de no marcharse pronto la iba a pasar muy mal en medio de tres mujeres dispuestas a usar el ataque como defensa.

Quien no andaba muy a gusto con los progresos del "Guachi" era Giralda, no ocultaba su reconcomio hasta el punto de aparecer repentinamente por la finca en su busca pretextando cualquier vanalidad. Sin preámbulos montaba de un salto a la camioneta para perderse ambos en la llanura, apareciendo horas después. Comentarios, chismes, miradas capciosas, abundaban de todo tipo, tamaño y color. A ellos parecía no preocuparles en absoluto los correveidile. Sabal en par de ocasiones tropezó con la atractiva esposa del médico intercambiando efusivos saludos, llegando incluso a invitarla a su mesa y cada vez con suma discreción la mujer solicitaba ver al "Guachi" para hacerle cualquier consulta. Sabal no tardó en comprender que se estaba formando un nudo entre su caporal y la visitante. Prefirió ignorar el asunto. Una relacion tan dispar e insólita no cabía en su cabeza. Lo importante era que su caporal seguía cumpliendo con sus obligaciones de manera intachable, incluso se atrevería a asegurar que las mejoras de la finca en tan poco tiempo era producto de su manejo diestro de los hombres, bestias y cultivos. ¿Por qué entonces interferir en la vida privada de esos dos seres?

—Querida, ¡me has hecho el hombre más feliz del universo! —Exclamó el esposo cuando los exámenes de laboratorio revelaron que Giralda estaba embarazada. Tanto era su alborozo que no captó la preocupación, la angustia reflejada en la cara de su mujer que con la noticia estuvo a punto de caer desmayada. Sabía que el hijo que llevaba dentro era producto de los amores con un ser deforme, físicamente monstruoso, en su locura por el sexo se fue prendando de él hasta la obsesion, no podía pasar un solo día sin su grueso y descomunal pene hasta percibir que un líquido caliente le bañaba las entrañas. ¿Era una loca o realmente amaba al monstruo? En la cama del consultorio era presa de una ola de confusión y desasosiego. ¿Debía practicarse un aborto o arriesgarse a parir algo que ignoraba su forma y aspecto? No soportó la presión explotando en una crisis de llanto que alarmó a los presentes.

—Es tanta la emoción que no has podido controlar el llanto. ¡Yo me siento igual de feliz que tú! —Exclamó el esposo abrazándola.

Capítulo XXX

Para 1972, casi dos años antes de que ocurriese el casual encuentro entre ambos hombres, los etarras llegaban en número de cuatro al hermoso y rico país sudamericano en un vuelo directo proveniente de París. En el aeropuerto fueron recibidos de una manera cortes pero fría por dos amigos que los condujeron sin demora por una bien cuidada autopista a esa hora plagada de vehículos en ambas direcciones y desde donde podían divisar a sus márgenes ranchos, chabolas colgadas prácticamente de los acantilados. Una hora después llegaron a una lujosa casa ubicada en el este de la ciudad, sector de gente adinerada, de clase alta. Los dos mundos tan diferentes chocaron con sus mentes pero se cuidaron mucho de hacer comentarios. Lograron conseguir lo que era sin dudas el mejor escondite para sus propósitos terroristas ocultos entre lo más granado y opulentos habitantes de la capital. Allí sentados en la amplia y acogedora sala estaba un sargento norteamericano veterano de Vietnam que luego pasó a Nicaragua donde fue enviado junto a un grupo de especialistas para minimizar las acciones del Frente Farabundo Martí. El haría las veces de entrenador del grupo que recién se constituía. Hasta ahora solo él conocía con cereteza el propósito de los entrenamientos y mantenerlo en secreto hasta que regresaran a Europa. En un rincón ocupando unos mullidos sillones estaba una llamativa mujer de rasgos moros que conversaba en inglés con otra joven colombiana de cabello teñido cortado al estilo Lisa Minelli que apodaban "la salvatrucha" por la cantidad de tatuajes grabados en su cuerpo. Por último un hombre alto, fuerte, de aspecto temible, con unas pobladas cejas negras pegadas a los pardos ojos, hundidos y redondo como canicas, rematando una cabeza deforme sin un pelo.

Fumaba un gran tabaco haciendo ruido con cada chupada, lanzando el humo al cielo como lo haría una vieja locomotora.

Aznar un poco distante no pudo evitar que la vívida imágen desnuda de Odette le pasara por la mente en tan difícil momento. Desde aquella agria discusión no la volvió a ver. Por algunos conocidos se enteró que le buscó en los sitios donde acostumbraban ir, que los policías volvieron a visitarla y al saber de su extraña desaparición se dieron cuenta que anduvieron tras la pista correcta del terrorista. Aquello fue suficiente motivo para trasladarla al cuartel general donde en sus calabozos, bajo amenazas la sometieron a fuertes interrogatorios. Nada pudieron sacar en concreto, ella sin temor les reveló lo que conocía. El en su momento se ocupó de no dejar cabos sueltos ni darle datos ciertos a ninguna persona. Esas precauciones salvaría las vidas de ambos. De lo que no tuvo noticias fue del ulterior estado deprimente y alcohólico de su novia. La recordaba alta, de carnes duras, piel suave y agradable aliento. Era lo que mas gustaba de ella, parecía que tuviera la boca llena con canela, no se cansaba de besarla, morder sus pulposos labios. Pese a su juventud era mujer que gustaba preparar y degustar platos suculentos, sin temor a perder la tan inalcanzable "línea". Le resultaba extraño que no fuera obesa dado la cantidad de alimentos que consumía. También eso le agradaba de ella. Abrir un enorme pan recién salido del horno, rellenarlo de buenos quesos y embutidos para dar cuenta del manjar frente a una botella de vino tinto, era visión frecuente. Otras veces eran pescados bañados en aceite de oliva virgen acompañados de patatas al vapor con yerbas aromáticas. Según ella fue su madre, la abuela y una tía, quienes fomentaron su vocación de formar una diestra cocinera.

Lástima que la cuestión entre ambos tuviera que terminar mal, sería la mujer perfecta para formar un hogar, una familia a toda ley, solo que él no era el hombre adecuado. Escogió una vida muy distinta a la de ella en que cada minuto suponía suspenso, cárcel o muerte. Muy pocas mujeres se atreverían a unirse formalmente a alguien que salía de casa una madrugada con grandes posibilidades de no regresar jamás. Paró de pensar en ella, no le hacía nada bien. Ruidos afuera le hicieron levantarse y asomarse a una de las ventanas, los otros hicieron lo mismo. Se trataba de una ruidosa caravana de autos con simpatizantes de un candidato de los tantos que se disputaban la presidencia. Volvieron a sus asientos. Tomó una de las revistas que estaban sobre una rinconera tejida de bambú. Destacaba entre sus páginas con grandes fotografías a color, el secuestro que concluyó con la muerte del rico industrial franco-español. Cuatro páginas del centro relataban la crónica con sobrados detalles. Los familiares pagaron el rescate, entregando el dinero a la policía que pensó sería fácil salvar al secuestrado y capturar a sus secuestradores de un mismo tiro. Mucho optimismo, despliegue de técnicos, francotiradores, vehículos blindados que terminaron por complicar el asunto. Perdieron el dinero, la víctima y seis de sus hombres, contra solo dos caídos, tres detenidos por el lado contrario. Menudo fracaso. El propio presidente se vio en la necesidad de intervenir echando en la calle a los incompetentes jefes del fracasado operativo. Partida de inútiles. Eso es lo que son. Terminó diciendo en su alocución. Arnáz no evitó que de su rostro aflorara una mueca que quería ser sonrisa. Luego del secuestro tuvo que salir huyendo a Londres.

El clima en la habitación era tenso aunque todos querían dar la impresión de serenidad, de poseer el control de la nueva situación que se les venía encima. No era miedo sino la sensación de que aquello suponía riesgo mayor, había mucho en juego y sus vidas eran las que corrían peligro supremo. Estar consciente de sus responsabilidades, del delicado trabajo, los ponía en alerta. La natural pizca de desconfianza entre seres que poco se conocían daba el toque final. Eran hombres que durante sus cortas vidas fueron sometidos a recias y brutales pruebas que los condujo a apreciar el oficio en su justa dimensión. El hecho de que siendo expertos los hubieran mandado a recibir especiales entrenamientos en una alejada selva decía la envergadura de lo que se tramaba. Los tiempos se habían puesto difíciles incluso para las grandes potencias, el caldo de las injusticias sociales, la ambición de los bancos internacionales, el aumento de la pobreza, la infiltración cubana soliviantando los ánimos apoyados por Rusia, las guerras en tantos puntos del orbe trajeron como resultado un mundo en extremo agitado, turbulento y con explosiones sociales a cada momento.

El ambiente electoral en el país que recién los acogía era de fiesta, las ciudades figuraban empapeladas, llenas de carteles y propaganda alusivas a los candidatos. La población electoral estaba ya polarizada y en el exterior prácticamente se sabía que la Democracia Cristiana hasta ahora detentando el poder sería borrada del panorama político en el proceso que se avecinaba. Grupos de separatistas españoles acogidos desde años atrás por gobiernos disidentes con la dictadura franquista y con la venia oficial lograron establecer en varios países sudamericanos una organización casi perfecta. Contaban además con agrupaciones civiles de buen prestigio ganado con el trabajo de miles de inmigrantes que ya se destacaban por su riqueza, orden, compenetración con la vida ciudadana, distinguiéndose de otros grupos de inmigrantes que tenían tan o mayor tiempo en el país y nunca se organizaron ni crecieron. Muchos de ellos estaban incorporados a la vida social, política, cultural y universitaria, sobresaliendo en diversas artes y disciplinas, pero nunca olvidándose de luchar por la libertad del país vasco. No querían pertenecer a Francia ni a España. Querían ser libres y autónomos, decisión que los llevó en los últimos años a decidirse por el camino de los atentados, el secuestro, la extorsión como formas de crear caos y de obtener financiación. Podía parecer inhumana la muerte de inocentes en los atentados, era el precio que la sociedad debía pagar por los errores de sus gobernantes. Ahora sentía que detrás de su lucha por décadas había razones secretas de algunas potencias en que estos hechos se produjeran y estaban sirviendo de colaboradores tras bastidores. Sus jefes al descubrir y comprobar lo verdadero de la nueva situación no la tomaron a la ligera. Por sobre todas las cosas debían mantenerse los principios históricos de su lucha, era materia no negociable. De tal manera que en las secretas conversaciones mantenidas con los políticos de las grandes potencias, ellos prometieron respetar y ser coniventes con su lucha por la separación de España a cambio de eliminar algunos políticos que se oponían al establecimiento de cuatro nuevas bases militares norteamericas, dos de ellas atómicas, en el norte y sur de la península. En su tablero de ajedrez, ésta jugada era vital.

Ya los atentados no estarían dirigidos solo contra simples ciudadanos y policías que poco peso tenían en la vida nacional, más que ver en los periódicos o la televisión su sangre derramada en medio de escombros o fierros retorcidos. De allí no pasaban. Tocaba ahora eliminar personajes cuyos pensamientos e ideas tuvieran fuerza, fueran contrarios o pro hacia algún interés particular, de esa manera se acabaría con todo de una sola vez. Consideraban que la historia había demostrado suficientemente que el viejo refrán revolucionario propio de cabezas calientes o de idiotas: " El hombre muere, las ideas no", no pasaba de ser una perogrullada. De haber sido cierto el proverbio las ideas de los hombres y emperadores del imperio romano, árabe, inglés, todavía estuvieran vivas. Nada de eso existe hoy.

Entre el grupo estaba prohibido entrar en diatribas y discusiones de tinte ideológico que generalmente terminaban distanciando a los integrantes y reducía la efectividad de la empresa que deberían acometer. Durante una de ellas suscitada hacía algún tiempo entre la colombiana y un ideólogo separatista, éste ultimo planteó con vehemencia que el capitalismo como sistema político-económico no necesitaba para su crecimiento ser apalancado por las armas, la fuerza, las guerrillas, invasiones e intromisiones cubanas y rusas. Lo consideraba como una manera de vivir que la gente prefería aún con las desigualdades que le son propias. Nunca fue necesario impartir las enseñanzas de la doctrina capitalista desde las escuelas, obligando a los niños a adoptar estereotipos extranjeros basados en una falsa igualdad social, como ocurre ciertamente con el socialismo y el comunismo. Y ni esa coacción y represión ideológica garantizaba la supervivencia de la doctrina marxista-leninista. A la vista tenían el caso de los soviéticos después de la perestroika: La gran mayoría habiendo nacido y criados bajo la bandera soviética, al verse libres, adoptaron formas de conducta, de vivir, modas y comidas propias del modo capitalista y se transformaron en sus mas acérrimos defensores. Otro tanto sucedía con los chinos y cubanos que fijaron como su Meca personal vivir en los Estados Unidos con todo de tener cincuenta o más años bajo la dictadura de la hoz y el martillo.

Del otro bando la mujer algo ofuscada se defendió invocando el materialismo histórico y como los poderosos a lo largo de la historia se habían quedado con las mejores tierras, minas, aguas, dejando a los pobres sumidos en la miseria. La ignorancia de los desposeídos exigía de los revolucionarios que les llevaran ideas de cambio, de igualdad, de justicia. El trabajo visto desde el enfoque capitalista era el arma para desangrar a los pueblos. La plusvalía es la salvia que nutre a los ricos. Empujados por su conciencia libertaria, hombres como Fidel, El Che Guevara, Kruchev, Camilo Torres y miles más habían tomado la bandera de la justicia para enclavarla en todos los países donde existiera la explotación del hombre por el hombre y con derecho a utilizar todo los medios que tuvieran a su alcance. No era una simple lucha entre bloques, era rescatar al hombre del servilismo, el vasallaje y dotarlo de dignidad, libertad, salud, alimento, educación y todo lo que hasta ahora estaba disponible únicamente para las clases poderosas. La discusión amenazaba con alargarse, tomar un matiz violento, por lo que el resto del grupo intervino llamando a cesar la controversia, volver a la concordia. Desde ese día se impuso la norma de evitar polémicas de tal naturaleza.

El grupo permaneció una semana en la capital aprovechando de poner al día la documentación, obtuvieron papeles perfectos en su elaboración pero falsos en su contenido que no tuvieron problema alguno en ser aceptados por las autoridades. El resto del tiempo lo dedicaban a entablar relaciones con amigos y conocidos cuyo contacto se perdió durante años. Con o sin motivo se emborrachaban terminando en algún hotel con prostitutas bien seleccionadas. Trataban de aprovechar al máximo esos momentos porque la vida podía cambiarse a muerte en un segundo. Hijos, mujer, familia, pertenecían a un plano casi etéreo. Los sentimientos, lazos afectivos, amor, formaban parte su mundo pero muy consientes de su fugacidad. Paseaban por una ciudad opulenta en ciertas aéreas y paupérrimas en otras. Por las tardes hasta la madrugada las barras de las buenas tascas en el centro, el este o en los hoteles de lujo se mantenían repletas de hombres y mujeres derrochando dinero a manos llenas. Allí entre finos licores, bellas mujeres y drogas de alta pureza se hacían negocios de cientos de millones de dólares, no requería ir a la s oficinas, en el mismo lugar se intercambiaban valores, acciones, cheques, bañados con whyski añejado o exquisita champán. Abogados de renombre usando costosos trajes confeccionados en Paris, Roma o Nueva York, negociaban con los jueces de turno la cárcel o la libertad de connotados delincuentes o la muerte de alguien que estorbaba cierto proyecto. En esas francachelas de borrachos se escogían senadores, diputados, gobernadores y hasta candidatos a la presidencia. El escocés de veinticinco años corría como agua, la champagne francesa de la mejor calidad acariciaba los labios de bellas mujeres, manjares, buena música y lujo se contraponía con los barrios hambrientos, hospitales sin medicamentos, ladrones y pordioseros en cada esquina. Dos mundos tan cercanos geográficamente y tan lejanos en su estructura. No importaba el dia o la hora, todo el tiempo estaba ocurriendo en el corazón de la ciudad las dos vidas tan disimiles. Y cada quien esperaba el nuevo amanecer para proseguir unos robando, traficando, negociando y gozando de la vida mientras otros continuarían padeciendo hambre, enfermos en el pasillo de algún hospital, enterrando a sus hijos y rogando a los santos por un pedazo de pan.

Lo mas granado de la sociedad caraqueña vivía en ese mundo de corrupción, vanidad, trampas, ambiciones, infidelidades, tráfico de influencias. Muy probable que la parranda se prolongara en alguna isla del Caribe o Miami. Jets y avionetas privadas surcaba los cielos a cualquier llevando en su interior políticos, abogados e industriales corruptos, amanecidos, obnubilados por el alcohol, la droga y el sexo, Ya llegarían a algún hotel de lujo, tomarían un baño en la piscina, una ducha, e irían a sus habitaciones con sus amantes donde proseguiría la orgía hasta que el cuerpo se rindiera. ¿Y el país? ¿Y el trabajo? ¿Y los compromisos? Se preguntaría algún incauto. El país camina solo, el trabajo lo hizo dios para los burros, los compromisos se cumplen cuando se quiere. Respondería el señor ministro llevando en su mano adornada con dos brillantes, un vaso repleto de fino escocés, rodeado de guataqueros adulantes, luciendo una impecable vestimenta sport blanca, mientras se paseaba por la cubierta del modernísimo yate recientemente adquirido en una agencia Yamaha de San Peterburg, Florida. La propia empresa le dotó de un cubano aventurero que haría de capitán durante las travesías.

Capítulo XXXI

La noche anterior el singular grupo de extranjeros cargó diligentemente los dos autos con sus pertenencias que no eran muchas: armas cortas, agua embotellada, algunas botellas de vino y sándwiches. Vestimenta, calzados y equipos le serían facilitados en su destino. El viaje hacia el interior del país se inició una fría y serena madrugada, el cerro el Ávila permanecía cubierto de niebla y nubes que le conferían un aspecto majestuoso; a sus pies la gran ciudad todavía dormida daba la impresión de un firmamento de luces con relampagueantes colores. Los cerros que la rodeaban llenos de multicolores ranchos semejaban pesebres iluminados, por sus calles, escaleras y recovecos a esas horas transitaban personas de baja calaña, ruidosas motos conducidas por jóvenes delincuentes, jíbaros repartiendo drogas, cobrando deudas o asesinando a desprevenidos caminantes. El reege, la salsa no dejaba de oírse, en cualquier escalón una parejita de adolescentes bailaban abrazados. Es la zona caliente que nunca duerme

Se repartieron cuatro en cada auto, el aspecto de fuereños era evidente, podía ser reconocido hasta por un paleto ignorante, casi todos eran blancos, de cerrada barba, abundantes vellos en los brazos y pecho. Bastante altos y fuertes comparados con los nativos, pero la gente común desde la época de la dictadura que abrió las puertas a los inmigrantes europeos se había ido acostumbrando a ver extrañas fisonomías mezcladas con las propias, paseándose por cualquier rincón de la nación. Muy pocos autos circulaban a esas horas lo que les permitió a los viajantes alcanzar sin problemas la autopista y enfilar rumbo al occidente, luego cambiarían su ruta hacia el sur buscando un lugar muy distante a la orillas del rio Arauca donde dejarían los vehículos para embarcar en lanchas que los trasladarían hacia el campamento base en las selvas amazónicas. Les esperaban unas veinte horas de carretera si no tenían contratiempos mecánicos o en las frecuentes alcabalas de la Guardia Nacional o del Ejército.

Iban callados sumidos en sus propios pensamientos. Se repartieron según el trato que se dispensaron la semana anterior, la mayoría eran fumadores adictos. El puesto al lado del conductor lo sometieron a cara o sello. Por los momentos, el desplazamiento se hacía sin contratiempos, las carreteras con baches o los terribles " policías acostados" reductores de velocidad, obligaban a frenar el carro bruscamente para no volcar o salirse de la via. El calor era sofocante, la brisa que soplaba caliente, pegajosa, de vez en cuando pájaros o grandes abejorros se estrellaban en el vidrio dejando visible por ratos sus entrañas grasosas y amarillentas. Casi a media noche llegaron a San Fernando, localizaron el mejor hotel, saliendo luego a comer en un conocido caney la típica carne asada a la llanera. Les llamó la atención un aderezo picante de excelente sabor llamado "catara" preparado desde tiempos inmemoriales por los indígenas de la región utilizando el culo de ciertas hormigas, mezclado con ají secado al sol agregado a otros condimentos secretos. Le atribuían propiedades afrodisiacas. Los cocineros ni la poca clientela que permanecía en el lugar no estaban habituados a ver gente que comiera y bebiera tanto. Casi a las dos de la madrugada se levantaron de sus asientos retornando al hotel. En pocas horas debían abordar una lancha que los iría adentrando en territorio colombiano. Dos días después de atravesar peligrosos caños, ríos caudalosos, selvas intrincadas, esquivando trochas transitadas por paramilitares o el ejército, por fin arribaron al campamento, que no era otra cosa que unas cuantas chozas de palma alineadas en medio de la montaña. Un pequeño escampado era la única señal que a duras penas podía distinguirse desde el aire por lo que nadie podía imaginarse que se trataba de un especial campo de entrenamiento.

Durante dos meses el adiestramiento fue intensivo, sin ninguna interrupción de otros grupos rebeldes que deambulaban por la zona o desconocidos enemigos. Solo quedaba una semana, el grupo ya podría regresar a sus lugares de orígen a cumplir con los objetivos trazados para lo cual recibieron el especial traqueo. Los jefes de la organización lograron contactar expertos militares que brindaran el debido fogueo a sus hombres tanto en demoliciones como en el manejo de potentes explosivos a fin de no fallar en el atentado. No existían academias civiles que dictaran estos cursos, estaban reservados a la milicia. El tiempo y las circunstancias exigían que fuese rápido y seguro. Tres meses para adquirir experiencia resultaba poco ya que demoler edificios viejos requería de ciertos conocimientos en construcción, carpintería rustica, manejo de equipos eléctricos, mecánicos y de percusión. Además de poseer unas condiciones físicas y psicológicas excepcionales; de otra forma se corría el riesgo de morir o matar innecesariamente a víctimas que no eran el blanco. El estrés, cansancio, nerviosismo, problemas ajenos al trabajo eran asuntos con los que se debía lidiar a diario.

Ya la organización había perdido elementos valiosos al no saber manipular convenientemente los explosivos o por simples distracciones. Dos de los especialistas contratados pertenecieron a las Fuerzas Especiales del Ejército de los Estados Unidos, tenían suficiente experiencia con práctica en diferentes países. Conocían perfectamente el uso del TNT, nitroglicerina, RDX, torpex, PETN, explosivos plásticos y el temible C-4. Ambos personajes participaron exitosamente en voladuras de envergadura tanto por su efecto destructivo como la potencia explosiva desplegada. Algunos de los materiales utilizados eran de difícil mantenimiento en una zona de temperaturas casi siempre altas y húmedas, lo que aumentaba los riesgos. A la sazón se trataba el objetivo de una extrema complejidad porque suponía destruir parte de un vetusto edificio hecho con materiales duros, volar la calle y alcanzar los vehículos donde viajaría la presunta víctima. Exiguía tenerse en cuenta que cada material a destruir reaccionaría de forma diferente ante los explosivos utilizados y a la técnica usada para demoler la mole. No podían —por otro lado— olvidarse las salidas de escape que debían ser lo más expeditas y segura que se pudiera, era importante realizar simulacros en un ambiente lo más parecido al real.

El calor húmedo, glutinoso, las plagas zumbando en las orejas buscando clavar sus afiladas agujas en los cuerpos, hacía que los ruidos de palmadas con intentos asesinos se oyeran a cada segundo. Serían acaso las tres de una oscura madrugada cuando percibieron un familiar ruido proveniente de un motor lejano. Presurosos se levantaron tomando las armas, alejándose a todo correr hacia lo más lejano del campamento internándose en la espesura, por mucho que conocían la selva y sus senderos no lograban evitar tropezar con troncos y ramas que los hacían caer; el zumbido ya estaba cerca, en la orilla de un caño se detuvieron. Ahora no se oía nada, ni siquiera a los animales del monte.

El grupo buscando reorganizarse luego de la desbandada esperaba en tensión, se comunicaban a través de señas o susurros. De pronto entre la niebla matutina vieron aparecer a lo lejos varios helicópteros que venían sobrevolando la selva a orilla del rio, casi rozando las copas de los arboles. Ocultos como estaban resultaba casi imposible localizarlos, pero la repentina ráfaga con sus característico traqueteo de una K-47 a sus espaldas les advirtió del gran peligro que corrían. Casi simultáneamente un infierno de balas y granadas provenientes del cielo los puso en la realidad: Habían sido detectados, ahora estaban atrapados entre dos fuegos. Focos de intensa luz rompían la penumbra permitiendo disparar con mejor precisión contra todo lo que movía.

Los guerrilleros no tenían un plan para sortear semejante situación, ahora tocaba huir desperdigados buscando cada quien salvar su propia vida. El grupo de extranjeros trato de vadear el río que traía buena corriente; cuatro de ellos lograron cruzar a nado alcanzando la orilla contraria bajo un intenso fuego. Tan pronto tocaron tierra se adentraron en la selva. La mujer a quien apodaban "La salvatrucha", recibió varios disparos mortales que atravesaron los tatuajes, su cuerpo fue arrastrado aguas abajo. El gringo, cuando quiso lanzarse a la oscura corriente, ya era tarde, fue alcanzado por disparos provenientes de la retaguardia. Su cuerpo quedó con la mitad en el agua. Un soldado se acercó dándole otros disparos de remate. El ataque por sorpresa los diezmó, algo ocurrió con los hombres encargados de la vigilancia del campamento. Se estaba haciendo común que muchos de ellos se fugaran aprovechando para regresar a sus hogares y acogerse a los planes de desarme, pacificación y reinserción que el gobierno ofrecía.

Agotados, caminando durante horas, el reducido grupo logró llegar a una zona de vegetación baja donde ocultos entre la maleza decidieron descansar. Tirados en el suelo el sueño les venció hasta que horas después la luz intensa del sol les despertó en medio de una horrible sed, debían proveerse del preciado líquido para no perecer, trataron de evaluar los hechos: La mayoría de ellos posiblemente estaban muertos, seguro dos de sus compañeros. No tenían comida, solo un rifle, tres pistolas con pocas municiones. Decidieron nombrar a Arnáz jefe del grupo que ahora contaba con solo cuatro de sus ocho miembros. Lo primero era alejarse todo lo posible del área conflictiva; en este momento el ejército estaría desmantelando el campamento, peinando la zona buscando darles caza. No podían dejarse capturar con vida, además ya sabían de los jugosos premios en metálico que ofrecían los oficiales a sus soldados por cada guerrillero o paramilitar que mataran. Bien valía la pena arriesgarse en tales empresas. Los soldados no veían seres humanos, sino dólares huyendo en la selva.

Casi al mediodía, con un sol abrasador, la sed que los consumía, continuaron su camino guiándose por las brújulas que llevaba colgadas al cuello, noreste sin detenerse era la orden. Afortunadamente al atardecer dieron con un riachuelo que les devolvió vida y esperanza. Tomaron un baño aplacando la terrible sed, nada tenían para transportar agua. Repuestos siguieron andando, ahora la vegetación era dispersa, grandes pajonales se veían en el horizonte, con la llegada de la noche localizaron una arboleda que les pareció un buen escondite donde pernoctar, el hambre, la sed volvían a atacar inmisericorde. Se designó a uno de ellos para efectuar la primera guardia. No podían dejarse sorprender de nuevo. No ellos que se decían profesionales. Un gallo cantó en la lontananza, otro le respondió. Aquel mágico sonido les despertó, de un brinco ya estaban todos caminando hacia ese rumbo. La obscuridad era total, se guiaban únicamente por el canto de los gallos. Lograron divisar un solitario rancho en medio de la sabana. Sigilosos se acercaron rodeándolo. Aguardarían en sus puestos hasta que alguien asomara. Afuera dos caballos permanecían en un corral de palos, estaban inquietos, los perros comenzaron a ladrar. Ninguno de los hombres se movía de su sitio, con la algarabía, un hombre delgado, alto se asomó a la puerta con una escopeta en la mano.

—¿Que carajo les pasa a ustedes? —Amenazó a los perros.

Una bala disparada por el jefe del grupo atravesó su cabeza tumbándolo en seco. Momento justo en que los restantes miembros aprovecharon para entrar al rancho disparando contra quienes todavía estaban en sus catres, a poco dos hombres y una mujer yacían cadáveres. Sin inmutarse los etarras revisaron el rancho y las pertenencias de los caídos. Carne seca, platanos, arroz, yuca, café, azúcar moscabada y algunos enlatados colgaban del techo. Encendieron el fogón de leña preparando abundante comida de la que habían encontrado, agregando a la pitanza tres gallinas y uno de los gallos que estaban encerrados en un rústico corral. Comieron con prisa cargando con lo que pudieron en especial Jícaras con agua. No sabían lo que les esperaba, debían abandonar pronto el lugar, muy posible era que los disparos atrajeran a otras personas y descubrir la masacre. Ensillaron los caballos partiendo en el rumbo que se habían fijado. Poco fue el dinero que lograron reunir entre las víctimas y que en ese momento le era muy necesario por lo menos hasta llegar a una ciudad donde pudieran recibir fondos.

Evitaron caseríos, viviendas dispersas. Cuatro hombres en dos caballos no era muy buena señal en esas regiones, sin duda serían tomados por cuatreros, bandidos o guerrilleros, todos significaban lo mismo para los campesinos: ladrones, saqueadores a los que había que eliminar o alejarse de ellos.

Muy entrada la noche arribaron a un pequeño puerto a la orilla del río Mata Azul. En sus condiciones, desconociendo el terreno, era lo mejor que podía ocurrirles. En medio del agotamiento prepararon un plan para cuando despuntara el nuevo día. Dos del grupo se acercarían al pequeño muelle buscando ponerse en un bongo con motor que los llevara hasta El Amparo en la frontera con Venezuela. Se presentarían ante los vegueros montados en sus caballos y llevarían el dinero conseguido en los bolsillos de los muertos. De no ser suficiente entonces los caballos servirían de moneda. Los restantes miembros del grupo avanzarían caminando ribera arriba donde se ocultarían esperando que la canoa llegara. Un discreto trapo blanco colgado de una rama serviría como señal del escondite. Cada quien asumía los riesgos a nivel individual. Disparar ante la mínima sospecha. Todavía oscuro el amanecer se acercaron al muelle donde entablaron conversación con uno de los bongueros que se mostró suspicáz por la inusitada presencia y el aspecto de los visitantes. Le habían dicho que eran reporteros de una cadena de TV extranjera y extraviaron todas sus pertenencias en un naufragio. Otros dos pescadores se acercaron a la conversación, uno de ellos, joven, osado, demostró mayor interés, sin temor revisó las bestias y contó el dinero. Pactaron recibiendo lo convenido, entregó los caballos a una mujer india de mirada viva que atendía una venta de pescado frito y los tres hombres embarcaron enrumbando proa aguas arriba.

Recorrieron unos veinte minutos por las barrosas aguas cuando uno de los etarra, sacó su pistola conminando al barquero a orillarse y ocultar la canoa entre los tupidos mangles y ramajes. Enseguida fue abordada por los otros dos etarras que estaban escondidos.

—No te haremos ningún daño si nos obedeces. Solo queremos llegar a la frontera Venezolana, donde haya un campamento del ejército.

—Bueno si es eso lo que quieren ¿por qué me apuntan con una pistola? —Inquirió el joven, sin demostrar asomo de miedo.

—Y no te la quitaremos de encima hasta que nos lleves al lugar que hemos pedido. ¡Al menor movimiento sospechoso que hagas tus sesos caerán al rio! —Dijo el etarra, casi gritando porque el ruido del motor ya había puesto la barcaza en movimiento.

De esa manera con el sol matutino quemándoles la cara emprendieron el peligroso recorrido aguas arriba. La ruta era frecuentemente transitada por naves de grupos beligerantes adentrados en la selva y las matanzas se producían a diario. En varias oportunidades tropezaron canoas con nativos transportando plátanos, yuca, cerdos y otros productos del campo. Una tierra maravillosa que los grupos de poder nacionales y extranjeron buscando riqueza transformaron en un infierno para sus habitantes. Por la tarde se detuvieron en una pequeña ensenada para ripostar combustible que los taimados navegantes ocultaban para casos de emergencia. Aquel era uno de ellos. La comida acopiada para el viaje, por el clima estaba adquiriendo mal aspecto y su sabor ácido anunciaba que pronto se descompondría, no tenían otro alimento y debieron consumirlo. Horas después el hombre que empuñaba el brazo del

motor y dirigía diestramente la canoa para evitar los inmensos
troncos que se le encimaban, hablo:

—Esas pequeñas luces que ven allá es el puerto que buscan,
pertenece a Venezuela y allí están apostados Guardias Nacionales
y soldados del Ejército Venezolano. Pero yo no puedo acercarme
mucho, me reconocerían y podrían implicarme en actos con la
guerrilla.

—Ya cumplí con mi parte. Ahora cumplan Ustedes con la suya.
Si los dejo aquí, yo podré regresar sin problemas y ustedes solo
tendrán que caminar una hora y ya estarán en el campamento.

—Esta bien. Acércate donde podamos bajar sin que los caimanes
o los caribes nos devoren. Aquí la gente es capaz de cualquier cosa.
—Dijo uno de los etarra.

—Tranquilos. Allá en la curva que hace el río hay un buen lugar
para que desembarquen.

Arribaron a una velada playa que por lo complicado de seguro
solo era conocida por el avezado navegante y otros de su calaña.
Mañoso y tunante el joven pronto, de seguir con vida, llegaría a
ser un jefe de algo en esa salvaje región. Bajaron con rapidéz y de
nuevo se adentraron en la selva plagada de zancudos y alimañas. El
motor volvió a rugir dirigiéndose ahora aguas abajo. Los hombres
deberían avanzar pronto, llegar cuanto antes al campamento militar
venezolano, de otra manera correrían el riesgo de que los asesinaran
o secuestraran. El veguero podría dar aviso a otros, conociendo el
lugar preciso serían presa fácil. La noche les impedía correr, los
alentaba luces y ruidos de motores adelante, al fin lograron divisar
lo que en ese instante les pareció una gran ciudad. Tanto tiempo en
la selva, carentes de energía eléctrica les había hecho perder la idea
de la claridad de la noche gracias a la electricidad.

Ya bastante cerca lograron asegurarse de que se trataba de militares venezolanos, la bandera tricolor con franjas de similar tamaño
y las estrellas le indicaron que estaban en territorio amigo. Faltaba
ahora cómo identificarse sin ser vistos como enemigos y caer bajo
los disparos de quienes serían sus salvadores.

Decidieron que dos de ellos comenzarían a gritar pidiendo
ayuda hasta que alguien se acercara. La empresa tenía sus riesgos
pero no había otra opción razonable. Los gritos en un principio no

fueron captados, pero un soldado que deambulaba por allí los oyó acercándose alerta apuntándoles con el fusil, alumbrándolos con una linterna, llamó a sus compañeros; enseguida se vieron rodeados por otros soldados quienes los trasladaron ante el oficial de guardia el cual les interrogó brevemente. Lo primero que hicieron fue pedir protección para los amigos que habían quedado ocultos en la selva. Comisionaron a un grupo de soldados que en pocos minutos traían con las manos en alto a los restantes miembros. Ya en el campamento comenzó un proceso de interrogatorio en forma minuciosa. Ellos se limitaron a nombrar a algunos personajes del gobierno con quienes pidieron comunicarse. Eran nombres de personeros con renombre. No quisieron hablar ni soltar prenda ante los jefes del campamento. Los oficiales prefirieron no insistir, mucho menos utilizar medios de tortura. Ya se habían sucedido otros casos en donde quienes salían perdidosos eran ellos.

Durante el dia fueron dotados de ropa limpia, comida, curaron sus heridas y los dejaron descansar en cómodas literas cubiertas con mosquiteros, sábanas y almohadas limpias. Los hombres durmieron como santos aquella noche.

Por la mañana, bastante pasada la hora del desayuno de la tropa, los dejaron dormir hasta tarde, se reunieron con los oficiales que ya habían establecido comunicaciones con la capital. La orden era atenderlos bien y despacharlos en el primer avión hacia la capital. La orden superior terminaba seca, tajante, haciendo responsable al Coronel jefe del campamento de cualquier daño que sufrieran los cuatro hombres. Luego de comer como príncipe fueron conducidos a un helicóptero que los trasladaría a San Fernando de Apure y de allí a Caracas. Aquella carga humana definitivamente era una papa caliente de la que lo mejor era desprenderse pronto. El recorrido se hizo sin contratiempos y ya en la noche los que sobrevivieron a la aventura descansaban en la espaciosa casa que meses los había recibido cuando llegaron provenientes de París.

Eran ahora hombres muy distintos a los que meses atrás había arribado al hermoso país sudamericano. La selva, la muerte, las plagas, los ríos, las bellezas naturales, la gente, los había transformado. No sabían en que, pero eran ahora otros seres. Permanecían casi todo el tiempo callados, su espíritu observador era ahora mucho más agudo, el sentido de la vida y de la muerte había recibido un notable cambio, no hubo necesidad de adoptar nuevas filosofías o religiones, la simple vida en una intrincada selva los cambió profundamente. Tocaba ahora descansar unos días y esperar las nuevas órdenes provenientes de Europa. Los informes del entrenamiento, las muertes y desapariciones de sus compañeros ya estaban en poder de sus jefes. Poco se habló sobre ello, parecía que nadie lamentaba lo sucedido, era el trabajo que habían escogido. Morir o desaparecer sin tumba ni lugar definido, nadie les recordaría ni rezarían sobre sus lápidas, flores ni hablar. El viaje de retorno del grupo a París se produjo semanas después en un vuelo de Air France, pasaron luego a la frontera española dispersándose con prontitud por distintos pueblos de la provincia donde planearían el que consideraban como el atentado de mayor envergadura en la historia de la organización.

CAPÍTULO XXXII

MADRID, LA CIUDAD escogida con detenimiento por los altos miembros del grupo terrorista y los primeros meses de otoño para iniciar los preparativos de la acción, la experiencia les indicaba que era la fecha propicia ya que los agotados vacacionistas estaban de regreso a recomenzar sus actividades. En las húmedas calles un incesante trajín, correteos por las compras de temporada, filas de coches aparcados, otros andando lentamente; las primera gotas de agua aflojando las mucosas, haciendo asomar bufandas, paraguas y estornudos por doquier. Transeúntes arracimados, detenidos bajo un árbol con pocas hojas, cuyas esqueléticas ramas amenazan caer sobre un vendedor de churros con chocolate, designio de unas cercanas navidades; un ambiente donde cada quien anda en lo suyo, pensando que el largo asueto con sus experiencias les quitó algo que no sabían qué era, pero se hacía necesario recuperarlo.

Los terroristas recién llegados podrían confundirse con la gente común, trabajadores venidos de otras ciudades incorporados a tiendas, labores en los edificios, reparación de ductos y tantas otras faenas, pasarían desapercibidos, serían unos más entre ellos.

La gran ciudad con sus cafés, tascas, volvía a adquirir en su interior olores propios, mezclados a los de los abrigos largo tiempo guardados, el humo de los "ducados", las fritangas, los bocadillos de calamares... Era como retomar el ritmo serio de la vida en el vestir, hablar, hasta el comer adquiría modales tradicionales. Los desnudos, semidesnudos de las chicas en el verano son ahora un vago recuerdo. Las mismas señoritas que se contoneaban casi sin ropas por las playas de Benidorm y Alicante, ahora vistiendo los pesados trapos de la nueva época ganaban una categoría distinta, disponiéndose a lucirlas en las salas de teatros madrileñas que ya ofrecían variados espectáculos los cuales permanecerían hasta fin de la primavera. Al comienzo de ese otoño, una veintena de los mejores individuos de la organización se trasladaron a la capital, poco a poco para no llamar la atención de las autoridades, instalándose en hoteles cercanos al lugar donde perpetrarían el atentado. Aún no se les comunicaba la manera de cómo se haría ni la fecha exacta.

Con los días, impartidas las instrucciones supieron al fin que se trataba de elaborar un túnel debajo de una céntrica calle donde colocarían explosivos de alto poder para hacerlos estallar en el preciso momento que los automóviles con las posibles víctimas pasarían por el lugar. Fueron los meses de mayor ajetreo y movimientos del grupo, desde escoger el lugar perfecto, adquirir el inmueble, comenzar las excavaciones, seleccionar los explosivos. Todo debía hacerse en el mayor sigilo, sin despertar sospechas entre los vecinos. Los hombres camuflados se hicieron clientes frecuentes de las tabernas y negocios del vecindario quienes se acostumbraron a verlos. Se hacían pasar por plomeros, electricistas, pintores, albañiles y otros oficios, codeándose, entremezclándose con vecinos del sector para tomar copas, jugar una partida de cartas, al dominó, a los dados e incluso asistir a fiestas familiares. Ya se les consideraba unos más de ellos. Para noviembre las temperaturas bajaban fuera de lo normal llegando a los cinco grados Celsius, las precipitaciones alcanzaron máximos nunca vistos en los últimos años, las arboladas avenidas, parques, lucían cubiertas de secas hojas rojas, amarillas, marrones.

Diciembre los tomó casi en la raya de las últimas providencias. Excavar el largo túnel, trasladar escombros, tierra, alegando ante entrometidos conocidos y extraños que se trataba del reacondicionamiento de los sótanos del edificio para establecer un depósito de vinos. Aquello suponía siempre un riesgo, además de que algún fisgón abusador quisiera saber del adelanto de los trabajos. Previendo tales intromisiones en un sector tan transitado de la calle, separaron lo que parecía ser más bien una cueva en dos aéreas de trabajo; una que conducía en diagonal hacia la acera contraria, otra que serviría de pretexto ante el asomo de cualquier inspector de la ciudad, vecino o curioso de los que nunca faltan. En par de oportunidades estuvieron a punto de ser descubiertos y mandar al traste el meticuloso plan.

La calma de la que venían disfrutando los habitantes en el país no convencía plenamente a los personeros del gobierno. La policia, los militares, los agentes secretos aguzaban sentidos buscando detector señales sospechosas, sabían por pasadas experiencias que los etarras no descansaban por mucho tiempo. Al lugar donde estaban trabajando, un día muy de mañana se presentaron unos cuantos uniformados en actitud bastante recelosa. Exiguieron permisos, documentacion de los trabajadores, planos; la tensión era extrema, todos eran papeles trucados. El jefe de la comisión era el mayor escamado, algo le olía mal por lo que decidió llamar a la central para notificar su preocupación justo en el momento que recibía una orden urgente de presentarse en el aeropuerto de Barajas donde se estaba produciendo un tiroteo. La bala que recibió en la cabeza una hora después mantuvo al funcionario grave en el hospital hasta dos semanas despues del atentado. Cuando se enteró por los noticieron del lugar donde ocurrió el terrible suceso, entró en una severa crisis.

La semana anterior exactamente el 8 de diciembre día de La Inmaculada, el Ministro concedió a una cadena de TV lo que sería su última entrevista en éste mundo. Entre las diversas preguntas efectuadas por la periodista, hubo una extrañamente premonitoria.

—Llegado el momento, ¿cómo le gustaría que fuese su muerte, señor ministro? —El hombre, seguro, sentado cómodamente en la poltrona respondió sin ambages, ni sorpresa, como si estuviese esperando esa pregunta desde siempre.

—Me gustaría tener una muerte serena, en mi lecho, rodeado de mis parientes queridos. —Menuda trastada le jugaría en breve el acíago destino.

La navidad era dueña absoluta de Madrid; lucía esplendorosa, iluminada, llena de escaparates, luces de navidad, excelente ambiente festivo con mercadillos en diferentes plazas, ferias, exposiciones, fastuosos belenes, algunos con figuras de tamaño natural. Francisco Franco a sus 81 años envió su tradicional mensaje navideño a una población que temblaba ante su posible fallecimiento. Invitaba a reunirse en familia a disfrutar de los platos propios de la época. Nadie podía presagiar que en la cercana Nochebuena cambiarían los destinos del país.

La tarde anterior al atentado cayó una imprevista nevada con el termómetro en 2 grados Celsius, cuajó en tejados, techo de los autos, cubrió ciertas áreas de la ciudad. Segovia y otros pueblos vecinos atacados por fuertes nevadas permanecían incomunicados. A la mañana siguiente una lluvia constante amenazaba con entorpecer los corre y corre de los retardados en comprar los turrones o el pavo. De pronto paró y comenzó a nevar de forma intermitente, el suelo se cubrió de una critalina escarcha que pronto se transformó en fea mezcla de lodo al ser pisoteaba por los caminantes. Durante la misa, el ministro sintió una especie de miedo que le hizo tembrar unos segundos, una mosca verdosa de gran tamaño, rara en esa época, sobrevolaba sus manos, impidiéndole concentrarse en sus plegarias. Decidió dejar de espantarla, que se posara donde quisiera, al fin lo hizo. Creyó ver en sus grandes ojos una figura acechando, pero el no era hombre de creer en esas cosas. De un ruidoso manotazo la aplastó, disparando con su uña derecha lanzándola al piso. Su esposa le miró asombrada.

El reloj de la iglesia de San Isidoro marcaba las once y diez minutos de la mañana, hora escogida para esperar el paso de la comitiva. Hombres vestidos como trabajadores, apostados en extraños lugares se comunicaban al paso de los coches, seguidamente bajaban de los postes del alumbrado, andamios, techos y escapaban en motos, caminando presurosos a la boca de metro o yendo en busca de algún auto o taxi. Trataban de abandonar discreta y con premura el lugar. Parecían cosas normales en una metrópoli, hasta que se oyó cercana una terrible explosión. Ninguna persona de las que estaban en la zona, se imaginaban de qué se trataba. La mayoría hablaba de gas, de un choque y otros disparates.

Lo cierto era que el Señor Ministro, su esposa y otras seis personas volaron por los aires, perdiendo instantáneamente la vida en el formidable estallido que destruyó varios vehículos, edificios, derribó postes del alumbrado eléctrico, abrió una zanja de varios metros de ancho, largo y profundidad que fácilmente podrían caber en ella cuatro autobuses escolares. Los heridos se contaban por centenas. Tal fue el poder de los explosivos utilizados que los restos de las víctimas nunca llegaron a completarse. En los ataúdes iban indistintamente trozos de carne, huesos, ropas chamuscadas. Era imposible en esos momentos identificar a quienes correspondían exactamente. La populosa ciudad antes alegre, preparada para los banquetes de Nochebuena, presta a disfrutar de los bailes, el amor, la amistad en casas adornadas con nacimientos, animadas por la alegría familiar, se sorprendía aterrorizada por la noticia que cubría todos los escenarios nacionales y del exterior. Los sacerdotes lanzaban largos repiqueteos de campanas tratando de llamar a los fieles que hacía solo minutos abandonaron las iglesias. "¿Qué estará pasando Dios mío? ¡Sálvanos!", era el clamor de las beatas.

En la iglesia de San Francisco cercana al lugar de la explosión, grupos llegaban adentrándose en las hermosas y antiguas naves, arrodillándose ante el altar mayor, diciendo plegarias en voz alta. De pronto en medio de tanto alboroto apareció el presbítero con la sotana a medio abrochar, masticando todavía parte de su comida, casi a empujones lo obligaron a mezclarse con el gentío, impartiendo bendiciones a diestra y siniestra.

—¡La hostia! ¿Quién carajo mandó a tocar las campanas? –Gritaba con enojo. No se enteraba de nada, las noticias eran confusas. ¡Que mataron a Franco! ¡Que un golpe de estado! Al cura, se le ocurrió la única cosa que tenía muy bien aprendida para cuando la gente se disloca: Celebrar la misa. Empellón aquí, golpe allá, pudo escapar por segundos de la multitud que lo sujetaba, entrando a sus aposentos, cerró de un portazo. Con la rapidéz de un mago se caló el alba sin ajustarla demasiado con el cíngulo, la panza seguía repleta, un ayudante le ayudó con la estola. Salió sereno, apostándose ante el altar. Su voz sonora, un eructo fuerte, dos monaguillos meneando con ímpetu los turíbulos, repartiendo humo por los cuatro rincones, pareció calmar los ánimos. No vio el misal sobre el atril. En medio de la eucaristía, sin demostrar respeto alguno, otro sacerdote proveniente de la sacristía o quien sabe de donde, nervioso se acercó al oficiante, diciéndole algo a la oreja. El vicario de Cristo oyó atento sin perder la compostura, la terrible noticia traída por su colega sería el tema central del sermón. Durante el evangelio se lució con sus facultades oratorias, el público permaneció de pie, impresionado por la fuerza del mensaje. Preparaba a su audiencia para la parte crucial del sermón, cuando dio la noticia del atentado, la gente sin sentarse lanzó un murmullo que pareció un quejido de ultratumba.

Viejas que se desmayaban, ancianos atacados por infartos, jóvenes que gritaban, hombres llorando como niños, niños con los ojos desorbitados. Un verdadero infierno. En minutos, la navidad española se transformó en luto nacional salvo para los autores de tal hecho que se aprestaban a celebrar por todo lo alto.

Pocos años después de la tragedia, un balón escapado del terreno de juego, por casualidad fue a parar a un solar abandonado protegido por una barda de ladrillos. El chico encomendado para recuperarlo, al agacharse a tomarlo, tropezó con pedazos de huesos al parecer humanos que aún tenían adheridos pedazos de cartílagos. Puestas las autoridades en conocimiento del macabro hallazgo determinaron que ciertamente se trataban de restos humanos pertenecientes a alguien muerto durante el atentado.

Aquel trágico día, horas después del brutal asesinato, se desató la mayor persecución y búsqueda que jamás hizo el gobierno español en su historia, tratando de capturar a los terroristas. La confusión reinante mientras y después entre los diferentes organismos del estado abrió muchas dudas y controversias en la manera como se condujo la investigación inicial en el lugar del siniestro. Unos hablaban del uso de dinamita mientras otros se referían a explosivos plásticos de alto poder. Se discutía sobre el olor que se esparció por el sector posterior a la detonación; era como el dejado por los fuegos artificiales en las ferias de los pueblos, otros testigos juran haber sentido olor a almendras, a betún y algunos transeúntes percibieron olor a mierda de gato. Nunca se supo con certeza el tipo de material utilizado en el terrible atentado, era razonable porque los terroristas habían aprendido en su entrenamiento a mezclar sustancias y acoplar distintos tipos de detonantes. El efecto fue exagerado, no se programó la potencia, lo que produjo que los vehículos volaran por los aires a alturas casi increíbles, varios cuerpos de los objetivos fueron destrozados mientras que otros quedaron intactos pero con su interior desecho, vísceras, huesos, músculos sufrieron una especie de licuefacción.

La policía que actuó en los primeros minutos recabó y mal utilizó las pruebas que fueron negligentemente trasladadas a sencillos talleres para su análisis y no a los laboratorios especializados. Se entreveía como una cierta intención de desviar la atención o de colaborar con los terroristas u otras fuerzas políticas ocultas. Se sospechaba de todos, lo que se tradujo en un craso error investigativo y hacer el ridículo ante la opinión pública nacional y mundial. Mucho profesional incapáz, no probo para la realización de este tipo de trabajo estuvo dirigiendo las operaciones, traduciéndose en que las complicaciones los desbordaron, llegándose a un caso sin precedentes en la historia policial y como es lógico no se obtuvieron conclusiones acertadas. Expertos traídos de Francia, Inglaterra, Alemania, como colaboradores estaban confundidos. Entre ellos la mitad hablaban del uso de dinamita por las mordidas que presentaban ciertos objetos, la otra mitad apostaba al uso de explosivos usados en detonaciones militares porque sus huellas eran limpias. En vista de que había indicios que algunos quería ocultar o hacer desaparecer, prefirieron marcharse.

Los detenidos y posteriormente enjuiciados poco o nada tenían que ver con el atentado, eran jóvenes trabajadores o universitarios comprometidos con la causa separatista, simples fabricantes de bombas caseras, coctel molotov, bombas de aluminio, de tubo, gas lacrimógeno, cargas explosivas con diferentes componentes, algunas operadas a control remoto o con reloj de tiempo, pero no llegaban a ser expertos en atentados de tal magnitud. Pero era lo único que las autoridades tenían y debían ser chivos expiatorios a la fuerza. Hasta un estudiante de sociología dominicano fue conseguido culpable y llevado a Carabanchel después de varios días de golpizas y torturas.

Los minutos siguientes a la explosión fueron de total desorden, caos, polvo y disparos. La gente gritaba, corría sin dirección ni sentido. Arnaz tras correr serios riesgos, sufrir dolores intensos, muy débil a causa de haber recibido un disparo en la espalda justo en el momento que subía a uno de los autos, pudo lograr tras muchas penurias huir de la capital y alcanzar la frontera. Francia en ese momento era un país tan inseguro para ellos como España, lo que lo lleva a cruzar el canal, llegar a Londres y de allí ocultarse en una alejada granja donde permaneció oculto por varios meses. El precio puesto a sus cabezas por el gobierno los hacía presas susceptibles. Las autoridades lograron hacer acopio de suficiente material sobre ellos, sus identidades, sitios que frecuentaban, para efectuar redadas, desmantelar células y hacer prisioneros o ajusticiarlos en el mismo sitio. La cacería fue implacable, muchos de sus familiares fueron detenidos, torturados o muertos. Franco estaba decidido a mantener la unidad a costa de cualquier número de vidas.

La organización estaba al tanto de la precaria condición de tan valioso miembro herido y escondido en Inglaterra. No querían dejarlo morir en una húmeda casa rodeado de ovejas. Una madrugada decidieron mediante una bien planificada operación de comando, sacarlo de su escondite, trasladarlo al aeropuerto, montarlo en un avión con rumbo a Sao Paolo, Brasil y de allí al destino final: Venezuela, donde arriba seriamente enfermo con el proyectil incrustado en la columna padeciendo el síndrome de Brown-Séquard. Inmediatamente fue puesto bajo cuidados de los mejores médicos de la capital quienes aliviaron en algo los dolores, recuperaron el ánimo del paciente pero no se atrevían a extraer el proyectil. Arnaz quería saber de otras opiniones médicas sobre su condición. No temía a la muerte, pero si a quedar postrado de por vida en una silla de ruedas. El centro hospitalario que aceptara hacer la intervención a su columna debía comprometerse por escrito que en caso de salir mal la operación aplicarían la eutanasia. Era su decisión final. Ahora ¿en qué país suramericano era legal la eutanasia?

Los meses se le iban pasando sin tomar una determinación. Existía el otro problema de retornar a Europa, a Alemania donde se encontraban los mejores especialistas en ese tipo de lesiones. Casi todos los miembros del grupo que actuaron en el atentado estaban identificados. Pocos errores en las fisonomías de los retratos hablados elaborados con las descripciones que dieron los vecinos. Luego del atentado más de mil miembros permanecían ocultos o habían salido al exterior debido a las persecuciones, ejecuciones y torturas que estaban siendo aplicadas por los organismos oficiales de ambos países. Los cabecillas que quedaron a cargo de las principales actividades sabiendo del enorme apoyo popular con que contaban recompusieron los planes dedicándose a formar grupos con tareas muy específicas. Reclutar jóvenes de ambos sexos identificados como Jarrai, que se encargaban de cometer destrozos en las calles, romper escaparates, incendiar contenedores de basura, desprestigiar los símbolos del estado español mientras que otros se ocupaban de colocar explosivos en lugares con anuencia de público.

Los miembros con mayor experiencia fueron encargados de preparar los coches bomba, tal letales que pudieron en su oportunidad casi destrozar por completo un convoy de la Guardia Civil, destruir Casas Cuartel o estaciones de trenes, dejando numerosas víctimas. Las ciudades más sufridas eran Barcelona, Zaragoza, Madrid. La sangre en ambos bandos no cesaba de correr, aumentada notablemente por la de civiles inocentes. Finalmente estaban los veteranos que permanecían libres, sin persecución, viviendo largo tiempo en el exterior adiestrándose en distintas artes subversivas, que fueron llamados a sustituir los presos o caídos. A ellos se les asignaron tareas de secuestro, extorsión, control de jueces, lavado de dinero, mantener contacto con grupos antifranquistas, mafiosos, tanto en el país como en el exterior. Esta actitud extrema conllevó a aumentar la diáspora antinacionalista vasca que huyeron sobretodo a América.

El trabajo coordinado de los tres grupos debía producir determinada cantidad de dinero cada mes. Para ello gozaban de absoluta libertad y discreción de medios. Los secuestros debían ser por tiempo reducido, bajo drásticas medidas a los renuentes a pagar. En esos momentos la organización no contaba con refugios seguros para mantener a un secuestrado oculto por mucho tiempo. Mejor era eliminarlo. Serviría de lección ante otros futuras víctimas que se retrasaran en los pagos o buscaran el auxilio policial. El ambiente de inseguridad, caos, miedo, era total. La sociedad española se tambaleaba, nadie escapaba a ser muerto o herido causada por una bomba o una refriega policial. Y ahora la irreversible enfermedad de Franco ponía la gota que rebosaba el vaso. La tensión internacional subía con cada hora que pasaba las agencias noticiosas del mundo entero tenían el plato servido. Secretos de estado salían a la luz pública en medio de chismes de farándula; el nombre "islero" corría en medio de tapas en las barras de tabernas como si se tratara de un jugador de futbol, donde en realidad era la clave de un ansiado proyecto de Franco con sus ministros de mayor confianza para la fabricación de una bomba atómica tan castiza como la tortilla de patatas. Dinero para financiarla había de sobra. Franco fue siempre hombre previsivo con las arcas del estado, parecía que las dificultades estaban surgiendo de los miembros de la Otan, también de los ministros de finanzas de Inglaterra, Estados Unidos, Francia, Alemania y Japón, los poderosos países e industrializados del planeta que no querían otro miembro en sus filas, menos tratándose de españoles que históricamente cargaban sobre sus hombros la mala fama de pocos serios dados a armar la tremolina de la nada y al derroche de sus fortunas.

Alemania y Japón eran los opositores más recalcitrantes al ingreso ibérico, mantenían la cerrada opinión que los españoles preferían las fiestas, parrandas, largas siestas y reducidas jornadas laborales, con esos credenciales no calificaban ni siquiera para ganar un concurso de belleza. Estados Unidos por su parte no ejercía mayor oposición siempre y cuando continuaran con sus estratégicas bases militares, sus grandes multinacionales tuvieran puertas abiertas y mercado seguro. Manejaba su política exterior a través un zorro viejo y astuto como Kissinger que acostumbraba utilizar en sus alocuciones públicas un lenguaje metafórico, casi en parábolas, que permitía que cada quien lo interpretara a su manera, conformándose con considerar que la de ellos era la acertada. En cuanto a los franceses, desde que ambos países comparten frontera, la ojeriza es mutua, son contrarios por naturaleza, ven al español lento y tozudo, caracteres no provechosos para participar en decisiones de envergadura mundial. Entonces no deben entrar. El juego internacional, por ahora, podía continuar sin que ninguno se considerara ofendido ni perdedor.

Capítulo XXXIII

Perseguido por la fatalidad, la angustia de aquel hombre no tenía límites, todo a su arededor le resultaba triste, solitario, sin sentido; podía estar rodeado de amigos o parientes, solo destilaba tristeza, desaliento, oscuridad. Se aferraba a la idea de un dios, un espìritu poderoso, omniciente, que lo sacaría del tétrico y amargo abismo en el que estaba sumergido. A toda hora del día o de la noche rogaba en medio de un llanto seco, pero el alivio, la tan deseada ayuda no llegaba. Su mente se llenaba de pensamientos e imágenes del pasado que igual le atormentaban al añorarlas: lugares, personas, caminos, atardeceres, comidas, conversaciones que una vez sostuvo o vivió, experiencias gratas o nefastas. ¿Cuál era la razón para que fuesen tan vívidos y atormentadores los recuerdos de su niñez, de su juventud? Y eran las imágenes de su país, de su tierra, de sus gentes, las que afloraban y le hacían sufrir. Forzaba la mente a recordar tambien otros lugares, vivencias o personas de su vida en Europa, Estados Unidos, pero esas no le producían ningún efecto, no representaban nada en su vida. ¿Por qué?

Solo la idea de la llegada de una muerte pronta que viniese en su rescate, lo hacía mantener un dejo de esperanza, pero tampoco ella acudía. ¿Quién lo trajo a éste desgraciado mundo a cometer tantos errores y sentirse culpable, desolado, supurando hiel y dolor? Estúpidamente se veía como un ser incomprendido, utilizado, secundado y debía dar el gran paso para salir de ese mundo familiar en que se encontraba, pero un sentimiento de castigo anticipado le envolvía, impidiéndole tomar una determinación. Marcharse o quitarse la vida. No veía otras alternativas en su azarosa vida, ambas suponían una fuerte carga para sus hijos. ¿Abandono temporal o definitivo? Buscar la paz en otro lugar lejos de la familia podía caso ser la menos dolorosa y traumática para los seres queridos: Estaría lejos de casa, les privaría de su compañía, pero al menos vivo en algun lugar, un día hasta sería posible volver a verle, tratarle. Sabía de hombres y mujeres que sin razon aparente abandonan sus cómodos hogares, respetables trabajos, variadas amistades, vida, holgada, libre de apremios y sobresaltos para irse a lugares apartados, alejarse de todo lo conocido, realizar trabajos viles que acaso le permitían medio comer, dormir en el suelo, en una cobacha o a la intemperie. ¿Qué les hizo abandonar su estatus, hermosas y honorables familias, sus preciosos hijos?

La otra opcion, la que de seguro algún dia llegaría, ignorando cuando y posiblemente de forma natural como le corresponde a todo ser vivo. Pero que ésta vez buscaba traer por propia mano; el suicidio dejaría huellas imborrables, dolorosas, en quienes le conocieron. Pocos lo sentirían, de seguro otros lo disfrutarían. Pero también esa salida violenta le mortificaba. ¿Y si la "otra vida" era peor que ésta? Precipitar la huida de un lugar en el cual no se siente a gusto, en plenitud, para llegar a otro peor aún, ¿no sería acaso una pendejada propia de un idiota? Nadie ha regresado del más allá para relatar la experiencia. Hay que ser místico poseedor de una enorme fe para tener la certeza de que la muerte es solo un trance al paraíso. Y él no lo era. Estaba seguro que sus hijos cargarían con la pesada carga que no merecían. Con haberlos traído al mundo ya tenían lo suyo: enfermedades, adolescencia, adaptación, choques con otras personas, estudio, desagradables trabajos, malos maridos, esposas, novios, amantes, soportar la propia carga del vivir. ¡Una verdadera mierda!

¡No! el suicidio traería mayores dolores a los que se quedaban. Tocaría esperar un poco, tratar de aguantar las arremetidas de los demonios, acudir al psiquiatra por las pastillas, caer en el letargo, volver al mundo de los zombies. Y sufre de la soledad propia de los hombres amos del poder poseyéndolo por naturaleza o porque la providencia se lo concedió. En su corta vida nunca anduvo en busca de doradas oportunidades o maneras de hacer rápidas fortunas. Ellas llegaron como y cuando quisieron. Se consideraba el propio afortunado. Amante del trabajo, de las jornadas largas, agotadoras, únicamente buscaba ocupar su tiempo en hacer cosas que le agradaban. Si el dinero venía con el placer del trabajo, eso ya era otra cosa. Pensaba en la convivencia sostenida con distintos tipos de mujeres, fue formándose una opinión de ellas bastante curiosa: las consideraba seres dotados de cualidades especiales muy diferentes a las de los hombres, no podía afirmar con certeza si eran poderes o sentidos extras, pero de lo que estaba seguro es que habían aprendido a manejar ciertos elementos de su entorno, ponerlos a su servicio, en especial a los hombres a quienes dirigían a su antojo. Según su parecer, ellas disponían de una manera muy singular de ver, entender al cosmos. Basta con tratar de comprender sus ideas y pensamientos sobre los astros, algo prácticamente imposible utilizando la visión masculina. Otro tanto ocurría con la forma de llevar las riendas en cualquier asunto que tenga que ver con el hogar, los negocios o la salud. Creía haber comprobado que las mujeres pertenecían a la raza humana por pura casualidad. Seres a los que se debía respetar y sobretodo temer. Se podían golpear, castigar, maltratar, ofender, odiar, pero al final de los finales ellas te derrotarían, te harían su esclavo eternamente.

No entendìa ni aceptaba la extraña manera como una madre se comportaba ante los enamoramientos de sus hijas. Era una especie de tolerancia al amor de la mujer por un hombre y a la vez una señal de alerta ante el peligro de salir herida en la relación. Los diálogos íntimos entre madre e hija le parecían insólitos. Por lo que a el le concernía no estaba entre sus reglas permitir libertades extremas a sus hijas, era de la opinión que el lugar de la mujer estaba en casa, con la familia. De ser posible imponerle a sus hijas la pareja de su vida. Estaba confundido, recordó que Yatzil no se le ofreció, él la buscó. Luego se enamoraron.

Había comprobado que un "no" rotundo dicho por boca de mujer nunca tenía en mismo sentido ni significado que para el hombre, hasta podía ser completamente lo contrario o cualquier otra cosa menos el "no" que entienden los varones. Igual ocurría con muchas formas de actuar que ellas dan como normales pero que resultaban incomprensibles, irrazonables y hasta ilógicas para el sexo opuesto. La independencia, la libertad del hombre es una quimera, ni ser solitario y mucho menos formando pareja con mujer ya que ella hace que todo gire a su alrededor y hacia su interior, se nutre de la vitalidad salvaje del hombre para su provecho y de los que ella considere suyos. Es una hechura de egoísmo natural que posiblemente contribuya a la supervivencia de la especie. Sabal, por considerarse una persona práctica no dada a complicarse la vida con subjetivas cuestiones que no sabía como superar, prefería mantener sus razonamientos bien ocultos, pocas veces, por no decir nunca, revelaba a otros sus opiniones e íntimos razonamientos. Gustaba de las mujeres, de su compañía, atenciones, de la manera de demostrar afecto, pero no se entregaba total ni ciegamente, escogió mantenerse a prudente distancia en cuanto a sentimientos se refería. Ya había visto suficientes descalabros en los hombres al querer pasarse de la raya con esos hermosos seres de largos cabellos y olores embriagadores; además allí estaban las páginas de la historia donde se relataban episodios casi insólitos donde las protagonistas eran las mujeres sin importar su edad, color, condición o época. Se las veía realizar actos de valor, abnegación, amor, lealtad, junto a otros de perversidad, maldad, odio, venganza, los cuales daban entrever con que ente se estaba tratando. Lo mejor era conservar lo poco de su interior, de su alma, que todavía era suyo, estableciendo un perímetro inviolable que ninguna mujer debía traspasar. ¿Cuáles razones podrían existir para complicarse la vida con criaturas tan extrañas y peligrosas?

Cada vez que analizaba su vida entre dos mujeres que sin duda amaba, con las que ya tenía hijos, veía —en ciertas ocasiones— que la mejor solución era mantenerlas separadas, muy distantes una de la otra. Pero ¿y si lograba convencerlas de vivir juntas en la misma casa, compartiéndolo todo? Su idea no era tan descabellada. Las antiguas costumbres en ambas tribus de donde eran oriundas sus mujeres, permitían practicar la poligamia. Durante siglos fue la norma, la iglesia católica introdujo cambio que eran admitidos por unos y rechazados por otros. Tal como veía el delicado asunto que daba vueltas en su cabeza, el problema era si ellas estarían dispuestas a aceptar esa condición. ¿Tendría valor de ponerle el cascabel al gato? ¿A quien le plantearía primero la propuesta? ¿Yatzil? ¿Anamú? No se decidía. Creyó que las conocía bien, pero ahora se daba cuenta que eran un par de desconocidas cuyas reacciones eran impredecibles. Quedaba la alternativa de plantearlo ante el consejo de la tribu en

Chiapas. Pensaba que con Anamù sería mas sencillo convencerla dado su condición de amo. ¿Acaso era justo aprovecharse ante una mujer que lo respetaba atendía y amaba intensamente? Cada oportunidad que se separaba de una de ellas, la otra le hacía una falta inmensa, eran seres que se complementaban. Por ser diferentes las amaba, la disparidad entre ellas era de gran valor, su gran riqueza para él. ¿O acaso su desquiciada mente estaría haciendo un rollo donde no existía? Ellas nunca le asomaron siquiera un señal de celos, preguntas capciosas al regreso de sus viajes que podían durar meses. ¿Estarían ya ellas al tanto que había otras mujeres en su vida? Todo era posible, lo complejo era como averiguarlo. Decidió que no era el momento hacer las indagaciones. Ya estaba suficientemente confundido, debía concentrarse en el viaje a Varsovia. Después vería qué hacer.

Capítulo XXXIV

Para finales de junio, Arnáz podía moverse con cierta soltura, dependiendo siempre del bastón. Se transformó en el hombre de confianza de Sabal, entre ambos ahora crecìa una sólida amistad y un profundo respeto. Su fuerte contextura bastante recobrada del sufrimiento de meses le hacía parece más joven. Necesitaron para preparar el viaje a Alemania de pasaportes y otros documentos falsos, disponìan ahora de nuevas identidades logradas gracias a expertos colombianos y españoles, lo que les permitiría viajar tranquilos.

Por otro lado, los primos de Arnaz lograron dar con la dirección en Varsovia y constatado en diferentes fuentes que efectivamente el año anterior de concluir la guerra hubo mayores desapariciones en masa de obras de arte, dinero, joyas. Estos faltantes figuraban en los archivos alemanes y al descubrirse, la Gestapo, la SS, oficiales de alto rango, iniciaron una exhaustiva búsqueda de los objetos. Poco faltó para que las propias bombas lanzadas por los aliados pusieran al descubierto el tesoro, muchas de ellas cayeron sobre los techos del edificio sin producir grandes estragos en el ala escogida para ocultarlo. Terminada la guerra, grandes jerarcas nazis, organizaciones judías, el ejército americano, ruso, cazadores de todo el mundo andaban tras la pista del famoso tesoro de Hitler, de joyas de arte desaparecidos. Se perseguía hasta la muerte a quien supiera algo sobre ellos, la situación de miseria que se vivía en Europa veía en ellos la solución a los problemas terrenales.

En lo que antes de la guerra llegó a ser un tradicional sector de los ricos de Varsovia, lo transformaron en un enorme barrio construido con una mezcla de estilos arquitectónicos, según quien dominara el país: viviendas para la clase trabajadora, salas de cine, escuelas, tiendas, pequeños comederos aglutinados en cabinas de mercado donde, aparte del básico zapiekanaka, se compraba cualquier cosa. Para cuando el grupo arriba a la capital polaca, las difíciles condiciones de vida, la inestabilidad, el aumento en el precio de los alimentos, según el plan de Edward Gierek condujo a una oleada de protestas públicas mejor organizadas, la deplorable a situación se agrava con la crisis petrolera, la decisión de la Opep El 16 de octubre de 1973, de subir los precios del barril de 3 a 5 $ en un momento en que todavía la guerra árabe-israelí no estaba concluida, y el aumento era persistente día con día. La economía polaca estaba destruida, el hambre ya no era una lejana amenaza, estaba entre los habitantes. Por otro lado Rusia su aliado y benefactor por años ahora atravesaba graves problemas tecnológicos, agrícolas, que la obligaron a importar cereales de los agricultores americanos para no morir de hambre, solo que el gobierno soviético mentía al decir que provenían de sus propios campos de cultivo. El momento era confuso, a la vez propicio para avezados inversores, Sabal figuraba entre ellos. Observaba con asombro como la reconstrucción de la ciudad se hacia destruyendo grandes obras arquitectónicas, palacios, edificios, iglesias, solo por el hecho de requerirlo el absurdo plan de desgermanizacion para sustituirlas por el gris estilo polaco-soviético. Hombres organizados, incansables hambrientos de dinero revisaban ruinas, archivos, cartas de condenados a muerte. Los escombros de las capitales destruidas eran movidos por gigantescas máquinas delante de famélicas multitudes que tenían su mirada clavada en cuanta piedra cambiaba de lugar. En los vertederos de basura se aglomeraban cientos de personas tratando de conseguir cualquier señal de riqueza. Casi treinta años después, la búsqueda continuaba, soterrada, pero igual de cruel.

La gran ventaja de Sabal sobre otros personajes dedicados a igual labor, era la de contar con la ubicación del posible escondite de las tan buscadas obras de arte. No era cierta de manera absoluta, pero era mejor que nada. Por muchos intentos que hicieron los parientes de Aznar de penetrar en el edificio, les fue imposible. Los ancianos que ocupaban el apartamento de la planta baja, les daba por gritar histéricamente cada vez que veían asomarse a un extraño. Eran enfermos, chalados de la posguerra. Comprobaron que la única manera de llegar a los sótanos era adquiriendo la propiedad completa, de otra manera se corría el riesgo de ser descubiertos, por lo que era necesario encontrar la forma de acceder a ellos y proponerles una oferta razonable. La ayuda vino de Kritofer Gomulkaz, nieto de un importante dirigente anterior a Gierek, quien ocupaba un alto cargo pero con bajo sueldo en el departamento de construcción y mejoras de la ciudad. Uno de los miembros del grupo terrorista radicado en Marruecos les facilitó la información de la desordenada vida que llevaba el empleado y la manera cómo llegar hasta él. Se vivía para ese entonces la oscura época de la guerra fría donde las dos grandes potencias se peleaban entre sombras y misterio, a través de callados espías, agentes dobles, documentos clasificados que describían los planes estratégicos de Moscú o de la Otan, uso de armas nucleares, los satélites espías estadounidenses, las organizaciones sionistas, el movimiento neonazi y Varsovia era centro escogido para tales actividades. Todo debía hacerse con extrema precaución y sigilo.

Para cuando logran entrevistarse, el pobre hombre andaba algo tarambana, se había olvidado de su nobleza ancestral, el poder familiar y el abolengo. Jugador empedernido, errores, despilfarro, con algo de drogas, lo tenían al borde del colapso. La llegada de los abogados de Sabal le cayó de maravillas. Sería capaz hasta de matar a su madre con tal de resolver sus acuciantes problemas. Fue él quien recomendó los medios de realizar la oferta ajustada a las leyes que les permitiera adquirir las propiedades; solo dos vecinos mostraron desacuerdo en abandonar sus vetustos apartamentos incluso ofertándoles el doble de su valor, habían sido las viviendas donde su familias vivieron por más de un siglo; la oportuna intervención del astuto y corrupto empleado pudo con la oposición de los tercos ocupantes. Luego les fue útil para la obtención de los innumerables permisos burocráticos. En poco tiempo se transformó en un aliado sin escrùpulos de primera línea siempre y cuando recibiera a cambio su jugoso premio en metálico cada semana. No conocía en persona a sus benefactores, poco le importaba; lo delicado era que las autoridades no debían enterarse nunca de su participación en facilitar las negociaciones amparado en su cargo y en el nombre de su familia.

Sabal y Aznar dieron la cara solamente cuando analizando los pro y contras de la situación, se decidieron por fundar en Polonia una compañía inmobiliaria dedicada a la compra de viejas edificaciones para su restauración. A partir de ese momento Abogados, ingenieros, técnicos entraron a formar parte del consorcio que juraban era completamente licito. Dar apariencia de legalidad costó miles de dólares, hasta llegaron a adquirir valiosas propiedades en el mismo barrio. A los pocos días inmensas láminas de metal forraban la edificación escogida, elevados andamios fueron instalados ocupando gran parte de la calzada. Avisos llamativos alertaban a los transeúntes mantenerse alejados. Obreros descascarando estuco se veían trabajar incansables en las alturas. Su campo de operaciones eran las azoteas, por ningún motivo les estaba permitido bajar a los apartamentos, si es que querían conservar el empleo con buen sueldo como el que disfrutaban.

Así las cosas Sabal, Arnáz y uno de sus primos, iniciaron la lenta tarea de inspeccionar el espacio interior, labor para la que disponían de potentes lámparas, equipos livianos, máscaras anti polvo y otros accesorios. La faena se efectuaba en un ambiente cargado de emoción, aunque hasta ahora nada habían encontrado, la intuicion les decía que pronto darían con algo importante. Una puerta los condujo a un húmeda cripta llena de trastes, despedía un feo olor. Siguieron golpeando paredes, rompiendo resquicios. Cuatro días con parte de sus noches en un febril trabajo de remover, escarbar, los tenía agotados. Eran hombres callados cuyos manumitidos espiritus eran difíciles de vencer o atenazar por dificultades. Consiguieron refuerzos con parientes de Arnaz, usando su experiencia ahora dispusieron de un taladro percutor con otros materiales aptos para romper y perforar. Estaban por salir a almorzar, cuando uno de ellos lanzó un grito. El resto del grupo se acercó alarmado.

—¿Qué ocurre?

—¡Coño! ¡Hombre! —El taladro se cayó para el otro lado de la pared—. ¡Empujé con fuerza y ya!

Con las lámparas en las manos, se acercaron al hoyo, alumbraron hacia el interior para ver un gran espacio con pilas, montones cubiertos con mantas, alfombras, tablas. Un grito de exclamación salió de sus bocas.

—¡Creo que dimos con algo importantes! —Dijo Arnáz—. Sugiero que salgamos a respirar aire fresco, comer algo y evitar que nos de un infarto.

Escogieron un discreto bar que a esas horas permanecía casi desierto, pidieron vino y algunos bocadillos. Poco hablaban, nada se decían sobre el hallazgo. De regreso, terminaron de abrir el boquete dejándolo apto para salir y entrar con facilidad. Organizaron la revisión por bultos. Todos estarían presentes con sus lámparas, mientras dos de ellos se ocupabarian de examinar lo que había debajo de las mantas. Pasaban las horas, un nerviosismo casi incontrolable se estaba apoderando del grupo. Arnáz sabía lo malo que esto podría ser, para ello siempre cargaba en sus bolsillos píldoras que ayudaban a serenarse pero se perdía capacidad de reacción. Decidió que lo mejor sería salir de nuevo a recuperarse de la tremenda impresión. Escogieron un lujoso café frecuentado por personas de buenos recursos, sus precios eran poco menos que inalcanzables para la mayoría de los pobladores. El grupo desentonaba por lo que escogieron un alejado rincón donde podrían conversar a sus anchas; Bajo la escrutadora mirada del mesero pidieron sándwiches, café y dulces. Bien se los merecían.

—Podemos estar casi seguros que hemos dado con el botín. Ahora nuestras vidas corren mucho peligro por lo que el secreto debe ser absoluto, no debemos separarnos. La suerte de uno será la de todos. —Habló Arnàz con voz pausada, tratando de controlar su intranquilidad.

—Sugiero que hoy vayamos al hotel a descansar, la semana ha sido intensa como pocas. Estoy bastante alterado con semejante hallazgo. Un buen sueño me haría bien. —Dijo Sabal.

—¡Lladró! Quiero que te quedes con otro durmiendo por guardias en el apartamento. Tienes teléfono, debes llamarme cada hora o cuando lo creas necesario.

—¡Está bien Arnaz! ——Respondió serio el aludido, como si fuera una orden militar.

La cuenta era bastante alta la cual pagó uno de los trabajadores, dejando además una buena propina que el mesero se desvivía en agradecer. Sabal no acostumbraba pagar directamente de sus manos, prefería que otro lo hiciera, por lo que siempre daba al escogido suficiente dinero. La noche para Sabal fue inquieta. Llevaba meses en zozobra, batallando con la incertidumbre, en continua espera de sucesos que suponían riesgo, enigmas. Parecía que su mundo de aventuras estaba llegando al limite ¿En qué lío se estaba metiendo? ¿Para qué?

—¡Cállate y duérmete idiota! —se dijo a sí mismo, tratando de romper sus temores. Casi al amancer un sueño profundo le dominó. Con el buen desayuno, siguieron las labores. Lladró fue relevado y enviado a descansar. Irrespetando sus rígidas normas de trabajo, no hubo hora de almuerzo, eran tantos los valores descubiertos y los que surgían a cada minuto que no daría tiempo de revisarlos si dedicaban horas a otras actividades. Era una labor de urgencia. Casi terminando la semana se disponía de una larga y minuciosa lista que asomaba una vaga idea del inmenso valor del tesoro. Neófitos en la materia nada más podrían hacer ellos, el trabajo era ahora de expertos peritos evaluadores y tasadores.

Capítulo XXXV

La organización conocía varios expertos en arte dispersos por todo el mundo, pero el más renombrado de ellos estaba en la cárcel: Ernest Guzlitti. Hombre taimado, autodidacta, acertado como pocos en sus opiniones y dictámenes. Provenía de una familia de alcurnia, cultos, ricos, pero él siempre anduvo detrás de la aventura, las estafas, falsificaciones, que lo llevaron a distintas prisiones a lo largo de Asia y Europa. Nunca quiso ser un artista, pintor, escultor. Amaba el arte pero de una manera muy particular, no pensaba en crear, solo poseerlo y aprovecharse de lo mejor que hubieran producido otros genios. De simple embaucador, petardista de tercera, con el paso del tiempo fue transformándose en políglota y experto falsificador. Con manifiesta obsesión se adentró en el estudio del arte medieval y contemporáneo donde sobresalió sobre el resto de sus colegas y competidores. Mantuvo contacto directo con los artistas, sus obras artísticas de gran valor y con sus réplicas. Sin desearlo su fama trascendió y para cuando los nazis se asientan en el poder, varios avisados jerarcas tratándolo como un hombre fiel, de confianza, solicitaron sus servicios, los cuales prestó con suma diligencia. No era tonto, su vida estaba en peligro, saber mucho en esos momentos, como era su caso, no era nada bueno. Para finales de 1944, con algunas alhajas sustraídas de los botines que a diario pasaban por sus manos, logró alcanzar la frontera española. Se refugió en una granja vecina a Murélagar dedicándose a la cría de ovejas, como lo hacían los otros habitantes. Conoció al padre de Aznar y a otros miembros que integraban grupos separatistas, entablando buena amistad. De vez en cuando se llegaba hasta la cercana Bilbao donde se relacionaba con anticuarios, pintores, falsificadores que lo mantenían al tanto de las últimas novedades en el ramo. Ellos lo ayudaron a hacerse Gemólogo, experto en diamantes y en un insuperable tasador de alhajas antiguas, descubriendo con sorpresa que aquello era su verdadera pasión. Hasta que la guerra terminó abriéndole un campo expedito, rico, para poner en práctica sus conocimientos, lo que no dudó en hacer recorriendo Europa. Vivió un tiempo en Estambul, Atenas, Zagreb, Bucarest, lugares donde para ese entonces, ilegalmente llegaban a montones piezas de arte de cualquier parte del mundo.

Mientras vagaba por distintos continentes no dejaba de estudiar e investigar en museos, bibliotecas, universidades, por lo que llegó a poseer un lenguaje, una terminología rica, profunda, especializada para describir obras de arte. No se le escapaba detalle —con los nazis ese yerro significaba la muerte—, sobre el material, época, peinados según la era, color, espacio, composición, textura, herramientas utilizadas, tintes, mezclas, minerales. Comenzó entonces a verse perseguido por policías secretos, agentes de la Unidad de Arte y Antigüedades de Scotland Yard, organizaciones judías y otros peligrosos personajes del complicado y riesgoso mundo del arte. Dos veces, buscando salvar su vida, se vio en la necesidad de saltar de trenes que le conducían a Suiza o Ginebra, sus huesos sufrieron heridas serias, ya no contaba con edad y salud para tales peripecias. Prefirió ocultarse un buen tiempo en un precioso pueblito austríaco de difícil acceso y donde nadie le conocìa. Por su experiencia y precaución siempre trató de mantener una considerable reserva de dinero para tales ocasiones. Descansando, alimentándose bien, disfrutando de vez en cuando de alguna que otra compañía femenina, se repuso. Al bajar de las montañas decidiò cambiar de modo de vivir, de esa forma inició una vida modesta, sin apremios, los años se le vinieron encima, decidió dejar de rodar, establecerse en una ciudad costera. Sin embargo había quienes no se olvidaron de él en su larga ausencia. Para el momento de su captura ocurrida en la estación central de Malmo-Suecia, vivía tranquilamente en uno de los barrios pobres de Hamburgo, donde logró dar con un discreto y barato garaje que le servía de taller y morada.

Las calles del sector estaban plagadas de drogadictos, borrachos, prostitutas y malvivientes. Hacían sus vidas con las ratas del puerto, tirados en los rincones podridos a orine, mierda, basura; por el piso se veían jeringas usadas, elásticas, condones, cápsulas de vidrio que contuvieron quien sabe que maldita substancia, aluminio chamuscado, botellas de licor, un verdadero desastre. Esa gente andaba en otro planeta, Guzlitti podía salir o entrar varias veces a distintas horas, incluso con la luna en lo alto y los babiecos siempre le saludaban con los buenos días. Pero no le molestaban, se habían acostumbrado a convivir. La semana que lo detuvieron estaba en compañía de una joven drogadicta de la calle a quien cariñosamnete llamaban Floyd estuvo celebrando a lo grande sus sesenta y seis años. Cenaron, bebieron champan e hicieron el amor. Todavía guardaba energía para ciertos placeres. También por esos días necesitaba a la muchacha para que le acompañara a hacer una rápida entrega de coronas falsas recién salidas de los moldes. Por unos cuantos billetes, comida, hacer algo de turismo, la convenció.

A la mañana abordaron el ferri que los trasladaría a la costa sueca, pagaron por un ticket con habitación incluida. Si todo salía bien estarían de regreso al día siguiente. En las casi diez horas que duró el recorrido por agua, no vio nada sospechoso, se dedicaron a mirar las plomizas aguas del Báltico, las islas, comer, beber y descansar. En los amplios salones del enorme ferri de la línea Grimaldi, la pareja disfrutaban del viaje como dos recién casados. Un grupo de boys scouts, uniformados, cargados con pesadas mochilas de las que colgaban ollas, sartenes, hachuelas, fueron colocadas organizadamente en el suelo, entraron en franca conversación con Floyd que podía expresarse fácilmente en varios idiomas. Otro pasajero con tres chicos adolescentes se arrimaron al grupo iniciando un entretenido juego de cartas que los alejó del tedio. Mientras, Ernest, sentado frente a la barra del bar gozaba de animada conversación con viajeros desconocidos, tomando cerveza helada. Horas después el ferri rugió indicando pronto arribo. Movimientos, carreras para llegar de primero a los ascensores que los bajaría hasta donde las busetas los trasladarían a las oficinas. Ellos prefirieron esperar en el bar hasta que el trajín aminorara. Cuando lo hicieron solo una persona les acompañaba en el trayecto. Guzlitti parecía distraído, aunque andaba mosqueado, a través de sus gafas redondas visteaba a todos lados. El taxi los condujo a la agitada estación central. Gente corriendo, chinos, hindúes, negros, pelirrojos, tropezando entre ellos, haciendo fila ante las máquinas dispensadoras de boletos, otros comprando algo de comer en la tienda o en los restaurantes de comida rápida, personas durmiendo en los bancos, en el suelo.

Una familia sudamericana de varios miembros jóvenes, un señor mayor, blanco, de buena estampa y una señora regordeta, se veían dispersos por el piso durmiendo sobre los equipajes, pedazos de pan, botellas de agua, refrescos, por doquier, presentaban un deprimente aspecto. Los transeúntes les tropezaban hasta que un guardia se acercò previniéndoles del riesgo que corrían de quedarse sin maletas. El grupo reconvenido, con las caras de tontos que produce el trasnocho, mal comer, de seguro con las vejigas llenas de orine, porque la estación cerraba los sanitarios a las diez de la noche hasta las nueve que vuelven a abrir. Estando a punto de reventar, se busca vaciar el cuerpo en cualquier recodo. Por ello no es extraño que turistas extranjeros digan que Europa toda huele a letrina a meao con mierda.

Ernest llevando a Floyd de la mano pasaron por un lado de los bultos, miró el reloj, faltaban unos minutos, invitó a su amiga a comer una hamburguesa en un puesto situado fuera de la estación. Un rubio muchacho les sirvió con agrado y rapidéz. Despacharon su alimento y se dirigieron a la planta baja donde permanecían los trenes dispuestos a partir. Caminaron apresurados hasta el último de ellos, Guzlitti subió, caminó hasta el centro del vagón, la muchacha veía como entregaba el maletín a otro hombre gordo, rubio, de cara cuadrada, abandonando con premura el vagón cuando ya el tren comenzaba a moverse. Ya menos tensos caminaron alrededor de la estación, era como dar un paseo, Malmo poseía los atractivos propios de una ciudad cosmopolita, lástima que la política de "open doors" había llenado la ciudad de inmigrantes yugoslavos, gente de la ex unión soviética, hispanos, negros, árabes, que tenían las ciudades suecas hechas un marranero .

Dos agentes vestidos de civil andaban a esa hora detrás de otro sujeto, por simple casualidad, el más viejo de ellos creyó reconocer a Ernest. Con respeto se acercaron pidiendo la documentación. Minutos después, esposados, eran conducidos a la oficina central de policía. La muchacha fue puesta en libertad horas después. Su comportamiento durante el arresto fue de tanta naturalidad, que los policías creyeron que se trataban de una mujer anormal. De allí al juez quien en pocos días lo instaló en una cómoda celda de la prisión de la ciudad. No lo condenaron por las coronas falsas, sino por un delito de estafa cometido tiempo atrás contra un comerciante judío en Oscarcham. En aquella oportunidad, haciendo uso de su rica labia hábilmente convenció al hombre le entregara varios cálices originales a cambio de unas réplicas fabricadas por sus propias manos. Por su edad lo condenaron a ocho meses de trabajo comunitario, en régimen abierto, obligado a presentarse ante su oficial día por medio.

Tocaba ahora a Sabal y Aznar ingeniárselas para lograr la libertad de tan valioso preso. Entablar comunicación con él no sería problema, ya le conocían, el asunto era como lograr su libertad sin despertar sospechas. Hasta el mismo abogado vería algo extraño en la solicitud de libertad hecha por gente extranjera. La drogadicta vino a representar la solución. La convencieron de dejar el barrio y a sus amigotes por un tiempo, solo mientras recobraba algo de cordura. Le cambiarían la facha, la prepararían para que se presentara ante los abogados como una pariente del preso. Diez días de tratamiento en una clínica de desintoxicación en Hamburgo volvieron a la muchacha a sus días de esplendor. Era algo más que bonita. Le compraron ropas, calzados a su gusto, lavaron, arreglaron su cabello, las marcas de las inyecciones casi desaparecieron. Cuando los hombres fueron a recogerla para finiquitar el asunto, en vez de llevarla al apartamento prefirieron lucirla primero en un buen restaurante. Nadie quiso en lo mínimo mencionar algo de su pasado. Ella se comportó como una joven de sociedad, acostumbrada a comer como se debe, usando convenientemente los cubiertos, hablando, cruzando finamente las piernas. Palurdos parecían sus amigos que no dejaban de cruzar miradas de asombro ante aquella perla hasta hacía poco cubierta de tierra, basura, con la mente trastocada.

El mandado se hizo, Floyd Kleinmar, según dijo, era su nombre y el cual debieron cambiar en el nuevo pasaporte falso con el apellido del detenido a fin de probar cierta filiación. Dos días después Guzlitti estaba en Varsovia alojado en un cómodo hotel, reponiéndose del inacabable carreteo de hojas en los parques; cuando quiso llamar a la muchacha para que le sirviera de compañía, ella se negó en redondo diciendo que había conseguido un novio español, le agradeció sus atenciones, dándole a su benefactor un frío beso en la mejilla como despedida. El tasador contaba con un amigo de absoluta confianza que sumò al grupo. Hombre muy alto, pasaba de los dos metros, fuerte sin ser obeso, todo rubio, cabeza rapada que dejaba ver el cráneo, ojos grandes, sin pestañas, completamente redondos y de un gris azulado como el báltico. Hablaba muy poco y obedecía mejor por las señas que le hacía su amigo. No le gustaba comer en compañía, tomaba su plato y se marchaba a un rincón dando la espalda a los presentes, allí terminaba su comida en absoluto silencio. Si estaban en un restaurant escogía la mesa más alejada y solitaria. Se bebía con facilidad dos o tres botellas de vino seco con cada comida, incluida el desayuno. Cubría sus sonoros eructos con un gran pañuelo de color indefinido que sacaba diestramente de uno de los tantos bolsillos de su holgada vestimenta. Su cuerpo expelìa un extraño olor, como a cables eléctricos o a pòlvora. Trataba de disimularlo rociándose con un intenso perfume francés de intenso aroma el cual encargaba a su amigo, quien no se olvidaba en cada viaje de traerle una buena provisión de frascos. Para él era un personaje valioso a quien era conveniente mantener contento

A Sabal le invadía una enorme curiosidad por conocer la historia de aquel gigante, lo observaba con sigilo, oteaba sus movimientos precisos, detallaba mirando su descomunal pescuezo, como sus mandíbulas se movían con fuerza al masticar. Le recordaba al ogro come-niños de los cuentos. ¿Cómo se hicieron amigos? ¿O acaso eran familia? No se atrevía a preguntar. Decidieron trasladarse a los sótanos para efectuar una primera revisión. Por ser día festivo las calles estaban poco transitadas, unos niños jugaban al futbol en la esquina; parquearon los autos lejos del edificio, caminando llegaron a la puerta central, Lladró abrió con destreza la cerradura introduciéndose con rapidéz hasta el pasillo. Tensos esperaron unos minutos, atisbando, alertas por si alguien los hubiera seguido. Dejaron a uno de ellos vigilando mientras el resto bajaba a la cueva. Abrieron varias cajas de madera que contenían cuadros, retablos de tamaños similares, comenzando a sacarlos con sumo cuidado. Guzlitti usando unas minúsculas gafas especiales detallaba las pinturas sin proferir palabra. Pasó a otra caja, luego a una tercera hasta la numero diez, donde agotado pidió un vaso con agua y una silla. El aire recargado del recinto le hizo toser. El grupo estaba en ascuas, nadie hablaba sino en susurros y solo cuando alguien necesitaba ayuda para despegar alguna tabla, romper un candado, buscar otra herramienta. Secó el sudor de la cara y pidió le acercaran uno de los baúles abiertos. Estaba lleno de prendas, oro, joyas, perlas, crucifijos, un par de cálices labrados que sujetò con fuerza.

—¡Amigos! Tienen ustedes un botín invaluable, superior en mucho al famoso tesoro de Hitler enterrado en algún lago austriaco. Porque aquí no se trata solo de dinero sino de valor histórico, representa la herencia artístico-religiosa y cultural de varios países. Muchas vidas acabaron mal desde hace unos treinta años, aún se pierden tratando de dar con éste escondrijo. —Ninguno se atrevía a interrumpir ante semejante revelación. Se sentían crispados, emocionados.

—No me interesa saber cómo llegaron a él, no deben decírmelo bajo ninguna razón. Ustedes necesitan de mis conocimientos y yo necesito de su dinero. Es suficiente.

—Conozco bastante a Arnáz, sé a qué se dedica, a qué organización pertenece y hasta donde es capáz de llegar cuando de amigos se trata. Siempre he estado en peligro de muerte, nunca bajo amenazas directas, simplemente rodeado de un peligro real. Pero nunca como ahora.

—Y al estarlo yo, ustedes igual o peor. Sugiero mover cuanto antes todo lo que está oculto aquí. No podemos permitir que nos vean juntos por las calles, viviremos encerrados en el edificio, apertrechados con armas, comida, agua suficiente, de esa manera el trabajo avanzará, entonces podremos alejarnos de éste polvorín.

—Hasta el momento hemos corrido con suerte. No hay quien sospeche de nosotros, pero vivimos en Varsovia donde la mitad de su gente son espías o colaboradores de alguien. Por dinero no se imaginan de qué cosas son capaces.

—¡Amigo! Las noticias son fantásticas, sobre todo viniendo de usted. —Dijo Arnáz—. Debemos ahora llegar a un acuerdo sobre sus honorarios.

—¿Cuál sería la cantidad que usted tendría en mente?

—Eso depende de ustedes. Seré conforme con lo que decidan. Debo antes hacerles una revelación; Algunas de estas obras han pasado por mis manos no una vez, sino dos. Por mis conocimientos de arte, fui reclutado por los nazis en el '43, junto a otros anticuarios y expertos.

—Nos trasladaron a Berlín, donde frente al mismísimo Gobbles dos de sus esbirros grabaron a fuego en mi hombro izquierdo éstas siglas (Omega-357) las cuales debía transcribir en cada cuadro que verificase su autenticidad, están escritas y son visibles con el cuadro invertido. De esa forma se aseguraban de la veracidad de mi análisis. Si fallaba, porque otro experto contradecía mi opinión, simplemente sería fusilado en el acto.

—Me mantuve a su servicio hasta el 31 de diciembre de 1944, cuando milagrosamente escapé confundido entre unas carretas de gitanos húngaros que huyendo de las persecuciones salvaron sus vidas y pasaban casualmente por las afueras de la ciudad aprovechando la enorme confusión que comenzaba a reinar entre las tropas debido al avance de rusos y aliados.

—Pude llevarme dentro de un ligero saco algunas joyas, copones, crucifijos, que me permitieron ir tirando durante algún tiempo, mientras el mundo esperaba que la situación mejorara.

—Pero los riesgos no terminaban. —Continuó hablando sin interrupción—. Durante la guerra tuve por amigos a varios médicos connotados, entre ellos al famoso Philip Hannert, que aplicaban a sus enfermos lo que se dio en llamar la nueva medicina germánica, que de nueva no tenía nada; por amistades como la de él y otros quisieron acusarme ante la justicia alemana de posguerra de falsificar documentos para ayudar a escapar nazis hacia Sudamérica y negar públicamente que nunca hubo holocausto anti-sionista.

—Solo la amistades conseguida en el noble pueblo vasco, de personas que me ayudaron, ocultaron, arriesgaron sus vidas por mí, logré sortear cientos de dificultades. Eran tiempos realmente difíciles para la región; el hambre era constante, la gente joven emigraba por miles, abandonando sus maravillosas y fértiles tierras, huyendo de las persecuciones, asesinatos y encarcelamientos.

El rostro del hombre adquirió matices entre rabia, nostalgia e impotencia. Parecía a punto de explotar. Sorbió medio vaso con agua fresca, vuelto a la normalidad, continuó.

—Ahora estoy aquí con ustedes, metido en la empresa de mayor riesgo que pude enfrentar. Me tocaba, me agrada. Aunque en ella pierda la vida.

—Usted tendrá pensado alguna suma. ¿Cuánto, cómo, cuándo y dónde debemos pagarle? —Preguntó Sabal.

Era difícil en extremo llegar a acuerdos con Guzlitti ya que a todo daba su aprobación, no se oponía a nada. El costo de sus servicios debía ser una suma fija acordada previamente, pero ¿cómo hacerlo si quien conocía el valor de las obras era el? Al final llegaron a una cifra con la cual se mostró satisfecho, exigiendo también una discreta condición: nueve de los griales que pudieran estar dentro del botín y seis crucifijos que llevaban grabadas sus siglas se les daría como una prima. De no figurar entre los objetos, nada pediría.

Les pareció justa la solicitud viendo que de su trabajo dependía en mucho el justiprecio de las obras de arte.

—Con todo el respeto —dijo Sabal—, ¿cuál es el motivo por el que siente especial predilección por coleccionar copas agradas?

—No debe responderme si le incomoda la pregunta.

—¡Oh, no! —Contestó el hombre, con una mueca que quería ser sonrisa—. Hoy en día han proliferado sobre todo entre jóvenes inconformes, protestatarios, innumerables sectas, animistas, satánicas, vuduistas. Algunas de ellas acostumbran en sus rituales beber sangre del ser sacrificado. Para ello requieren de un cáliz, mientras éste contenga historia, uso ancestral, su precio será alto, sin contar el prestigio que obtiene su poseedor.

—Algo similar ocurre con las obleas en el mercado negro donde alcanzan precios desmedidos según haya sido el personaje que las bendijo.

—Yo les respeto porque los veo como espíritus rebeldes, insumisos a tradicionales doctrinas religiosas. A mi parecer, su papel en la historia de la humanidad es hacerla evolucionar y transformarse. Son los únicos que han comprendido que el cambio de los pueblos se produce partiendo de la concepción religiosa.

—¿Cómo saben ellos quien posee las piezas verdaderas? —Inquirió Lladró, impresionado por la revelación.

—He allí donde radica el prestigio, los años en el oficio y la experiencia. Sé que ambos objetos sagrados son utilizados para celebrar con pompa la llamada misa negra donde se profanan y blasfeman, objetos, oraciones propios de la ceremonia cristiana de la santa misa con la intención de aprovechar tales eventos como pruebas de seguimiento, dignidad o para iniciar a algún nuevo miembro; en caso de ser mujer debe estar completamente desnuda, mientras que las ya iniciadas van cubiertas de la cintura hacia abajo.

—Una de las sectas llamada los adoradores de seth o del demonio son propensos durante la ceremonia a cometer homicidios, violaciones sexuales, beber sangre de sus víctimas, practicar la necrofagia y otros abusos. Entre sus miembros figuran personajes importantes de las finanzas, la educación, el arte, la política, la medicina. Son personas con mucho dinero, inteligencia e instinto criminal. Están ocultos entre lo más selecto de la sociedad.

—Me tocó una vez venderle por un elevadísimo precio al decano de la facultad de letras de una prestigiosa Universidad en Estados Unidos, una copa que según su anterior propietario fue bendecido por el cardenal Vincenzo Gioacchino Luigi Pecci, quien el 3 de marzo de 1878 fue coronado Papa en la Basílica Apostólica Vaticana con el nombre de León XXIII. Por desgracia la noche que se utilizó el sagrado vaso, se produjeron durante el ritual cuatro suicidios, entre ellos el del decano, lo que atrajo de inmediato a la policía. Mi nombre salió a relucir por allí, tuve huir con urgencia hacia Estambul.

—Perdonen! No me gusta hablar sobre estos asuntos. Debe ser la emoción del momento que me aflojó la lengua ante un público tan atento.

Todos rieron, formándose una opinión suficientemente clara de la persona con la cual tratarían en los venideros meses. Puestas las cartas sobre la mesa, comisionaron a dos de ellos para elaborar una minuciosa lista de lo necesario para que seis hombres se alimentaran asearan, vistieran, durante un mes, adquirir materiales, papeles a fin de inventariar las obras, finiquitar lo de los hoteles, y otros detalles.

Por indicación del experto, sumado Arnáz a la estrategia, debían desde ese momento permanecer ocultos, los vehículos trasladados a estacionamientos alejados. Solo saldrían las dos personas encargadas de los bastimentos, finalizado sus trabajo, debían encerrase con los demás.

Capítulo XXXVI

La árdua empresa de clasificar, evaluar, justipreciar las obras de arte les llevó casi tres semanas de intenso trabajo; presentaban complicaciones las obras no enmarcadas, que debían manejarse con especial cuidado. La mayoría por suerte estaban en buen estado a pesar del tiempo transcurrido. Ayudó en mucho el seco encierro de la recámara donde el aire y la luz eran impenetrables. El hombre sin dificultad reconoció genuinas obras de representantes del Dadaísmo, surrealismo, impresionismo, cubismo, artistas geniales menospreciados por los nazis como Grosz, Nolde, Max Beckmann, Gustave Coubert, Edwin Scharff, Ernst Ludwing Kirchner, muchos de los cuales fueron despedidos de sus cátedras, decomisadas sus obras, prohibida su venta o realizar nuevas creaciones. Era un arte proscrito que según los jerarcas nazis se aprovechó de la pobreza del pueblo alemán para enriquecer a judíos. Oleos de Van Gogh, Munch, Velazquez, Dali, Klimt, Picaso, esculturas de Cellini, Rodin, Miró, una pequeña obra de Lisipo, Alberto giacometti, dos Venus prehistóricas. Cuando dieron por terminado la labor, varios libros estaban llenos de nombres, fechas, datos, inscripciones, de cada objeto, cuadro, mueble, lámpara, ni el mínimo anillo o collar quedó fuera del exhaustivo inventario.

Los primeros en abandonar el encierro fueron Sabal, Arnáz y Guzlitti. Buscando distraer la atenciòn, propiciaron entre los trabajadores dedicados a las remodelaciones una fiesta, una comilona de reconocimiento para felicitarles por los avances logrados hasta ahora. En medio del barullo armado por familiares y amigos de los agasajados, los tres personajes, cargados con libros, vestidos como obreros, salieron de su escondite, adentrándose en las calles hasta conseguir un taxi que los trasladó a diferentes hoteles. A la mañana siguiente los demás miembros se reunieron en un café. Esa misma tarde comenzaron los traslados aprovechando que los trabajadores gozaban del asueto. Casi un mes ininterrumpido se llevó vaciar el inmenso sótano. Camiones tras camiones llegaban a descargar materiales de construcción para luego salir llenos con valiosos tesoros. Nadie podía sospechar lo que realmente estaba sucediendo. Tan pronto finalizaron de desocupar el inmueble, una numerosa cuadrilla de trabajadores del barrio bajaron a los sótanos del edificio a refaccionar paredes, techos, pisos, pintura. Las excavaciones hechas en el suelo levantando las losas y mosaicos fueron reparadas como mejor pudieron a fin de no despertar sospechas. Los obreros al comenzar por romper las paredes, los escombros cubrirían el resto de los desperfectos en el piso.

El trabajo realizado debido al último descubrimiento arrojó una cantidad invaluable de joyas, oro, monedas, billetes, documentos; las cajitas eran todas idénticas, parecían haber sido elaboradas por el mismo carpintero, tenían grabado en una plancha de metal el nombre de cada uno de sus propietarios. Por razones del convenio esos objetos debían pertenecerle íntegros a Sabal, quien luego de recibirlos y antes de cargarlos en un barco con destino a América, decidió repartir entre sus amigos buena parte de ellos. La amistad entre los hombres estaba cobrando fuerza y forma. Los largos e intensos días, el trabajo bajo presión, la constante relación y consulta a que los obligaba la empresa, los estaba haciendo amigos inseparables. Esa noche, el diálogo adquirió derroteros inusitados. Sabal no era dueño de vastos conocimientos artísticos, en rigor podía decirse que lo ingnoraba casi todo, aunque se reputaba buen lector. Cuando conoció a Guzlitti quedó impactado por su racionalismo exento de dogmatismo. Lo veía como un personaje muy especial, de una inteligencia prodigiosa. Los diálogos que mantenía con él y sus compañeros de aventura lo dejaban atónito. Oía atento y se sorprendía como el mundo civilizado se mantenía sobre bases tan frágiles, cruentas y egoistas. La búsqueda del poder para subyugar a otros seres, a otras naciones, le parecía obra del demonio. Él, que se veía como un hombre común, con simples deseos de vivir en forma modesta, tener acaso una familia, levantar a sus hijos —de haberlos— bajo principios de trabajo y rectitud, vivir con las comodidades que su trabajo le podía permitir, le contrariaba la idea de llegar a ser dueño de inmensas riquezas, ostentar poder sobre los demas, le parecía absurdo y carente de sentido. Lo que contribuia a acrecentar el misterio del porqué la riqueza le perseguía.

Las intervenciones de Ernest Gurtlittzi eran tan francas y bien documentadas, no dejaban lugar a dudas de sus profundos estudios y lo iban internando en el conocimiento de las truculencias históricas de la raza-nación judía a través de los siglos, que le llenaba de estupor. Genocidios, guerras, exterminio de millones de seres inocentes de mano de gobernantes sionistas, no figuraban en los libros que había leído. Ahora sabía que los saqueos, robos, extorsiones a miles de personas, museos, casas de arte, no era obra solamente de algunos militares o jerarcas nazis. La mayoria de ellos fueron cometidos por parte de los propios judíos. Banqueros, anticuarios, empresarios, rabinos, gobernantes europeos, Americanos, asiaticos, pertenecientes a familias judías supervivientes de siglos, fueron los que saquearon las grandes obras de arte, acumularon de mala manera el oro, joyas, objetos de valor. Cientos de estos tesoros artísticos fueron llevados a Estados Unidos y sus asociados a través de la Monuments and Fine Art and Archives que era una parte importante del ejército aliado creada con la finalidad de proteger el patrimonio artístico europeo en zonas de guerra recuperando piezas robadas. Solo que la mayoría de ellas no regresaron a donde realmente pertenecían.

Sabal pensaba que el Tesoro que ahora parecía llegar a sus manos, no era sino uno de los cientos que amontonaron los judíos civiles, judíos militares, religiosos, sustraidos por la fuerza a sus legítimos dueños. Ahora se enteraba que en las minas de Merkers, Bertenrode, Rodchell y otras se ocultaron durante años innumerable obras de arte, joyas, despojadas por los nazis y sus cómplices. La mayoria de los amos fueron asesinados, llevados a los campos de concentracion en Rusia o cremados en hornos. Todo se hacía bajo la dirección de jerarcas judios.

—Cuando era un niño, — decía el tasador recostado en una butaca, fumando una gran pipa, con el rostro casi en penumbras—, mi padre solía repetirme que el nazismo de Hitler fue la única ideología propia, original, con base y fuerza histórica, que pudo frenar en algo al deseo de dominación mundial de los sioniostas.

—El pueblo judío estudia y conoce profundamente los procesos y cambios históricos en las distintas sociedades. Por decir algo: Las pestes, guerras, hambrunas, genocidios, son para ellos plenamente justificables porque depuran el planeta de personas débiles, enfermos, marginales. Al reducirse notablemente la población mundial, el resto que sobrevive vivirá con esplendor, abundancia y podrán reconstruir las nuevas sociedades. Las tesis malthusianas se admiten y se busca poner en práctica.

—El comunismo, socialismo, capitalismo, como modelos son obra de los judíos. Marx como judío que era escribió sus obras financiado por capital judío. Lo mismo que Hegel, Engels y muchos otros.

—La extraordinaria fuerza que enfrentó sin temor al poder milenario sionista con reales posibilidades de triunfo, fue y sigue siendo el nacionalsocialismo de Hitler. El susto que generó Hitler con la invasión a Polonia y propiciar la segunda Guerra mundial fue tan grande que tuvieron que unirse todas las naciones judías del mundo, autodenominados "aliados" para poder frenar al nazismo.

—No se lo crean: El nazismo está hoy más vivo que nunca. Tanto que por un simple tatuaje, que lleve una persona en el brazo, alusivo al movimiento se le sigue juicio, se le persigue y hasta asesina.

—La ley, la orden vertical de los judíos del mundo es refrenar el mínimo intento o asomo de renacimiento del nazismo en cualquier parte del orbe. Solo que su efecto ha sido contraproducente. Bajo esas apariencias de sossiego, late con fuerza el gérmen sembrado por Hitler. Su explosión es solo cuestión de tiempo.

—¿Cuándo se logra descubrir los planes de dominacion de los judios? —Preguntó Sabal, con cierto temor de pecar de ignorante.

—Antes hubo otros hombres con sobrada inteligencia que también lograron desenmascarar los oscuros propositos sionistas y de alguna manera los frenaron. Me refiero a personajes de la misma época bíblica que alertaron de la ambición del pueblo hebreo. Muchos de ellos propuganaron medidas exterminadoras con variables resultados.

—Recientemente, la temprana y genial locura de Adolf Hitler, quien en su soledad, sumido en profundos y terribles pensamientos pudo decifrar, descubrir y desentrañar sin temor el gran plan, las verdaderas ansias de poder de los semitas y su afán de dominio universal.

—Pero lo que se conoce comunmente de Hitler son atrocidades. —Intervino Eibar.

—Es cierto —respondió Gurlitzi, cambiando de posición en su butaca y lanzando una penetrante mirada a su interlocutor.

—Porque desde que nació el cine mudo existe una perfecta maquinaria sionista llamada Hollywood, creada con el diabólico propósito de difundir infamias del nacionalsocialismo, de Hitler y ensalzar las "bondades" de la nación-raza-religión judaica.

—En Hollywood —continuó—, están concentrados los cerebros más connotados y capitales judíos muy poderosos, representados en productores, escritores, músicos, actores, cuya finalidad y dirección final es desacreditar cualquier manifestación antisemita, en especial al nazismo.

—No hace falta ser un genio para caer en cuenta de la intención de los programas televisivos, películas, reportajes, documentales, producidos en Hollywood, en donde se enaltecen la llamada tolerancia, en contra de la discriminación, el racismo, el concepto de raza. Son miles de millones de dólares controlados por los grandes banqueros de la tribu de Sión y sus seguidores destinados a desvirtuar cualquier idea que atente contra su imágen.

—¿Cómo pudieron unas personas sin siquiera tener un país propio acumular tanto poder? —Preguntó ahora Lladró, movido por una preocupante curiosidad.

—La nación-raza-religión Judáica está organizándose desde hace más de dos mil años. Se guían radicalmente por el Talmud para, llegados los tiempos del Mesías, conseguir la dominación de la humanidad, tener el control de todas las riquezas de los pueblos. Tan terrible meta los ha llevado a sufrir expulsiones, exterminios, persecuciones, a través de la historia.

»A partir de siglo XVlll, cuando la revolución industrial iba consolidándose, a la par tambien lo hicieron los grandes apellidos de las tribus, banqueros, potentados. Innumerables de ellos se radicaron en los principales centros financieros del mundo, luego una buena parte sobrevivientes de las dos guerras mundiales se establecieron en los Estados Unidos desde donde han controlado al resto de los paises».

—Sé positivamente de muchos de ellos que colaboraron en asesinar a otros de su raza con miras a quedarse con sus riquezas. —Intervino Arnàz.

—De eso no hay duda. —Repuso Gullittzi—. Los miles que lograron escapar a América sumaron fuerzas para que los nazis continuaran en su propósito del exterminio semita. Escogían grupos conocidos de gente adinerada, sin misericordia los mataban para quedarse con sus posesiones.

—La connivencia entre nazis y judíos en los crímenes de guerra contra otros de su raza es algo que la historia ha demostrado con suficientes elementos.

—El inmenso poder de los grupos sionistas en los Estados Unidos hizo posible la creación del estado de Israel. Dicho de otro modo, Israel no es sino otro estado de la Unión Americana. No hay diferencias entre ellos.

—La crisis del '29 y las subsiguientes no son sino simples maniobras de judíos ultrapoderosos para limpiar de competidores o amenazas a su imperio económico. De esa manera pueden controlar los movimientos de la economía mundial. Los grandes fondos monetarios no son sino gigantescos pulpos bancarios para desangrar a los países del tercer mundo, sin importarles la miseria, el hambre y la pobreza que ello genera. Son implacables e insaciables.

»Son una diáspora perversa diseminada en todos los paises del orbe. Cuando sus principales dirigentes lograron reunirse en secretos desayunos y cenas en Boston, New York, Londres, para crear el estado de Israel en 1948, lo hacen a conciencia que estaban tomando un territorio ajeno, que no les pertenecía, que durante largo tiempo y hasta la fecha estaban siendo pacíficamente ocupados por una población musulmana superior al millón. No obstante, ellos lo querían para sí.

»Nadie hace mención de las atrocidades que cometieron los judíos contra las miles de familias islamitas de la región desplazadas hacia el desierto mediante el uso de la fuerza, asesinatos, extorsiones, brutales ataques civiles y militares.

»Al final, sobre esa sangre de inocentes derramada con saña, construyeron la Tel-Aviv actual. Es algo muy triste y condenable.

Israel es otro estado de la Unión Americana, su destino, políticas, van juntas, son inseparables porque simplemente son la misma nación-raza-religión Judaica.

»Debo hacerles una última sorprendente revelación: Entre las pinturas tropecé con algunas sumamente extrañas, casi todas a medio terminar y muchos bosquejos con una coherencia y secuencia histórica espeluznante. Sin duda se trata de obras dibujadas o pintadas por la propia mano de Adolfo Hitler en su época de hombre pobre, frutrado, rechazado y desconocido. No se debe olvidar sus fallidos intentos por ingresar a la Academia de arte de Viena.

»Esas obras se dieron por perdidas, destruidas o llevadas fuera de Alemania. Se les tenían como producto de las manos de un demonio. Otros veían en ellas algo asi como las revelaciones de los sucesos que desencadenarían la gran Guerra.

»Poco tiempo las sostuve entre mis manos, pero me atrevería a decir que la mayor parte del pensamiento íntimo de Hitler, los eventos principales acaecidos durante los seis años de la guerra, están plasmados allí con tal sucesión que da grima».

Todos percibían que la conversación los había trastornado. Se respiraba confusión, rabia, desasosiego. Permanecieron callados durante un buen tiempo, sumidos cada quien en sus propios pensamientos. La aventura los estaba conduciendo por derroteros desconocidos, no planeados y que ahora marcaban una pauta muy distinta.

El silencio era seco, se podía oir la respiración de cada uno. Alguien cortó la tensión casi gritando:

—Creo que lo mejor por hoy es cenar algo ligero e irnos a la piltra. Mañana tendremos un gran día. —Dijo.

Aprovechando la salida del tenso momento, Gurlitzi emplazó a Aznar

—¡Aznar! ¿Te recuerdas de la Sociedad Secreta de Naciones? —Preguntó—. Hace unos días recibí en mi apartado de correos una esquela de Zephir, su secretario general, invitándome a que los acompañe a una especial celebración en Budapest la próxima semana. —Dijo, sin esperar respuesta.

—¿Quién se puede olvidar de ese genio, loco y millonario? De ir me gustaría llevar a nuestro amigo Sabal. Sé que le agradaría conocerlo.

CAPÍTULO XXXVII

PARA 1851 LA Sociedad Secreta de Naciones nacía con otro nombre. Creada por un grupo de hombres notables que se dieron diáfana cuenta del proceso multiplicador de la especie humana y el peligro que ello suponía conduciéndola inexorablemente a la extincion de la raza. El aterrador grito dado por Roberto Malthus alertando del crecimiento geométrico de la población frente a un crecimiento aritmético de los alimentos, pasó inadvertido, hasta se burlaron de sus predicciones. Alegaban que ya se inventarían metodos, técnicas, que multiplicarían la producción de comida, así la gente nunca padecería de hambrunas. Eso pensaban tanto los políticos burgueses como los marxistas que veían un futuro con optimismo propio de idiotas.

El abandono de la gente de los campos de cultivo para ir a trabajar como asalariados en las grandes ciudades, dio paso a lo que se llamó la lucha entre la burguesía, dueños de los medios de producción y el proletariado, una masa de pordioseros desposeídos. A eso se le denominó revolución industrial, progreso. Parecía insólito que el descubrimiento de la máquina a vapor, que puso el transporte en la nueva era, donde se podía traer desde cualquier parte del mundo barcos llenos de alimentos: Carne congelada de argentina, trigo de los Estados Unidos, tubérculos, frutos de centroamerica, fuese a ser la causa de que la euforia de las parejas por traer hijos al mundo aumentara locamente. Los avances en los sistemas de transporte tambien llevaron a los emisarios religiosos de todas las sectas a pasearse por el planeta con el mensaje de no acatar los controles de natalidad que pudiese implementar cualquier gobierno. Sacerdotes, pastores, gurús, eran voceros autorizados para promover en todos los pueblos un no rotundo al uso de los condones, de las pastillas, aparatos intrauterinos, vasectomía, euthanasia. Que las mujeres pariesen sin control la cantidad de hijos que les viniera en gana. Además ya contaban a su favor con el progreso en la medicina, la química, la industria farmacéutica, venciendo pestes, enfermedades, que antes diezmaban poblaciones enteras.

Lógico era que el río se desbordara. Comenzaron a llenarse las ciudades de desempleados, delincuentes, prostitutas, vagos y mendigos de toda calaña. Aparecieron los cinturones de miseria, chabolas, ranchos, donde la promiscuidad, el incesto y el hambre campeaba. Surgieron para colmo los gravísimos asuntos de la contaminación ambiental y el calentamiento global. Ningún país responsable de la tragedia climática quería comprometerse seria y responsablemente. Las reuniones, protocolos, asambleas internacionales y todas esas patrañas no pasaban de ser engaños para el resto de los habitantes del planeta. Ahora ya no se podía dar marcha atrás. Es en ese momento clave que se comienzan a organizar grupos de estudiosos de las ciencias sociales, asociados a las otras ciencias naturales con el fin de buscar una drástica solución al grave problema que ya estaba bien sentado. El patrocinio y mantenimiento estaba asegurado. Los equipos debían mantenerse en el más absoluto anonimato, el secreto regiría la vida de la sociedad que recién nacía así como de cada uno de sus miembros. Su jurada meta era salvar la especie humana de la única manera posible: Eliminar al menos el sesenta por ciento de los habitantes del planeta. En los ciento ochenta y un años que llevaba funcionando la SSN, se hicieron intentos que si bien es cierto acabaron con unos cuantos millones de almas, los métodos utilizados se quedaron cortos. Parecía una diabólica competencia entre nacimientos y mortalidad.

Propiciar guerras en distintos puntos del orbe, lanzar la bomba atómica, uso del agente naranja, terrorismo, dispersar en Africa, Asia, virus mortales logrados en laboratorios, como el ébola, la peste en los pollos, desatender comunidades enteras de los servicios de salud, agua potable, euthanasia con las hembras y otros crueles métodos no dieron los resultados anhelados. El balance para después de la segunda guerra estaba en rojo. Se entró entonces en una fase última donde no se escatimarían recursos para conseguir dar con el arma letal que condujera a la humanidad a un equilibrio, bienestar, el renacimiento, semejante al que vivió Europa despúes de ser diezmaba por la peste.

Y el esfuerzo ahora daba sus frutos: Un ultrapoderoso tóxico, mortal en segundos, fácil de transportar, de expandir, inhalable, por el tacto, bebible, en fin, el mínimo contacto de una persona con el producto le ocasionaría una muerte instantánea. La mortífera sustancia ya estaba descubierta, lista para ser utilizada. Y la otra orden era no inventar ninguna cura o antídoto. Conociendo la codicia humana, la maldad, los ricos no dudarían en gastar fortunas para salvar sus cochinas vidas. La boca se les haría agua en solo pensar de las inmensas propiedades que quedarían sin dueños por un corto tiempo, solo hasta que ellos como harpías las usurparían en breve. No. ¡Eso no debía ocurrir y era la razón por la que todos sin excepción debían morir!

Por décadas, equipos de médicos y científicos altamente especializados diseminados por el orbe, disponiendo de excelentes laboratorios, con recursos ilimitados habían estado aislando venenos de alta toxicidad. Australia, India, la Amazonía, los desiertos de Arizona, disponían de centros de estudios donde se extraían venenos de animales marinos, como el pulpo de anillos azules, peces, serpientes, medusas poseedores en sus entrañas de tóxicos letales. Vívoras asiáticas, temidos arácnidos, reptiles del desierto fueron analizados en laboratorios. Lo mismo se hizo con raíces, hojas de plantas venenosas exóticas. En tan peligrosa labor varios científicos perdieron la vida al ser mordidos por serpientes como la taipán, la llamada serpiente feróz, el pitón negro, arañas, todos ellos poseedores de la potente traxotoxida, sustancia capáz de paralizar el corazón humano en cuestión de minutos. El tezón puesto por la Sociedad Secreta de Naciones durante casi un siglo de estudios, ensayo, error y vuelto a ensayar, daba al fin los resultados.

Otros grupos de expertos analistas fueron encargados de aplicar alrededor del planeta en forma experimental dosis de la nueva sustancia en personas de diferentes razas, edades, estratos sociales. Los informes que en clave no tardaron en cruzar el mundo hasta llegar a su sede principal en ** eran más que alentadores, optimistas, seguros, firmes en considerar que la solución para salvar la humanidad al fin estaba lista. Ningún paciente sometido al tóxico resistió un tiempo mayor de setenta y tres segundos con vida. Aquello era un portento.

Las celebraciones por tan maravilloso descubrimiento se dieron en un cónclave ultrasecreto en Belgrado donde participaron los veintiún miembros que integraban el Gran consejo. Al final, sellado con el juramento sagrado, se fijó como fecha impostergable el día primero de enero del año dos mil veinte para aplicar las dosis respectivas en Shanghay, Tokio, Calcuta, Bombay, Moscú, Londres, Madrid, Estambul, París, diez ciudades Africanas, ciudad de Mexico, New York, Miami, Los Angeles, ocho ciudades de Centroamérica, Bogotá, Barranquilla, Caracas, Maturín, Rio de Janeiro, SaoPaulo, Buenos Aires, Santiago de Chile, Sidney, Quito, Lima y otras ochenta ciudades. Ninguna persona sería alertada aunque fuese de la realeza, millonarios, políticos, científicos, militares, niños, mujeres. Nadie sabría nunca lo ocurrido tan ansiado día; los que llegasen a sobrevivir lo harían a su manera, unicamente no teniendo contacto alguno con el tóxico se podría lograr. Se calculó que la mortandad con sus propios efectos colaterales originaría epidemias que ayudarían a que el proceso de exterminio se prolongara entre dos y tres meses más.

Para el dia primero de mayo, cuando la gente alentada por los medios de comunicación, se sintiera segura de que el peligro era cosa del pasado y abandonaran sus refugios y escondites, se diseminaría la segunda dosis ahora en todas las ciudades cuya población fuese superior a los dos millones de habitantes. Los expertos previeron que el cercano verano, ésta vez menos intenso por la reducción del monóxido de carbono en la atmosfera, servíría de apoyo natural para podrir, descomponer los millones de cadáveres dispersos en las calles, parques, escuelas, teatros, lugares públicos, imposibles de recoger, enterrar o incinerar. Muchas aves de rapiña, depredadores, bestias salvajes, caerían tambien. Los primeros dias de diciembre serian de regocijo universal.

El dolor por las pérdidas, si acaso lo hubo, ya estaría superado. Los sobrevivientes verían un nuevo y hermoso amanecer. Era tiempo de iniciar la reconstrucción de la nueva humanidad, sin religiones estúpidas que durante siglos solo fomentaron el odio. Ahora poseían la clara conciencia de lo que significaba el respeto a los demás, a la propiedad, al libre ejercicio de las actividades para la que se sintieran capaces. Nuevas leyes justas, preparadas por verdaderos legisladores serían las que regirían las nacientes sociedades. La inmigración como generadora de graves conflictos sociales adquiría otra dirección: Los inmigrantes deberían volver a sus lugares de orígen. Estados Unidos debería regresar la mitad de los territorios que antes eran de México, y con ellos a todos los mexicanos. Los demás extranjeros, negros, chinos, Hispanos, Indios, estaban obligados a retornar a sus paises luego de ser indemnizados convenientemente. El norteamericano debería volver a trabajar la tierra, las fábricas con sus propias manos, realizar sin vergüenza los llamados oficios viles, dejando de esa manera de propiciar la entrada illegal de personas para hacer dichas faenas, mientras ellos se dedicaban al ocio, a gastar sus dólares en viajes de placer al exterior.

Las estúpidas ideas que dieron orígen a leyes antisegregacionistas, obligando a la tolerancia racial, la diversidad, la inclusión y que fueron incorporadas a la constitución serían derogadas de plano. El hombre es y debe ser libre de aceptar, tolerar o rechazar cualquier otro ser de otra raza, credo, religión o país. En otro sentido el sentimiento nacional siempre chocó con el pensamiento político y legalista de sus representantes. A estas alturas diversos dirigentes están sacando cuentas reales de la producción verdadera generada por los grandes grupos de inmigrantes, cuales son sus aportes fieles a la economía y al IARS. El "Tio Sam" nunca estuvo contento con la relación entre los aportes de estos segmentos poblacionales a la economía y lo que cuesta mantenerlos en salud, justicia, sistema carcelario, food stamps, seguridad ciudadana y otras ayudas. Hay estudios reveladores demostrando que ninguno de estos grupos son vitales para la economía nacional, solo se requiere hacer ciertos ajustes.

El errático caso de incorporar a la Unión Americana a Puerto Rico debía ser enmendado desincorporando a la isla, suprimiendo de esa forma la nacionalidad a sus habitantes. En cierto momento esa politica se vio necesaria para disponer de soldados " carne de cañon" que fueran a las trincheras en Corea y Vietnam sin sacrificar sangre norteamericana. Pero ya las guerras no se libraban cuerpo a cuerpo, los batallones, las infanterias dieron paso a la guerra mediante satélites y computadoras. Hoy los inmigrantes de la isla ocupan barrios completos en varios estados. La mayoría vienen en grupos familiares, viven de las ayudas del gobierno, permanecen ociosas, suponiendo una pesada carga para el estado.

Semejantes problemas estaba atravesando la comunidad europea, asediada, invadida por miles de personas que dejan los continentes pobres buscando refugio y mejor vida tras sus fronteras. Todavía no hay un pais que aporte una solución real al problema, el costo político es muy grande, nadie quiere asumirlo. El desenlace quierase o no es que cada quien aprenda a vivir en su territorio sin la intervención de otro. Retornar a sus paises de orígen bajo la promesa de no más colonialismo por parte de los poderosos. La historia ha demostrado repetidamente que el atraso en regiones enteras no obedecía simplemente al dominio colonial, sino que la propia raza humana lleva consigo el gérmen que ocasiona su colapso y destrucción. Ver la caída de los grandes imperios, culturas milenarias cultivadoras de un mal carácter social, plagadas de vicios como el orgullo, la traición, ambición, el egoísmo, drogadicción, desviaciones sexuales, la corrupción tanto en la clase gobernante como en el pueblo llano se acendraron llegando a ser parte de la vida normal.

Nadie se dio cuenta del proceso maléfico que experimentaba gran parte de la humanidad, hasta que sobrevino la caída final. El asunto cobraba gravedad cuando los hombres sobrevivientes provenientes de esas culturas se trasladan día con día a otros países llevando consigo la plaga de sus vicios y pecados. Crudamente era necesario analizar a los inmigrantes de civilizaciones antiquisimas como China, México, India, árabes, Rusia y otros, con su carga de defectos humanos cultivados durante siglos que los llevan enquistados buscando insertarlos en otras sociedades. Con el cambio por venir, Europa entraría entonces en un segundo renacimiento pero sin colonialismo, sin invadir continentes enteros para robarle sus riquezas. Aprenderían a vivir con sus propios recursos. Quedarían abolidos sus utópicos principios de libertad, igualdad y fraternidad, bandera de la revolucion francesa y causante de graves conflictos para la humanidad. Ya se tendría claro que la igualdad entre los hombres no existe, es imposible porque como cualquier especie viva, tienen sus naturales diferencias de inteligencia, raza, cultura, capacidades. Pretender hacer creer mediante políticas absurdas que todos somos iguales simplemente era, es y será una idiotéz. Hasta Dios sabe de esas profundas diferencias entre los seres que creó.

Los estrategas encargados de diseminar el veneno estaban probando con diferentes métodos no convencionales. Lo de envenenar las aguas, explosiones nucleares, inoculación de virus y otras formas de exterminio se las dejaban a Hollywwood con sus películas de ciencia ficción. Esta vez la muerte vendría irremisiblemente a traves de los satélites, de la telefonía cellular, computadoras. Enormes compañias en todo el mundo estarían dedicadas a producir electrodomésticos, aparatos celulares con colores llamativos de uso masivo de última generación, que se venderían a precios írritos durante el cuarto trimestre del año dos mil diecinueve. Un chip conteniendo la mortíera sustancia estaría colocado en su interior, programado para implosionar el día primero de enero 2020. Ocurriría en cada región según su huso horario. Las señales de los medios televisivos, radiales, caerían dejando al planeta totalmente incomunicado. Únicamente quienes formaban parte de la SSN dispondrían de aparatos especiales para estar informando continuamente a la sede central sobre la marcha del proceso salvador. Otros elementos naturales como el viento y las aguas contribuirían como vehículos transportadores al noble propósito de exterminio masivo. Paises, enteros como India, China, Mexico, Venezuela, el cuerno de Africa, Filipinas,, Grecia, Egipto, Portugal y cincuenta más, aparte de los celulares, estarán invadidos por perros callejeros, ratas, cucarachas, moscas y otros insectos portadoras de la calamidad. Esto aseguraría que los barrios populosos, las masas de marginales, los indígenas y otros grupos improductivos dependientes de gobiernos populistas pasaran a mejor vida, dejando libre grandes espacios que nunca debieron ser invadidos, permitiendo a la naturaleza ejercer su labor de regenerar los montes, hacer brotar de nuevo los manantiales, regresar los animales salvajes a sus habitats.

Ciudades como New York, Jerusalen, Telaviv, Moscú, Miami, Rio de Janeiro, por ser íconos de maldad y perversión, sus pobladores serían barridos de la faz de la tierra. Hoy era una certeza que el planeta se salvaría del desastre, la destrucción a que fue sometido inmisericorde por la maldad del ser humano desde que asomó su sucio cuerpo hacía millones de años. Medidas de ésta naturaleza siempre podían parecer ante los religiosos, ascetas, mentes débiles, como drásticas, crueles, inhumanas, la llegada del anticristo, pero sin duda eran las únicas que podian librar a la especie del desastre final.

CAPÍTULO XXXVIII

EL MARCHANTE RECIBIÓ la esquela en su apartado postal, solo el nombre y la dirección del destinatario eran legible, lo demás eran garabatos, inocentes trazos parecidos a los que hacen los niños cuando comienzan a usar lápices y colores. Reconoció de inmediato al remitente, una fuerte emoción fue apoderándose lentamente de su cuerpo, parecía una caldera a punto de explotar. Caminó de prisa hacia una céntrica calle donde los meseros en un incesante ir y venir, dándose gritos entre ellos, sacaban las sillas, estiraban blancos manteles sobre las mesas, preparándose a recibir los primeros clientes del día. Gurzitt escogió una bastante apartada, pidió café, rosquillas y un coñac. Afectado aún releyó la invitación que le hacía un rico amigo de viejas andanzas que cambió el estraperlo, las obras de arte falsificadas, por la misión de salvar al planeta. Hombre inteligente, sagáz, conoció y trató por años a un magnate de los diamantes a quien asesoraba en sus compras de arte. No fue dificil que dos seres con similares caracteres e intereses se hicieran amigos. De allí a pasar a formar parte de la SSN no tardó mucho tiempo. Su nuevo amigo necesitaba estar seguro de su lealtad, pero sobre todo de la conviccion de la obra salvadora que pronto se pondría en práctica.

Gurlittzi pensaba ahora cual sería en esos momentos la mejor manera para llegar hasta Hungría. La idea de invitar a Arnaz y Sabal a lo que sería la ceremonia de iniciación de veinticinco estudiantes sobresalientes de las mejores universidades, le cruzó la mente. El Viejo compañero en vano había tratado en diferentes ocasiones de incorporarlo a su nueva manera de pensar, nunca le habló de la SSN, quizás debido a que Gurzitt no estaba muy convencido de la idea exterminadora. Claro que mucha mierda andaba caminando por las calles, de ello no cabía la menor duda pero de allí a querer eliminarlos a todos no le causaba mucha gracia. La amistad entre ellos se mantenía viva, la confianza creció con los años, hasta el punto de hacerle llegar la invitación para un solemne acto.

No fue problema convencer a sus compañeros de trabajo, ya que era momento propicio cuando debían esperar ociosos una semana mientras se resolvían ciertos inevitable asuntos legales. Qué mejor manera de aprovechar el tiempo atravesando el país en tren, cruzar Checoeslovaquia, hasta Budapest. Era preferible eso a montarse en un frío avión, estaba además la aventura de las fronteras cargadas de peligro, amenazas de rusos, checos, guerrilleros, espías. Todavia —pensaba Gurlitzz— les quedaba alma para disfrutar de las pocas cosas buenas de la vida. Realmente la noticia la recibieron los hombres con mayor entusiasmo de lo previsto. En ese instante estaban recostados sobre unos cojines, mirando las paredes, charlando tranquilamente.

—Y ¿para cuándo tiene programado hacer el viaje? —Preguntó Sabal, como disparado por un resorte tan pronto el amigo terminó de explicarle lo de la invitacion.

—¿Por cuánto tiempo estaremos fuera? —Habló Aznar—. Por las maletas, digo. No estoy seguro si ustedes podrán asistir a la ceremonia, pero les ofrezco al menos pasar un buen rato con algunos de los amigos. Son buenos tomadores de vino, amantes de la comida montañesa. Debemos salir cuanto antes si no queremos llegar tarde a la cita. Los policias de fronteras siguen siendo gente impredecible.

El tren que los conduciría hacia los límites con Checoeslovaquia permanecía en la gris estación de Varsovia a esa hora atestada de pasajeros y transeúntes cargados de cajas, maletas, dispuestos a conseguir un acomodo. La espera para el abordaje la soportaban en medio de una espesa neblina que impedía ver a pocos metros, el intenso frío obligaba a las personas a caminar de prisa, buscando protegerse en las salientes de las paredes, su aliento era como chimenea.

En minutos el gran reloj del andén principal daría las seis de la tarde, hora de partir. Tres hombres, vestidos sobriamente, con pesados abrigos oscuros, caminaban cercanos, a pasos firmes, sin hablar ni juntarse. Portaban ligeros maletines de mano. Llegaron a uno de los wagones del centro al cual entraron con precaución, otros pasajeros buscaban salir por la angosta puertecilla. Dentro ocuparon sus compartimentos bastante alejados unos de otro. El viaje sería largo por lo que Gurlitzz adquirió boletos en coche cama de primera clase donde podrían leer, descansar sin ser molestados. No era conveniente compartir los camarotes, ya se reunirían en el wagon restaurant que ofrecía excelente comida, licores, con un servicio de primera, donde conversarían a sus anchas. No era necesario insistir en precaución extrema al hablar con cualquier desconocido, los riesgos eran grandes, más cuando su condición de extranjeros desconocedores del idioma, era visiblemente manifiesta. Como cuestión rara, el viaje no tuvo ningun contratiempo salvo la presentación de los documentos personales y preguntas de rigor ante las autoridades migratorias. Eran transeúntes, turistas adinerados que solo permanecerían pocos dias gastando a manos llenas dólares que tanta falta hacían en esos momentos en economías colapsadas como aquellas. Lo que nadie podía imaginar era que esos tres hombres de apariencia engañosa estaban a punto de cometer el mayor saqueo de la historia europea en los últimos tres siglos.

El viaje luego de dos noches con sus días finalizó sin contratiempos. El grupo fue recibido en la estación central por quien hizo la amable invitación. Rigurosas las presentaciones. Discretamente miró su reloj, eran cerca de las ocho de la noche. Caminaron por el andén hasta alcanzar el estacionamiento, donde ocuparon un pequeño auto casi nuevo, de color indefinido. Sabal quedó impresionado por la apariencia de quien sería su anfitrion en la capital húngara: Usaba unas minúsculas gafas con montura de acero que cabalgaban en la punta de su afilada naríz, amenazando con caerle al pecho, dejaban ver unos ojos de azul intenso; personaje muy delgado, algo encorvado, el pelo descuidado, abundante, crespo, gris que ya tendía al blanco, voz cascada, de hablar quedo, casi en susurros. Vestía todo de negro, como si fuera a asistir a un entierro, sombrero de ala corta remataba sus casi dos metros de estatura. Quería aparentar seriedad al hablar, lo que no impedía que a cada momento asomara una enigmática sonrisa que igual podia indicar alegria u odio venenoso.

Conduciendo con total despreocupación traspasó los controles de las garitas casi sin siquiera mirar a los vigilantes. Habían llegado al campus de la Universidad. Sin pérdida de tiempo los condujo por largos pasillos bien alumbrados luego unas largas camineras surcadas de césped hasta llegar a un hermoso edificio que servía como dormitorios de los estudiantes. Subieron por una escalera de madera, atravesaron la amplia sala amoblada con poltronas, televisores, una cocina, nevera y una larga mesa con diez sillas. Ésta sección tenía múltiles usos y siempre rebosaba de vida. Caminaron por un ancho pasillo hasta llegar a la puerta de las habitaciones, las cuales ocuparon de inmediato. Eran sobrias pero cómodas. Intercambiaron miradas, Gurlitzz hizo a sus compañeros de viaje una sutil señal de seguir al amigo sin hacer preguntas.

—Hemos querido dispensarles el trato familiar que damos a los amigos. —Habló el de las gafas.

—Le pedí a mi caro amigo Ernest cancelara las reservaciones del hotel para tenerlos más cerca.

—Disponen de media hora para instalarse, la comida se sirve puntualmente por lo que debemos estar todos en la fila so pena de quedarnos sin cenar. Bienvenidos. —Dijo, ofreciendo una de sus indescifrables sonrisas.

Sabal se aseó rapidamente, cambió de ropa, abandonando su habitación para tocar la puerta de Arnaz.

—¡Carajo! Se la tenían bien guardada. Menuda sorpresa me han dado. —Dijo al amigo, con cara de reproche.

—¿No me digas que te desagradó el recibimiento?

—¡Por supuesto que no! Ha sido impactante, conmovedor. Nunca vi tanta sencilléz, seguridad y cortesía juntas en una sola persona.

—¡Y lo que nos falta por ver! Esta gente es sorprendente, siempre he creído que pertenecen a otro mundo muy distinto al mío.

En ese instante se oyó golpear de nuevo la puerta. Era Ernest que se sumaba al grupo. Traspasando el umbral sintió que las miradas hacia él caldeaban el ambiente.

—¡Prefiero la muerte antes que la indiferencia de un amigo! —Dijo, en tono teatral.

Ambos se levantaron para dar un abrazo efusivo a un personaje que para ellos no dejaba de ser desconocido, enigmático, peligroso, sagáz y culto como pocos que ya formaba parte de sus vidas. Llegar al comedor les resulto fácil: el rico olor a comida caliente, el runrun de las voces, sumado al hambre los condujo idefectiblemente a la larga fila de estudiantes que bandeja en mano, esperaban ansiosos su turno para escoger la comida de su preferencia entre una variada selección de exquisitos platos. A simple vista los nuevos comensales cayeron en cuenta que lo que estaba a la vista no eran platos elaborados por simples cocineros sino por verdaderos chef. Era de suponer que quienes disfrutaban de esos manjares eran individuos de una clase especial, personas provenientes de familias de cualquier parte del mundo, con abolengo, historia, poder y cultura. No había cabida en esos recintos para patanes desclasados. El mismo ambiente del recinto universitario era refractario a esos individuos. No hacía falta que las autoridades universitarias rechazaran alguna petición de ingreso. El supuesto interesado o sus parientes tan pronto eran dejados *ex profeso* solos para recorrer las instalaciones, optaban por marcharse a buscar otros destinos menos intensos.

Al siguiente día, extrañamente el nuevo conjunto de visitantes aparentaba ser personas ligadas al ambiente universitario por lo que a poco caminaban tranquilamente entre ellos. La sobremesa de la noche anterior despues de la cena fue poco menos que inolvidable. Cuatro personas se incorporaron el té, las galletas, luego más té, hasta casi la medianoche. Las luces fueron apagándose, quedando encendidas muy pocas en los pasillos y jardines. A esa hora las antes bulliciosas camineras adquirian un aspecto tétrico, misterioso, donde reinaban el silencio y las sombras. Una antigua lámpara de bronce difundía su tenue luz sobre las cabezas de los allí reunidos. Daba la impression de ser una mesa de jugadores de poker, apostadores de oficio, el humo de los tabacos llenaba el rincón; mientras uno de los asistentes tomaba la palabra, los demás prestaban una atención casi solemne, como si de verdades universales se tratara. Sabal y Arnaz intervinieron discretamente cuando alguien les hizo preguntas sobre sus países, nada personal. Pasadas las horas, la agradable velada tuvo que ser cortada por el mayor del grupo que vio lo dificil que seriía abordar tantos temas en un rato. El entorno resultaba acogedor, sereno, culto. Sabal agradeció en nombre de los tres por la cálida acogida, por haber sido premiados con compartir los dormitorios, comedores, instalaciones de una de las universidades antiguas y mayor reconocidas del mundo civilizado. Sintió verguenza cuando un hálito de envidia por la manera tan exclusiva como vivían los miembros del claustro cruzó su cuerpo como un rayo. Nuca tuvo la oportunidad de conocer ni siquiera imaginar que existieran instituciones tan selectas en el mundo. Respirar el aire de las aulas, pasillos, biblioteca, lo transportaba a un mundo que le era totalmente desconocido. Invadido por la turbación las lágrimas amenazaron con salir por lo que inventó una escapada a los sanitarios.

Durmió profundamente, ataviado con sencilléz, casi a la carrera logró llegar al atiborrado comedor para el desayuno donde una mezcla de agradables olores se respiraba. Ocupó su puesto en la fila como uno más, veia que las bandejas contenían comidas para variados gustos y culturas. Huevos fritos, tocino, jamón, salchichas, papas fritas, haschbrown, cereales, jugos de frutas, en la primera sección posiblemente para gustos y cultura americanos; donas, churros, madalenas, panecillos, galletas, mermeladas, chocolate, café, croissants, en las bandejas siguientes para satisfacer a los europeos. En el último sector estaban las frutas y otros productos poco usuales para estudiantes de Africa, oriente y otras latitudes. Definitivamente se había pensado hasta en el mínimo detalle a fin de mantener complacidos al exclusivo grupo de universitarios que entre miles fueron escogidos desde muy temprana edad. No fue una selección apriori, se analizaron hasta las pequeñas cuestiones familiares, salud, estudios, inteligencia. El seguimiento del desarrollo de los niños se hacía por un personal especialísimo que desde casi dos siglos atrás viajaba por el mundo yendo a remotos lugares donde se tenía noticia de la existencia de un ser con excepcionales aptitudes. A partir de ese momento, con el máximo cuido, en el mayor secreto, se iniciaba el proceso de seguir, escoger o rechazar a los candidatos. Los niños, sus parientes o educadores recibían jugosas mesadas cada mes, pero jamás se enteraban de lo que estaba ocurriendo con sus pupilos. Los estudios, tests, examenes, que les aplicaban se realizaban ocultos de sus familias. Y aún pasando los años, incluso sobreviniendo la muerte, pocos se enteraban de lo ocurrido con sus vidas.

Los niños seleccionados recibían instrucción especial, clasificada, en todos los grados y niveles desde el mismo inicio de sus vidas. En los exclusivos laboratorios dotados con equipos de última generacion se especializaban estudiantes en materia de investigación bioquímica, genética, electrónica.... En las mejores universidades iban quienes abordarían otras areas del conocimiento. En la base de sus estudios figuraba el problema de la superpoblación, gravedad, soluciones; sin duda que allí radicaba la esencia de tanto trabajo, dedicación, siglos de estudio. Estos profesionales llegaban con el tiempo a sentirse elementos de otro planeta, salvadores de la tierra. Era un sentimiento firme, inalterable, permanente, que no dejaba de robustecerse, convencerse del exterminío masivo; era practicamente una religión. Ninguno de estos superdotados buscaba averiguar o conocer las razones por las que se encontraban entre el reducido grupo de escogidos. Sin excepción poseían un coeficiente intelectual altísimo, disposición, voluntad, templanza a toda prueba. Esas cualidades estaban encaminadas a un solo propósito: Salvar al planeta, eliminando gran parte de la humanidad, única culpable de haberlo conducido a un colapso inevitable, un terrible fin de no ser impedido pronto. Con el tiempo, tras esfuerzos inagotables, gastos enormes, habían logrado aislar un potente veneno cuyo efecto residual expansible, perduraba hasta tres semanas sin perder su fuerza mortífera. La solución a tan espinoso asunto por fin aparecía, quedaba ahora buscar la manera de hacerla llegar de forma infalible a la población.

CAPÍTULO XXXIX

TREINTA Y OCHO años cumplidos, una inmensa fortuna, dos mujeres, cuatro hijos y un alma atormentada. Era el balance del análisis de su vida hecho en el interior de un claustro benedictino donde decidió refugiarse por algún tiempo. Ubicado en las apartadas montañas en España, aquel aislado recinto le fue sugerido por un ex-sacerdote que conoció durante una excursion a Los Pirineos. En el frecuente trato que se produjo entre ambos hombres, el cura notó que su amigo sufría de verdaderas fisuras espirituales, trastornos que le agijoneaban sin cesar. Con sus influencias, sumadas a los sustanciosos donativos que hizo Sabal a la orden religiosa, se le permitió accesar a un sagrado y misterioso recinto. Ningún objeto del mundo exterior le fue permitido llevar consigo, ni siquiera los de aseo personal. Todas sus prendas quedaron bajo custodia. Únicamente un abrigo, manta, un par de sandalias le fueron entregados. No libros, lápices, papel. Nada. Enclavados en el corazón de la roca, estrechos pasadizos penetraban la montaña por cientos de metros. Gruesas vigas de piedra y madera sostenían los techos de las celdas que servían como austeros aposentos de los frailes. El recio frío de todo el año era sobrellevado con pesados abrigos oscuros hechos de lana tejidos por sus propias manos.

La comunidad se autoabastecía con la cria de cerdos, ovejas, aves de corral; además del cultivo de granos y hortalizas. Otras cavernas contiguas cavadas a pico durante siglos, servían de granero, otras de cocina, comedor, despensa. El horario comenzaba a las cinco de la mañana con el llamado a la oración que duraba hasta las siete cuando pasaban al comedor. El silencio era norma obligada, ni siquiera se oían las pisadas. Las actividades en su totalidad fueron fijadas por algún rector, un dia cualquiera del almanaque, nadie sabe cuando.

De allí, los miembros debían acatarlas, seguirlas sin cambios ni protestas. Por siglos había sido de esa manera, ni siquiera la muerte alteraba el ritmo de la comunidad. La reflexión, templanza, oración, el silencio, la contemplacion eran las bases que sustentaban la vida de los religiosos.

El corredor principal de unos tres metros de ancho por cien de largo estaba tenuemente iluminado por cuatro grandes cirios de cera. Celdas a ambos lados con angostas puertas de rústicas tablas servían de habitaciones. En su interior una cama de piedra cubierta con esteras de paja, mesita también de piedra donde reposaba un jarrón de barro para el agua, un gastado cabo de vela constituía todo el mobiliario. El cirio era encendido por su ocupante durante el tiempo justo para alcanzar el lecho y decir las plegarias de la noche. Luego la oscuridad era absoluta, el silencio sobrecogedor. Quienes por cualquier razon abandonaron el sagrado recinto, jamás revelaron información sobre la manera de vivir de los monjes, sus normas, costumbres. Era como si una espesa bruma lo cubriera todo en la mente de las personas que llegaron a conocer las cuevas. No habia recuerdo, ni imágenes, solo silencio, hermetismo completo era la respuesta ante cualquier necia pregunta.

El nuevo visitante fue asignado para cultivar papas junto a otro anciano que nunca pronunció palabra. Desconocía por completo lo relacionado con la siembra del tubérculo, no se atrevía a abrir la boca, por lo que se limitaba a imitar los movimientos de su encorvado compañero. Se fijaba en la manera de usar el azadón, la piqueta para romper la tierra, separar las rocas, cortar la maleza, hacer los surcos. Ni siquiera la presencia de una víbora salida de entre las piedras rompía el mutismo de aquellos extraños labriegos. Amontonadas en un rincón de la cueva cercana yacían las papas que servirían de semilla; antes eran minuciosamente escogidas, limpiadas, dejarlas a punto para meterlas en la tierra. El trabajo se realizaba diariamente durante seis o siete horas sin importar las condiciones atmosféricas; podía estar cayendo copos de nieve, bajo el inclemente sol veraniego o con una pertináz lluvia, las labores no se paralizaban. Del esfuerzo, de lo que producían se sustentaba la comunidad. El ocio, la pereza, la holgazanería, les conduciria con seguridad a la extinción. No buscaban ni recibían ayuda de fuera.

Dádivas, limosnas, caso de ser recibidas servían de alimento a los animales; ropas o cachivaches que alguien dejara en los alrededores, se obsequiaban a los labriegos de las montañas cercanas que ya conocían cuando y donde conseguir algún objeto que les fuera de utilidad. El metálico se destinaba a sostener escuelas y comedores en pueblitos de la comarca.

La intención de Sabal era de permanecer en el monasterio unos tres meses, el ambiente sobrio, de recogimiento le sentaba por lo que se mantuvo casi un año. LLegó cuando los primeros vientos otoñales despojaban las hojas de los árboles formando un manto de dorados tonos, lo abandonaba finalizando el verano, todavía el verdor y las flores dominaban el paisaje. No hubo saludos de despedida. Una fría madrugada, después de beber un tazón con leche de cabra, fue al lugar donde creyó estaban sus ropas de mundano. Las encontró envueltas en un arrugado cuero de oveja. Se desprendió de la túnica envolviéndose en sus trapos y partió montaña abajo. Llevaba la mirada fija en la vereda llena de guijarros, no volteó a mirar, siguió su camino mientras el aire fresco le golpeaba el rostro; la ropa, los zapatos con todo y estarle holgados comenzaron a incomodarle, sentía deseos de lanzarlos barranco abajo. Pasadas las cuatro horas de descenso arribó al primer caserío, el sol estaba alto, la larga caminata lo dejó exhausto, sudoroso. Ahora el hambre atacaba, pero le daba cierto temor hablarle a los lugareños. Caminaba por una angosta y pedregosa callejuela que parecía ser la principal. Se detuvo ante una pequeña tienda en cuyo desgastado letrero podía leerse: "Ultramarinos Antúnez". Empujó la puerta haciendo sonar unas campanillas. Su aspecto llamó la atención del dependiente que no dejaba de mirarle. El pelo, ahora bastante largo había adquirido un tono rubio oscuro salpicado por algunas canas; abundante barba rojiza con trazos grises y una profunda mirada: El azul de los ojos era ahora mas intenso, hundidos en las grandes cuencas parecían perforar lo que miraban. Daban la sensación de un océano sereno. El hombre boquiabierta al principio logró soltar unas palabras, pero el visitante no le oía, escogió un buen trozo de chorizo, un pedazo de queso manchego, pan, vino, colocándolos sobre un carcomido mesón de tablas. De su cartera extrajo un billete que puso al lado de las vituallas.

—¡Por favor! Le ofresco disculpas. Tengo hambre. No se si ésta cantidad sera suficiente.

—Son dólares señor. ¡Claro que son suficientes! — —Respondió el tendero—. Pero no sé si pueda recibirlos. Voy a buscar al dueño. Si le apetece puede comer o beber lo que desee. El hambre no es buena compañera. —Dijo, sonriente, alejándose por el fondo del local.

Sentado en un banco de la plazoleta, masticaba serenamente mientras trataba de poner en orden sus ideas. Le resultaba difícil recordar cómo y porqué se encontraba solo en aquel apartado pueblito de un país lejano. Ahora mordía con fuerza, sorbiendo a pico grandes sorbos del fuerte vino tinto. Finalizó de comer, guardó los restos. Hurgando entre sus papeles, dio con un número telefónico y el nombre del amigo que le indujo a ir al convento. Se levantó buscando una cabina, no la consiguió. Retornó a la tienda donde el empleado ayudó a marcar el número, pasándole la negra bocina que pendía de un largo cable. Horas después un Seat 500 color gris, bastante gastado, le recogía en la plazoleta, era su amigo Honorato. Anduvieron un buen trecho, la noche se les vino encima, decidieron detenerse en el siguiente poblado para pecnoctar. Al ex-cura no le venía conducir de noche. Mientras duró el trayecto solo hubo un corto cruce de palabras entre los hombres, ambos parecían preferir el silencio. Sus vidas eran definitivamente poco comunes.

Honorato Cicarelli, joven agraciado, de contextura atlética, siendo casi un niño ingresó al seminario diocesano atendiendo un sincero llamado a su vocación religiosa. Sin duda que hubiera sido un buen vicario de no interceder una hermosa muchacha que decidida a sacarlo de las filas del señor le abrió sus bien moldeadas piernas a las primeras de cambio desviando de esa manera su camino e iniciando una tórrida relacion. Lo terrible de la situación que se desencadenó de seguidas se debió al imperdonable error de ella al reconocer sus pecados una mañana dominguera ante un desalmado confesor quien conociendo la bella joven no perdió baza y sin escrúpulos, utilizando el secreto del confesionario, sin guardar la confidencialidad propia del acto, extorsionándola la hizo suya en los aposentos de la propia sacristía. Al poco tiempo en un acto de sinceración la muchacha reveló a su novio Honorato el feo pecado. Al principio el se sintió herido en lo más profundo de su ser, pero luego dio la cuestión un sentido teológico-filosófico muy especial. Pasaron los años, su novia prefirió continuar su relación con el cura veterano y él retomando la carrera eclesiástica se ordenó sacerdote con los máximos honores que lo condujo a ser llamado a ocupar un cargo en el arzobispado de la capital donde permaneció doce años. Bien que su permanente intención era ser párroco de algún pueblo, solicitó con tal vehemencia la prebenda que el arzobispo terminó por concedérsela bajo protesta porque era de verdad un ejemplo de orden y trabajo para los otros sacerdotes.

Entre varias propuestas escogió un pueblo de agradable clima que sin ser grande poseía los beneficios y servicios de la ciudad. Los feligreses vieron en su nuevo guía la persona ideal para hacerle frente a la arremetida de las Iglesias evangélicas que con sus ruidosos cultos estaban haciendo mella entre los católicos. Tan pronto se instaló en una discreta casita casi pegada a la iglesia, se posesionó de los asuntos religiosos. De verdad que el hombre se las traia: inteligente, bondadoso, caritativo, incansable trabajador, a los dos años, la iglesia era otra. Todos los dias celebraba dos servicios, aparte los rosarios, grupos de beatas, hijas de Maria y un sinfín de actividades que mantenían abiertas las puertas de la iglesia desde el amanecer hasta la noche. Pero como dicen por ahi: "el diablo anda suelto". Entre tantas jovencitas en faldas, una que otra fueron perdiendo su virginidad en la blanca casita del cura. Preñadas por el viento decían ellas, se negaban a revelar quien era el padre de la criatura. A éste se le estaba presentando el problema económico de cómo sustentar su nuevas familias, que ya sumaban cuatro. La solución le vino mágicamente una noche de insomnio al recordar la jugarreta de que fue víctima con su novia estando en el seminario: Utilizar los secretos del confesionario para su provecho tal como descaradamente lo hizo su superior que le cogía a su amante prácticamente en su propia cara.

Él mientras estuvo en el arzobispado cultivó desde su estratégico cargo poderosas amistades, buenos contactos entre jefes policiales, guardias y militares. Sabía tambien de la vida secreta, de los pecados de muchos de los hombres y mujeres adineradas de la región. El contrabando, el abigeato, la trata de blanca, el narcotrafico... El plan consistía sencillamente en poner a las autoridades en conocimiento del delito y su autor y hacerlo de alguna manera que no lo comprometiera abiertamente El gobierno detendría al culpable, entonces con su poder salvador él intervendría. Claro, el culpable pagaría una considerable suma de dinero a cambio de su libertad. El dinero se repartiría entre los benefactores. Y el bendito plan funcionó a la perfección. Nadie llegó a suponer que el santo cura era el gran culpable de las capturas que sorpresivamente se producían entre altos personajes. El hombre era un verdadero demonio: frío, astuto, irreverente, capáz de cometer actos heréticos hasta llegar al terrible pecado de utilizar para su provecho los secretos de confesión. Solo que él no lo veía mal. Consideraba doblemente justificado su proceder: Por un lado castigaban de cierta forma al delincuente y por otro él podía mantener holgadamnete a sus familias. Y la cosa caminaba sin riesgos ni tropiezos. Quedaba ahora prepararse para el futuro que sería en otra ciudad de un país europeo que escogió. Se dio entonces a la tarea de depositar dólares en cuentas del exterior; tan pronto alcanzara la cantidad estimada para llevar a buen término sus planes, pediría la dispensa papal. Pronto cumpliría cuarenta y cinco años, era tiempo de tomar un merecido descanso. El trabajito de andar salvando almas descarriadas agotaba hasta el más fuerte de los hombres. De esa forma pasó a vivir con sus jóvenes mujeres a una bella población cercana a Andorra donde se estableció como anticuario e iniciando un próspero negocio dedicado a la venta de valiosos objetos artísticos, artículos religiosos, souvenirs. Fue en una de sus tiendas donde estableció amistad con Sabal, guiándolo en sus compras y en ciertos asuntos existenciales.

Prosiguiendo el viaje, a la mañana, el amigo se abalanzó sobre una mesa llena de platos calientes. Luego del copioso desayuno, lanzando sonoros eructos retomaron la carretera. Parcos en el hablar, Sabal casi siempre respondía con una muy leve sonrisa que a penas enseñaba parte de los dientes. Solo que ahora su cara daba la impresion de sonreir toda: ojos, pómulos, cejas, que producía en el interlocutor una sensación de sosiego, paz, de lejanía. Venían del norte, accedieron a la capital por una transitada autopista, a poco buscaban los suburbios donde se hallaba el lujoso hotel que meses atrás Sabal ocupó. Seca pero afablemente se despidieron en el lobby, una casi imperceptible reverencia, fuerte apretón de manos y cada quien tomó su rumbo. Un botones finamente ataviado lo condujo hasta la puerta de su cuarto: Una suite de máximo lujo. Corrió las cortinas quedando en penumbras, desnudo se tendió sobre la alfombra, el sueño vino en segundos.

Serían cerca de las siete cuando despertó, mantenía la mente en blanco, parecía como si una nube ocupara su cerebro. Se limitaba a hacer la precisa actividad que el momento requería. No había planes ni programas en su vida, al menos por ahora. Con calma se duchó, bajó al restaurante donde comió algo frugal saliendo a dar un paseo. Todo le era familiar no obstante ahora lo veía desde un plano diferente, como si no formara parte del momento, del entorno. No forzaba la mente a pensar o recordar. Era como dejarse llevar sin saber donde. Pasaron los días, mantenía una conciencia plena del lugar, de las cosas, personas, de sus vidas, su significado, más no interfería en ellos. Siempre fue un buen observador, hoy comprobaba que esa propiedad se agudizó. Y lo disfrutaba. Podía permanecer horas tras horas viendo con interés a la gente caminar, observar sus ropas, gestos, sentimientos que afloraban.

Otras veces sentado en una banqueta de cualquier plaza miraba a niños jugar retozando con las palomas o a las madres cuchichear largamente con sus vecinas sosteniendo entre las piernas una cesta llena de verduras. Podía ver como los pétalos se abrían o se marchitaba una flor, percibía el paso del tiempo no a través del reloj sino del letal efecto que éste producía en los seres vivos y hasta en la materia muerta. Un temor profundo le invadía cuando notaba el asombroso desgaste de la carne, no porque fuera presagio de enfermedad y muerte sino que el tiempo pasaba y no éramos capaces de comprender lo efímero de la existencia, lo tonto que somos al creernos perfectos, bellos, orgullosos, prepotentes. No percatarnos que somos hechos por y para un solo tiempo, un vago momento; la eternidad no existe sino para los necios. Sentirnos mejores o superiores a otros sin comprender que es solo cuestión de tiempo pasar a ser peores e inferiores a todos. Miedo a la frivolidad, a la despreocupación por jugar con la materia de que estamos hechos: Tiempo.

Una noche entró al restaurant que a esa hora estaba casi vacío; al fondo, dos o tres mesas bajo un foco de luz amarillenta, dejaba ver las caras de unos viejos ricachones que jugaban a las cartas degustando finos licores. De vez en cuando cualquiera lanzaba un grito de entusiasmo. Ocupó una mesa en el extremo opuesto, el mesero le trajo la carta que ni siquiera abrió.

—¿Cree usted que el chef podria preparame un estofado de cordero con verduras frescas? —Preguntó.

—Enseguida le traigo la respuesta, señor.

Se apareció en cortos minutos acompañado de un grueso cocinero extrañado por el poco comun pedido. Hablaron, se pusieron de acuerdo.

—Dentro de hora y media el señor podía venir a comer.

—Prefiero me lo lleven a la habitacion servido en una cazuela de barro. Adicional pan gallego con ajo, perejil, aceite de oliva y ensalada de pepinos, tomate, lechuga con aceitunas negras.

Dejó el comedor para dirigirse a la sección de tiendas. La ropa le bailaba en el cuerpo por la pérdida de unos doce kilos. Una lujosa vidriera mostraba un maniquí con una camisa de pana verde botella, le llamó la atención. Entró, pidió una de su talla, no la tenian pero dispondrían de ella en poco tiempo. Un sastre sin un pelo en su cabeza con cinta métrica en mano tomó diligentemente sus medidas.

—Es una pieza de pana o corderoy como le dicen en América, de óptima calidad y modelos únicos. —Recalcó el calvo.

—Quisiera ordenar una docena de camisas en variados modelos y colores, igual cantidad de pantalones que puedan combinarse. Escoja tambien zapatos, botas, botines, calcetines, ropa interior...

—Le agradezco que sea usted en persona quien se encargue de hacer la selección. La hace llegar a mi habitación del hotel.

—Todo se hará como usted lo ordene. —Dijo el fulano, que no tenía un pelo de tonto—. Esta misma tarde yo personalmente le llevaré su pedido. —Dijo, solícito ya que la suerte llamaba a las puertas de su establecimiento.

—Una ultima cuestion: ¿Sabe usted de algún lugar donde puedan arreglarme el cabello, las uñas...?

—¡Por supuesto! —Exclamó el hombre—. Por favor sígame, lo pondré en las expertas manos de mis sobrinas, están a pocos pasos de aqui.

Las chicas lo trataron como a un pachá, buscaron entablar conversación con el llamativo sujeto, solo para tener como respuesta la suave sonrisa, sin palabras. Respetaron el mustismo del cliente, quien al terminar pidió por favor le enviaran la cuenta al hotel. A paso lento, con un mejorado aspecto, siguió recorriendo el enorme centro comercial que ya comenzaba a llenarse de gente, luces, ruidos. Empujó la puerta de vidrio de una pastelería repleta de delicateses, ocupó un asiento, la linda camarera se le acercó, pidió café con crema, tarta de arándanos. Con el primer sorbo, los sabores invadieron el paladar, tiempo hacía que no probaba esos alimentos. Percibía intensamente los sabores pudiendo detectarlos, separarlos, degustarlos como si fuera un catador. Calmadamente terminó la porción. En esos momentos la mente viajaba sobre nebulosas, como por un vacío sin color, nada recordaba de los meses pasados en el monasterio.

Los dias que siguieron los ocupaba recorriendo la ciudad a pie o en taxi. Visitó museos, asistió a obras de teatro, a la ópera, hasta se atrevió a darse una vuelta por un conocido tablao donde presentaban a una conocida "bailaora" de flamenco. Casi de madrugada retornó al hotel. Su esplendidéz, sencilléz, le facilitaba el trato con artistas, gente de teatro, bailarines, con quienes por ratos disfrutaba de su alegre, despreocupada y ruidosa compañía. Se daba cuenta que cabalgaban en mundos diamentralmente opuestos. Pasar del absoluto recogimiento en una cueva de un aislado convento a otra cueva atestada de humo de tabaco, olor a tortilla con chorizos, choques de copas rebosantes de vino, hermosas mujeres cantando y bailando sobre las mesas, solo podía ser propio de un enajenado, un ser confundido, perdido entre sus angustias. Ese era él.

Socializar, ser amable, agradable, pasar de golpe al mutismo, la misantropía, aislarse de todos, era su incomprensible vida que lo llevaba a no permanecer quieto en ningun sitio por mucho tiempo. Ahora sentía que ya era tiempo de regresar su país. No por ansiedad o preocupación, simplemente amaba entrañable, profundamente a su tierra, lo comprobó en múltiples ocasiones; únicamente entre sus montañas, laderas, llanuras, rios, mares, era dichoso. Cualquier árbol, ave, paisaje, amanecer, le conmovía al punto de hacerle brotar lágrimas. No era un romántico sensibilero, dentro de su alma anidaba un torbellino de confusas pasiones, arranques extremos, impulsos incontenibles con los que debía luchar continuamente. La pobreza, el hambre de la gente lo sumía en una honda tristeza, ver pisoteados, vejados a los seres humanos lo enardecía. Sabía que no era su problema, que no estaba en sus manos ordenar o humanizar la sociedad, pero no podia evitar conmoverse ante los sufrimientos ajenos.

Confirmaba que la miseria era el único punto en común en todos los paises por donde pasó, parecía ser la condición propia de los humanos, ninguno lograba superarla, no tanto porque fueran generadas por el capitalismo o el comunismo como sistemas económico-político gestados, controlados por los judios, con sus formas idénticas de explotación, la ambición de sus banqueros, el saqueo de las riquezas naturales. No. Se daba cuenta que la miseria, el hambre, las pestes, van con el hombre, aunque posean arcas llenas de oro. Bombay, Sao Paulo, Somalía, Rusia, Caracas, Shangay, ciudades que recorrió con detenimiento crecían sin control en especial en las zonas pobres y deprimidas. ¿Cómo era posible que una pareja viviendo en condiciones paupérrimas llegase a tener ocho, diez o más hijos? Saben que no tienen comida siquiera para mantenerse ellos, pero siguen pariendo como ratas, por lo tanto como ratas han de vivir y morir. Culpar a otros de sus propias desgracias y limitaciones es una cómoda idiotéz.

Con el paso de los años prefería permanecer en la soledad en medio de las plantas, con los animales. Notaba que la convivencia con las personas se le tornaba muy dificil. Leía como los llamados grandes profetas preconizaban y hasta ordenaban a los demás la obligación de amar al prójimo, pero ni ellos mismos lograron hacerlo. Ahora comprendía porque la naturaleza humana necesitaría miles de años de evolución para purificarse, ennoblecerse, despojarse de los cientos de pecados, malos sentimientos que le eran propios. Éramos malos, perversos, porque así fuimos creados e inevitablemente caíamos en pecado, por ello nuestro natural proceder no podía ser condenado ni castigado con los fuegos del infierno, sería una gran injusticia. Sumido en su propio mar de contradicciones, poseyendo una inmensa fortuna, sin sentirse poderoso ante nadie, tratando de pasar desapercibido, no ostentando lujos, prendas, costosos vehiculos, observando, contemplando el mundo por donde caminaba, casi sin darse cuenta arribó una noche al aeropuerto de su país.

CAPÍTULO XL

SEIS AÑOS ATRÁS, separadas unos ochenta metros, hizo construir a cada lado de la vivienda principal ocupada por él, dos idénticas casas. Yatzil, venida de Chiapas con sus dos hijos, algunos familiares cercanos, ocupaba la del lado izquierdo, mientras que Anamú, también con los niños, habitaba la del extremo derecho. Tan insólita decisión la tomaron las mujeres luego de conocerse en una playa del caribe, donde Sabal quiso que en familia pasaran una buena temporada. Serenas, aplomadas, seguras, dueñas del estoicismo propio de su raza, las indígenas sorprendieron al marido al entablar entre ellas diálogos francos, sinceros que duraba horas, mientras él permanecía jugando en los parques con los chicos o recogido en su habitación la cual no gustaba compartir. Lógico era que semejante grupo hablando español a ratos, dialecto casi siempre, causara sorpresa entre los visitantes, pero mayormente entre el personal. Sabal sabiendo el efecto que sus dos familias causaban, ordenó a sus empleados escoger un hotel pequeño, reservado, del que ellos ocuparían buena parte. En cuanto a la relación íntima con sus esposas, lo dejó a la naturaleza, estaba seguro que culturas tan milenarias sabrían ordenar esos asuntos, no perdía su tiempo pensando en ello, sería tonto. Efectivamente, la primera noche durmió sin compañía, al día siguiente, a la hora de la siesta, Anamú llamó suavemente a su habitación, en silencio se desnudó acostándose a su lado. Se amaron en silencio con entusiasmo, con la confianza natural de seres que se quieren y no lo ocultaban. La noche siguiente fue Yatzil, de carácter alegre, viváz, con mucha picardía quien de un salto ya estaba en la alta cama besando a su marido. Dada a los juegos, los primeros rayos de luz sorprendieron dos cuerpos pegados.

La estadía programada para una semana ya pasaba del mes, ninguno daba muestras de querer marcharse. Y el no iba a ser quien rompiera el encanto. Sus hijos estaban creciendo, de rasgos mezclados eran creaturas preciosas, sanos, fuertes, lo que llamaba su atencion era la naturalidad con la que se trataban siendo indígenas de etnias distintas, tierras lejanas entre ellas, culturas y lenguas diferentes. Podían comunicarse bien en español, pero a poco, con naturalidad cruzaban frases en sus dialectos. Los juegos los iban acoplando con reglas nuevas. Dos de las niñas ya estaban dando muestras de una sensualidad extrema, de piel cobriza, ojos azules, pelo lacio negro, cuerpo con formas bien definidas, adolescentes, forzaban la miraba de hombres y mujeres. Sabal dejaba a sus madres, que no eran tontas, se encargaran de velar por ellas, por su conducta sexual, por su condición de mujer. Por su parte él trataba de comunicarse con todos sus hijos, en forma individual, disfrutaba ver, sentir, como la naciente, poderosa energía de sus hijos le era trasmitida cada vez que se intercambiaba con ellos, los abrazaba, nadaban o jugaban con el balón. Antes sentía miedo por sus vidas, el futuro, pero el temor, sin saber como, se fue transmutando en seguridad. Aceptaba de lo que era capáz caso de ver amenazado a uno de sus seres queridos, su vida estaba para ellos, ahora lo comprendía. Le dolía y le atormentaba ser como era: un loco que se ausentaba por años, privándolos de afecto y protección. Su gran suerte no era la de haber dado con las inmensas riquezas que hoy poseía, sino haber caído en medio de esas tribus indígenas, conocer a Yatzil y Anamú, mujeres que con sus familiares hicieron cargo de sus hijos mientras anduvo rodando como piedra por el mundo de los desquiciados. Solo los indios con sus culturas ancestrales entienden que los seres escogidos por alguna desconocida razón pueden ser hechizados, invadidos, poseídos por espíritus que los arrastran a sus predios, de donde puede que lo devuelvan, puede que no.

Verse embrujado por el canto de los pájaros, sufrir el encanto de una cascada de agua, una montaña, el silbido del viento, árboles, animales salvajes, no son para ellos cosas irreales o fantásticas sino que son hechos comunes, verdaderos. Entre sus parientes tienen vivas y presente las pruebas: hombres, niños, mujeres, sin importer sexo o edad fueron captados por seres poderosos que tienen la potestad de escoger a quien les venga en gana y llevárselo. A ellos, en otras culturas, se les llama locos enajenados, desquiciados, desadapatados, donde en realidad han sufrido el encantamiento, el hechizo o el embrujo de un ser superior y que puede recaer sobre un elemento inanimado o un ser vivo.

Ambas mujeres aceptaban que su hombre en determinado momento de su vida, fuese escogido por un poderoso espíritu de la selva, que se prendó de él, lo liberaba por temporadas permitiéndole hacer una vida normal para luego atraparlo de nuevo y sumirlo en el mundo de los ezquizofrénicos, los deprimidos, atormentados, dedicados a vagar sin sentido. Ellas comprendían que ese hombre les pertenecería sin saber por cuanto tiempo, pero mientras estuviera a su lado ellas lo amarían y el las correspondería con creces. Decidieron entonces compartir para siempre al extraño ser que era el padre de sus hijos, estaban convencidas que él se merecía el mejor de los tratos. De tal manera se instalaron en la enorme finca donde vivió la abuela de "Gallito". Sabal mientras estaba en casa gustaba comer en soledad atendido por la persona de siempre. Las mujeres no debían entrar a la casa salvo que las llamaran por cualquier asunto. Caso especial tenìan que hacerse anunciar. Así lo estipuló para no ser perturbado a ninguna hora ya que su noción del tiempo sufrió un singular cambio: Dormía, comía, trabajaba, cuando le provocaba, no se atenía a horarios. Igual desayunaba a las diez de la noche o cenaba a las cuatro de la madrugada. No estaba ni se sentía controlado por el tiempo, le daba lo mismo el día que la noche, el sol que la lluvia. Por lo tanto no deseaba que el ritmo alocado, irregular, de su vida molestara a otros.

Una noche cuando todos dormían, envió un emisario por Julito y sus dos mujeres. No les extrañó la solicitud toda vez que conocian muy bien su forma de proceder. Tampoco se sorprendieron cuando iniciada la reunión pasada la media noche, bajo juramento, en un tono normal, con papel en mano les reveló las fuentes de su inmensa riqueza, de como había ido creciendo con el paso del tiempo. Tres largas hojas le fueron entregadas, debían leerlas, memorizarlas y devolvérselas. De sus manos irían al fuego. En ellas se concretaban los planes actuales y futuros, los lugares donde se ocultaban los tesoros, las cuentas bancarias. Cada uno de los presentes sería dueño de una clave, que juntas servirían para disponer de ellos, solas no tendrían ningún valor, por tanto se requería estar de acuerdo los tres.

Una preocupación le martillaba la cabeza: los gobiernos y gobernantes del país. Ellos, jamás tendrían que enterarse de los valores, de saberlo seguro que la ambición les llevaría a asesinarrlos junto con sus familias por ponerle sus sucias manos a tanta riqueza. Insistió que en caso de que el poder político quisiera intervenir en sus programas, expropiar las tierras o cualquier otro exhabrupto propio de sus mentes calenturientas, debían en primer lugar hacerles frente, presentar una batalla legal. Si notaban que era imposible seguir con los planes, a toda marcha, sin pérdida de tiempo, con todas las precauciones posibles sacar las riquezas y llevarlas a otro país donde pudieran ser bien utilizadas. Esto era prácticamente una orden que no admitía réplica. La secreta reunión celebrada en la habitación privada culminó con los primeros rayos de sol. Ninguno hizo preguntas. Con un leve gesto de despedida, calmadamente las mujeres partieron a sus casas, solo Julito por pedido de Sabal permaneció en la casa arrinconando su silla de ruedas en un extremo de la sala donde podría dormitar un rato. De lo que ambos hombres conversaron solo Dios fue testigo.

La vida familiar continuaba sin alteraciones. Cuando Sabal sentía deseos de estar con alguna de sus mujeres, la mandaba a buscar y ella acudía. Así de simple eran las cosas. Si alguna estaba indispuesta, pedía venir a la otra. Si ninguna acudía, buscaba a una de las jovenes sirvientas que pernoctaban en la casa. No hacía problema de nimiedades. El amaba a sus mujeres, velaba por ellas, pero no permitía que ninguna interfiriera en un mínimo detalle de su vida. Era la ley, su ley. Ellas la aceptaron por voluntad propia, sin derecho a alterarla.

No daba mucha importancia a la educación que se impartía en las escuelas y colegios regularmente, así que hizo traer jóvenes maestros, adiestrados expresamente para mejorar, cambiar los programas que se impartirian en las escuelas de las fincas de su propiedad. La esencia era reducir la teoría e incrementar la práctica, menos historia muerta, falsa, y más talleres, oficios, manualidades, agricultura, cría. Para los talleres de mecánica, soldadura, fundición, hizo traer como director a un ex-policia de la época de Franco, quien supo conseguir e incorporar instructores altamente capacitados que él mismo en su momento y obedeciendo órdenes del régimen, ayudó a torturar o encarcelar. Dos colombianos con sus familias traídos desde el eje cafetalero fueron encargados el primer año de enseñar a sesenta niños y treinta y seis niñas el manejo de la tierra y sus recursos, para ello contaban con grandes galpones equipados con maqunarias de última generación, químicos, fertilizantes, semillas, e insumos de cualquier tipo. Cualquier persona seleccionada y contratada percibía el doble del salario normal, además de un excelente seguro médico. Quienes decidían vivir dentro de la finca se le dotaba de una vivienda confortable. Pasado un año de servicio optaban por un vehículo rústico el cual pagarían en reducidas cuotas.

La idea que Sabal buscaba implantar era adelantar un programa para dotar a sus hijos, a los hijos de los empleados y trabajadores de sus fincas y empresas de conocimientos útiles para sus vidas y la del país. Hasta el momento la matrícula total era de noventa niños que iban desde los cuatro años hasta los quince. Se agrupaban según sus preferencias y aptitudes. Tres asignaturas eran communes para todos, las restantes las escogían los propios estudiantes. Los libros de historia fueron totalmente eliminados, otros, de literatura, biología, química fueron recortados y actualizados. El inglés coloquial, enseñado por instructores que no hablaban español, con poca gramática, se impartía desde que el niño entraba al parvulario. Los maestros ganaban según los resultados obtenidos. Tres años era el tiempo máximo para que dominara el inglés propio de su edad. Se trataba por todos los medios de reducir al mínimo la intervención del estado con sus maestros y funcionarios incompetentes. El soborno a los jefes de zona era la herramienta perfecta e infalible para que casi nunca aparecieran por las fincas, los guardias le impedían el paso, otras veces se les recibía en un apartado galpón donde oyendo ruidosa música vallenata y llanera se les hartaba de carne asada, whiski, cerveza, hasta quedar tirados en el suelo con el vómito cubriéndoles la cara. La operacion se repetía con cada visita de los ineptos supervisores del Ministerio de Educación.

No obstante, choques, problemas internos, no faltaban a diario, pero la orden era resolverlos en cuestión de horas sin importar el horario o las condiciones del clima. Como todos conocian el ritmo a seguir, las dificultades cada día eran menos y de esa manera quedaba mayor tiempo para el ocio, el disfrute, los deportes, paseos a la playa, ríos, excursiones a parques, museos, ciudades lejanas, trasladándose en lujosos buses propiedad de la finca. Equipos infantiles de softball. beisbol, balonesto, voleybol, se desplazaban continuamente por el país asistiendo a encuentros con otras escuelas. Daba la impresíon que un pedacito del paraíso se instaló en aquellas lejanas tierras.

El cuanto a la religión, existía una absoluta libertad para practicar el culto que quisieran, se respetaban dioses, fetiches, ceremonias. Cualquier falta u ofensa a una determinada práctica religiosa era castigada con el destierro, caso de querer permanecer en la finca, se le desmejoraba sustancialmente en su trabajo o era trasladado a los rincones más apartados. Se daba por sabido que las pugnas religiosas eran las causas que históricamente arrastraban a la humanidad a cruentas e inutiles luchas. Las mujeres de Sabal estaban en la cima de la pirámide en cuanto al manejo y dirección de la casa, escuelas, comedores, granjas, centros de producción y acopio. Su marido no intervenía para nada en esos asuntos. Y lo estaban haciendo bien, se mantenían bajo contínuo adiestramiento, operando a sus anchas. La confianza depositada en ellas, las hacía demostrar su valía, se sabian ricas, dueñas de una inimaginable fortuna, pero actuaban como si vivieran del sueldo que cada quincena le era depositada en su cuenta de banco. Era la manera de no correr riesgos innececesarios ni de poner en peligro la vida de sus familiares. Además poco se ausentaban de sus predios, a excepcion de las obligadas visitas a inspeccionar las otras fincas y empresas donde funcionaban las escuelas-granjas, mataderos, empaquetadoras de alimentos. Entendían de la gran responsabilidad que se les dio para que la comunidad entera funcionara en beneficio de todos. De hacerlo mal el fracaso, la ineptitud las marcaría de por vida.

Ante cualquier dificultad técnica acudían a Julito o personas expertas pertenecientes a la nómina de personal de confianza. Errores los hubo a montones, un principio duro e inevitable. El trabajo era extenuante pero les agradaba, sentían que las horas del día resultaban insuficientes para mejorar las cosas y ayudar al prójimo. Sus vidas cobraron un extraordinario sentido que trascendía cualquier sueño que pudieron una vez tener. De rodillas se les veía agradecer a sus dioses por haber puesto en sus vidas a un marido tan excepcional.

Capítulo XLI

Desde un tiempo acá, estaba sufriendo de terrible jaqueca, el médico le recetó fuertes calmantes para aliviar la neurálgia que le atacaba el lado derecho de la cara casi paralizándola. Poco le gustaba consumir medicamentos, pero por las madrugadas era tan agudo el dolor que lo hacía gritar, tenía entonces que tragar las pastillas para lograr descansar. Durante el día pasaba largos ratos zambullido en los caños y riachuelos, entonces el dolor se aplacaba. Escogía ocultos recodos donde nadie le viera, la soledad era ahora su compañera por excelencia.

Pronto cumpliría cuarenta años, miraba hacia atrás pensando en lo poco o nada de valor hecho en ese tiempo. Para muchos era un hombre afortunado, poderoso, temido, pero en realidad el se veía como un tonto desadaptado, ocupando un cuerpo que parecía no pertenecerle, no se le ajustaba. Mientras más vueltas daba a la noria peor se sentía. Tristeza, desesperación y una lenta agonía eran el signo que implacable le consumía. Volvieron los tiempos en que no regresaba a dormir a la casa grande prefiriendo permanecer en la selva, caminaba, corría, alimentándose de frutos silvestres, bayas, tubérculos o con cualquier cosa. Yatzil que una vez le vio en condiciones semejantes, entraba a la espesura buscándolo, llamándolo, pero nunca obtenía respuesta. Optaba por dejarle en sitios estratégicos cajas de madera conteniendo comida y ropas; era indígena, sabía lo que hacía. Puso alguna arma de fuego con suficientes pertrechos, cuchillos, machetes y objetos personales. Anamú por su parte iba por las tardes a la laguna donde se conocieron, ofrecía plegarias, encendía perfumados inciensos rogando por su bienestar. Luego, desnuda se bañaba esperando verlo de pie sobre las grandes lajas, con las piernas entreabiertas, observándola con su penetrante mirada, hasta que caída la tarde el cuerpo se le enfriaba, retornando a su casa apesadumbrada.

Su hombre parecía haber muerto. En navidades, varios meses después de su partida se le oyó andar por los corredores de la casa. Ninguna persona entró para saber de su condición, hasta pasados dos días cuando envió por las dos mujeres. Las abrazó con una profunda ternura que las hizo llorar. No hubo palabras. Pidió que al llegar los niños de la escuela, los trajeran ante su presencia, quería verlos. Pasó las festividades en familia, no quisieron salir de viaje ni dejar sus casas. Yatzil hizo venir algunas personas de su tribu a quienes no veía en años. Danzas típicas, canciones, platos precolombinos, le hacían al hombre la vida grata, llena de sensaciones y recuerdos.

Comenzando el nuevo año, visitó al Guachi, le apreciaba. Lo consiguió en plena sabana manejando su adorada camioneta acompañado de Giralda y el hijo de ambos. Pastoreaban una manada de toros bravíos traídos de los llanos colombianos para las corridas de San Sebastian que ese temporada ofrecían un cartel de postín nunca visto en esas tierras. Por esa temporada los pastos crecían altos, de un verde intenso, moviéndose incesantes con la brisa, manadas de pájaron se posaban en las espigas, levantando el vuelo al menor ruido, formando negras nubes en el cielo que bailaban una singular danza. Al verlo se detuvo, todos bajaron a saludarle con respeto, cariño, señal de que la amistad florecía entre ellos. Tomó al niño en sus brazos, conduciéndolo hasta su camioneta subiéndolo a la cajuela donde un gigantesco tractor eléctrico sorprendió al chico que no se atrevía a avanzar. La madre dando un ágil salto trepó antes que su hijo rompiera a llorar de la emoción. Con trabajo lograron pasar el juguete a la camioneta del guachi, se despidieron agradecidos. Sabal nunca entendió la conducta de la hermosa mujer que decidió abandonar esposo, posición social, comodidades, para irse a vivir con un horrible mamarracho. No era su problema, simplemente eran cosas de mujeres.

Fue la última vez que se le vio por la finca. Hay quien asegura haberlo visto cruzando el río en la pequeña chalana, otros dicen que lo vieron montado en una gabarra cargada de ganado en las riberas de Soledad. Los más juran que una tarde cuando un sol rojizo se reflejaba en las turbulentas aguas del Orinoco, vieron a una curiara acercarse a la orilla, era conducida por un hombre que atendía a las señas de Sabal. Bajó con la seguridad propia del experimentado, clavó con fuerza una larga vara en la arena mojada para conocer el nivel ascendente de las aguas y llegando a las chozas pidió a las mujeres algo de comer. Le ofrecieron pescado asado servido en hoja de plátano con un puñado de mañoco. Ya con noche cerrada volvió a la orilla, entregó unos billetes a los indígenas, miró la vara que ya casi era cubierta por las turbias aguas que golpeaban pavorosamente la pequeña embarcación haciéndola tambalear, de un brinco subió agarrando con fuerza el remo, empujándola, conduciéndola aguas adentro. Al mismo tiempo que se alejaba de la orilla una inmensa boa oculta bajo la canoa, haciendo gala de una pasmosa rapidéz, sacó la mitad de su cuerpo para atrapar un inocente perro que lamía el agua ruidosamente, arrastrándolo hacia el fondo y formando un feo remolino. Los indígenas que permanecían en la ribera corrieron asustados hacia las chozas. Ya no hubo ser humano que asegurara haberlo visto. Sus mujeres e hijos por años le buscaron, ofrecieron jugosas recompensas a quien les dieran noticias de su paradero, contrataron expertos cazadores, baquianos. Inútiles esfuerzos. Se cuenta que en las profundas selvas amazónicas entre Venezuela y Brasil, los indios conseguían inusuales marcas hechas con algun objeto metálico hondamente grabadas en los troncos de los árboles. Sus familiares aprovechaban para dejar mensajes en esos lugares con la esperanza que alguien los respondiese.

Pero el tiempo pasó borrando las huellas, todo lo que se presumía era de Sabal cayó en el olvido. Hubo muchos atardeceres con sol de rojo intenso que tardaba en ocultarse. Con su misteriosa desaparición y al no tenerse ninguna noticia de él los cuentos y leyendas comenzaron a nacer. Con las nuevas carreteras fomentadas por el gobierno que atravesaban inmensos territorios vírgenes, los choferes, camioneros y campesinos de la región se dieron a la tarea de construir pequeñas capillas que servían de altares a santos protectores. En uno de ellos garrapateado en rústico papel se veía un cuadro con la figura de Sabal. Figuraba entre estampas, oraciones, plegarias de agradecimiento, estatuas de yeso y velas de llamativos colores. Alumbrado por pestañeantes velas, colgando del cuadro figuritas de oro y plata dejadas por sus devotos lograba verse la misteriosa mirada de la imagén que impasible recorría el sagrado recinto.

FIN

Índice

www.ingramcontent.com/pod-product-compliance
Lightning Source LLC
Chambersburg PA
CBHW030649020726
47493CB00006B/1947